D1985719

43 Gründe, warum es aus ist

Daniel Handler

43 Gründe, warum es aus ist

Aus dem Englischen von
Birgitt Kollmann

Mit Bildern von Maira Kalman

Hanser

Die Originalausgabe erschien 2011 unter dem Titel
Why we broke up bei Little Brown & Co., New York.

1. Auflage 2025

ISBN 978-3-446-28266-7

Umschlag: formlabor, Hamburg
unter Verwendung von Illustrationen von Maira Kalman
Satz: Satz für Satz, Wangen im Allgäu
Druck und Bindung: PNB Print Ltd., Silakrogs
Printed in Latvia

FSC
www.fsc.org
MIX
Papier | Fördert
gute Waldnutzung
FSC® C084698

Für Charlotte –
wegen all der Gründe zusammenzukommen
D. H. + M. K.

Lieber Ed,

noch eine Sekunde, dann hörst du ein lautes *Rums.* An eurer vorderen Haustür, die nie jemand benutzt. Gleich drauf werden die Türangeln nachbeben, während dieses schwere, wichtige Etwas am Boden landet, ein kurzes Klirren nach dem *Rums*, und Joan wird vom Herd aufblicken. Dann wird sie einen besorgten Blick in ihren Topf werfen, denn während sie nachsehen geht, was da war, könnte der Inhalt ja überkochen. Ihre gerunzelte Stirn spiegelt sich in der blubbernden Soße oder was sie da gerade auf dem Herd hat. Aber sie wird gehen, sie wird gehen und nachsehen. Du nicht, Ed. Niemals. Du bist vermutlich oben, verschwitzt und allein. Statt zu duschen, liegst du mit gebrochenem Herzen auf dem Bett, jedenfalls hoffe ich das, und also ist Joan, deine Schwester, diejenige, die die Tür aufmacht, auch wenn dieses *Rums* dir galt. Du wirst nicht einmal mitkriegen, *was* da an eure Tür geknallt ist. Du wirst nicht einmal kapieren, wieso.

Es ist ein schöner Tag, mit Sonne und so. Ein Tag, an dem du denkst, dass alles paletti ist. Nicht der passende Tag für das hier, nicht für uns, die wir auch bei Regen rausgegangen sind, zwischen dem 5. Oktober und dem 12. November. Aber jetzt haben wir Dezember, der Himmel leuchtet, und auch mir ist alles klar. Ich will dir sagen, wieso es aus ist, Ed, ich schreibe es dir in diesem Brief, die volle Wahrheit darüber, wieso es dazu gekommen ist. Und die Wahrheit ist, dass ich dich so sehr geliebt habe, verdammt noch mal.

ENTWEDER
DU FÜHLST ES ODER
DU FÜHLST ES NICHT
FRAGILE

Der Schlag an der Tür, Ed, dieses *Rums,* das war der Karton. Du sollst ihn haben. Ich hab ihn bei uns im Keller gefunden und mir genommen, als all unsere Sachen einfach nicht mehr in meine Nachttischschublade passten. Außerdem fürchtete ich, meine Mom könnte irgendwas finden, sie schnüffelt mir nämlich gern hinterher. Also habe ich alles in den Karton gepackt und ihn in meinen Schrank gestellt, obendrauf ein Paar Schuhe, das ich nie anziehe. Jedes einzelne Souvenir unserer Liebe, die Glanzstücke und die Trümmer dieser Beziehung, wie der Glitter in der Gosse, wenn der Festumzug vorüber ist, wenn alles mit Füßen getreten wird und was weiß ich. Weg damit, ich knalle es dir zurück in dein Leben, Ed, alles, was in der Schachtel ist, jedes bisschen, das mit dir und mir zu tun hatte. Ich knall dir den Karton vor die Tür, Ed, aber in Wirklichkeit bist du es, Ed, den ich fallen lasse.

Ich geb's zu, wenn es gleich *rums* macht, werde ich lächeln. Was in letzter Zeit selten vorgekommen ist. In letzter Zeit hatte ich eher Ähnlichkeit mit Aimée Rondelé in *Auch der Himmel weint,* einem französischen Film, den du nie gesehen hast. Sie spielt darin eine Mörderin und Modedesignerin, und in dem ganzen Film lächelt sie genau zwei Mal. Das eine Mal, als der Gangsterboss, der ihren Vater umgebracht hat, von einem Haus hinuntergestoßen wird, aber die Szene meinte ich gerade nicht, sondern die ganz am Ende, als sie endlich den Umschlag mit den Fotos bekommen hat und ihn ungeöffnet in diesem sagenhaften

Aschenbecher verbrennt; sie weiß, dass es vorüber ist, steckt sich eine Zigarette an, steht da in diesem genialen grünen Kleid und sieht zu, wie ein Amselschwarm um den Kirchturm flattert. Ich sehe die Szene noch genau vor mir. Die Welt ist wieder in Ordnung, das sagt dieses Lächeln. Ich habe dich geliebt, aber hier hast du den ganzen Krempel zurück, raus aus meinem Leben damit, so wie mit dir, das sagt dieses Lächeln. Ich weiß, du kannst es nicht sehen, Ed, du nicht, aber wenn ich dir den ganzen Plot erzähle, vielleicht verstehst du's dann doch, dieses eine Mal, denn selbst jetzt noch wünsche ich mir, dass du es kapierst. Ich liebe dich nicht mehr, natürlich nicht, trotzdem kann ich dir noch etwas zeigen. Du weißt, dass ich Regisseurin werden möchte, aber all die Filme in meinem Kopf konntest du nie wirklich sehen, und das ist der Grund, Ed, warum es aus ist mit uns.

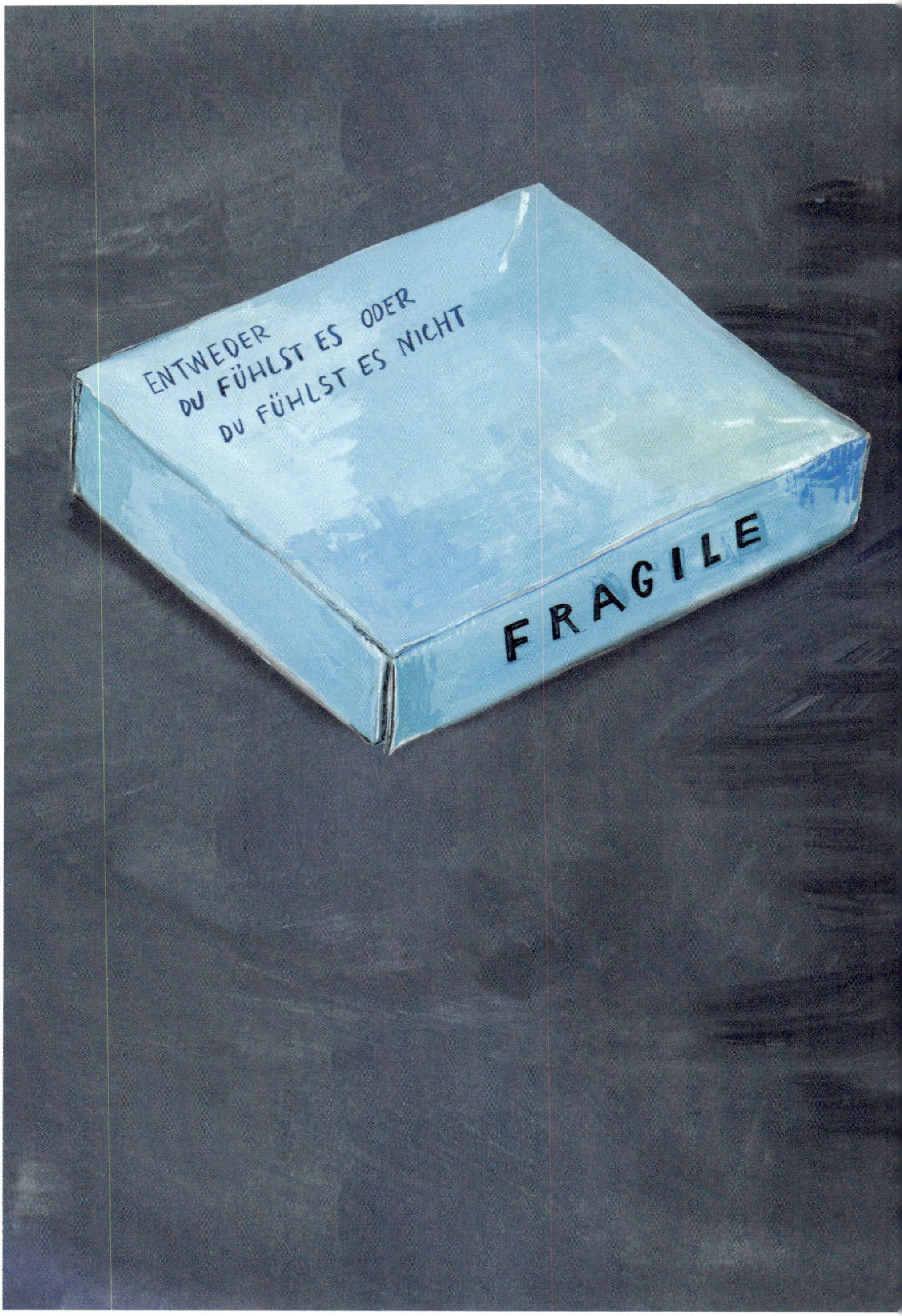
ENTWEDER
DU FÜHLST ES ODER
DU FÜHLST ES NICHT
FRAGILE

Auf den Deckel des Kartons habe ich mein Lieblingszitat geschrieben, eins von Hawk Davies, diesem legendären Typen, und gerade schreibe ich dir auf dem Deckel dieses Kartons, damit ich fühle, wie Hawk Davies durch jedes Wort strömt, das ich dir schreibe. Der Lieferwagen von Als Vater holpert so, dass meine Schrift manchmal ganz krakelig ist, Pech für dich, falls du dir die Mühe machst, jedes Wort hiervon zu entziffern. Als ich Al heute Morgen angerufen habe und »Weißt du was?« sagte, kam sofort die Antwort: »Gleich fragst du mich, ob ich dich mit dem Lieferwagen von meinem Vater irgendwo hinfahren kann.«

»Nicht schlecht geraten«, sagte ich. »Nah dran.«

»Nur nah dran?«

»Na gut – du hast es getroffen.«

»Okay, nur eine Sekunde, bis ich die Schlüssel gefunden habe, dann hol ich dich ab.«

»Sie dürften in deiner Jacke sein, von gestern Abend.«

»Auch nicht schlecht geraten.«

»Willst du gar nicht wissen, worum es geht?«

»Das kannst du mir sagen, wenn ich bei dir bin.«

»Ich will es dir aber jetzt sagen.«

»Ist doch völlig egal, Min.«

»Nenn mich *La Desperada*«, sagte ich.

»Wieso?«

»Ich will zu Ed, ihm die Sachen zurückgeben«, sagte ich, nachdem ich tief Luft geholt hatte. Im nächsten Moment hörte ich, wie auch er einatmete.

»Endlich.«

»Ja. Mein Teil des Abkommens, stimmt's?«

»Wenn du so weit bist, ja. Heißt das, du bist so weit?«

Noch einmal Luft holen, dieses Mal schon etwas zittriger. »Ja.«

»Bist du traurig deswegen?«

»Nein.«

»Min.«

»Okay, bin ich.«

»Okay, ich hab die Schlüssel. Fünf Minuten.«

»Okay.«

»Okay?«

»Es ist bloß – ich guck gerade auf das Zitat auf dem Deckel, du weißt schon, Hawk Davies. Du fühlst es oder du fühlst es nicht.«

»Fünf Minuten, Min.«

»Al, es tut mir leid, ich hätte nicht –«

»Min, es ist okay.«

»Du musst wirklich nicht. Der Karton ist bloß so schwer, ich weiß nicht –«

»Es ist okay, Min. Und natürlich muss ich.«

»Wieso?«

Er seufzte durchs Telefon, und ich starrte weiter auf den Deckel des Kartons. Das Zitat wird mir fehlen, wenn ich in Zukunft meinen Schrank aufmache, aber du nicht, Ed, schon jetzt nicht mehr. »Weil«, sagte Al, »weil die Schlüssel in meiner Jacke waren, Min, genau wie du gesagt hast.«

Al ist ein richtig, richtig guter Mensch, Ed. Auf seiner Party haben wir uns kennengelernt. Nicht dass er dich eingeladen hätte, damals behauptete er, er habe keine Meinung zu dir, weswegen er dich und deine maulfaulen Sportsfreunde zu seiner Bitter-Sixteen-Party auch nicht eingeladen hatte. Ich war früher aus der Schule gekommen, um bei den Vorbereitungen fürs Essen zu helfen, dem grünen Löwenzahnpesto (mit Gorgonzola statt Parmesan, für den extra bitteren Geschmack), das es zu den Tintenfisch-Gnocchi aus dem Laden seines Vaters geben sollte, der Blutorangen-Vinaigrette für den Obstsalat und dem riesigen schwarzen Schokoladenkuchenherzen (aus 89-prozentigem Kakao), das so bitter war, dass es eigentlich ungenießbar war. Aber du kamst so mir nichts, dir nichts hereinspaziert, ungeladen, mit Trevor und Christian und den anderen, um dann nur schlecht gelaunt in der Ecke zu hocken und nichts anzurühren, außer etwa neun Flaschen Scarpia's Bitter Black Ale. Ich war ein guter Gast, Ed, aber du hast nicht einmal »Bitter Birthday« zum Gastgeber gesagt und ihm auch kein Geschenk mitgebracht, und deswegen ist es aus.

SCARPIA'S
EXTRA
BITTER
Bitter ALE

SCARPIA'S
EXTRA
BITTER
Bitter
ALE

Das sind die Kronkorken von den beiden Flaschen Scarpia's Bitter Black Ale, die du und ich an dem Abend in Als Garten geleert haben. Ich sehe noch die hell blinkenden Sterne und unsere Atemwölkchen in der kalten Luft, als wir da standen, du in deiner Mannschaftsjacke, ich in Als Strickjacke, die ich mir immer ausleihe, wenn ich bei ihm bin. Auch dieses Mal lag sie da, gewaschen und gefaltet, als ich nach oben ging, um ihm sein Geschenk zu geben, bevor die Gäste kamen.

»Du solltest mir doch nichts mitbringen«, sagte Al. »Die Party ist schon genug, habe ich dir gesagt, ohne das obligatorische –«

»Gar nicht obligatorisch«, unterbrach ich ihn. Al und ich hatten in unserem Freshman-Jahr die gleichen Wortschatzkarten gehabt. »Ich hab's zufällig entdeckt. Es ist genial. Mach schon auf.«

Nervös nahm er mir die Tüte ab.

»Komm schon, herzlichen Glückwunsch.«

»Was ist es?«

»Ein Herzenswunsch von dir. Hoffe ich. Jetzt guck schon rein. Du machst mich noch wahnsinnig.«

Raschel, raschel, ritsch, ratsch, dann schnappte er nach Luft. Ein höchst befriedigendes Geräusch. »Wo hast du die denn aufgetrieben?«

»Ist die nicht«, sagte ich, »haargenau wie die, die der Typ in der Partyszene in *Una settimana straordinaria* trägt?«

Lächelnd sah er in die schmale Schachtel. Darin lag eine Krawatte, dunkelgrün mit eingesticktem kleinem Rautenmuster. Seit Monaten hatte sie in meiner Sockenschublade gewartet. »Nimm sie heraus«, sagte ich, »und trag sie, heute Abend. Ist doch wahr – *haargenau*, oder?«

»Als er aus dem Porcini XL 10 steigt«, sagte er, aber dabei sah er mich an.

»Deine absolute Lieblingsszene von allen Filmen überhaupt. Ich hoffe, du findest sie toll.«

»Und ob, Min, ganz toll. Wo hast du sie entdeckt?«

»Ich hab eine Spritztour nach Italien unternommen und Carlo Ronzi verführt, und als er eingeschlafen ist, bin ich in seinen Kostümfundus und –«

»Min.«

»Flohmarkt. Komm, ich binde sie dir um.«

»Das kann ich selber, Min.«

»Nicht an deinem Geburtstag.« Ich fummelte an seinem Kragen herum. »Damit werden sie dich alle vernaschen wollen.«

»Wer?«

»Mädels. Frauen. Auf der Party.«

»Min, es kommen dieselben Freunde wie immer.«

»Sei dir da nicht so sicher.«

»Min.«

»Bist du nicht langsam so weit? Also ich schon. Die Sache mit Joe ist aus und vorbei, absolut. Dieses Knutsch-Date im Sommer – unmöglich. Und was dich angeht – die aus LA, das ist doch glatt tausend Jahre her –«

»Letztes Jahr war das. Dieses Jahr, genau genommen, aber im letzten Schuljahr.«

»Ja, und jetzt hat unser Junior-Jahr angefangen, und das heute ist die erste große Party. Bist du nicht so weit? Für eine Party und eine Liebesgeschichte und *Una settimana straordinaria*? Hast du nicht, wie soll ich sagen, Appetit auf –«

»Auf unser Pesto hab ich Appetit.«

»Al.«

»Und ich will mit Leuten Spaß haben. Das ist alles. Es ist ein Geburtstag, weiter nichts.«

»Es ist dein Bitter-Sixteen-Geburtstag! Und du willst mir weismachen, wenn ein Mädchen hier in einem Porcini Sowieso vorfährt –«

»Okay, ja, den Wagen würde ich nehmen.«

»Wenn du einundzwanzig wirst«, erklärte ich, »kaufe ich dir den. Heute Abend gibt's erst mal nur die Krawatte und noch was –«

Er sah mich an und stieß einen langen, langsamen Seufzer aus. »Du kannst das nicht, Min.«

»Ich erfülle dir deinen Herzenswunsch. Schau mal, das hat schon einmal funktioniert.«

»Ich meinte die Krawatte – das kannst du nicht. Man könnte meinen, du willst eine Kordel drehen.«

»Okay, okay.«

»Aber danke für deine Bemühungen.«

Ich strich ihm übers Haar. »Herzlichen Glückwunsch.«

»Die Jacke liegt da, falls dir kalt wird.«

»Gut, denn ich werde irgendwo draußen zusammengekauert dasitzen, während du dich in der Welt der Abenteuer und Leidenschaften vergnügst.«

»Und des Pestos, Min. Vergiss das Pesto nicht.«

Unten hatte Jordan schon den bitteren Musikmix gestartet, über dem wir stundenlang gebrütet hatten, und Lauren ging mit einem Kaminstreichholz herum und zündete die Kerzen an. *Ruhe am Set,* so fühlte es sich an, zehn Minuten lang lag ein Knistern in der Luft, und nichts geschah. Dann flog mit Schwung die Tür auf, und eine erste Wagenladung, bestehend aus Monica und ihrem Bruder und diesem Tennistypen, stürmte herein, unterm Arm eine Flasche Wein, die sie bei Monica zu Hause stibitzt hatten (noch in kitschigem Geschenkpapier, sie stammte nämlich von der Hauseinweihung), sie drehten die Musik voll auf, und es konnte losgehen. Was meine eigene Suche anging, hielt ich mich komplett zurück, doch ich sah mich die ganze Zeit nach jemandem für Al um. Leider waren an dem Abend einfach nicht die richtigen Mädchen da, alle hatten sie Glitzer im Gesicht oder waren furchtbar hektisch, hatten keine Ahnung von Filmen oder bereits einen Freund. Irgendwann war es dann schon spät, das Eis in der großen Glasschale war weitgehend geschmolzen und erinnerte an das Ende der Polkappen. Al sagte dauernd, es sei noch zu früh für den Kuchen, und dann, wie ein Song, von dem wir ganz vergessen hatten, dass er auch zu unserem Mix gehörte, tratest du in das Haus und in mein Leben.

Du wirktest stark, Ed. Vermutlich war das immer schon so. Deine Schultern, dein Kinn, deine Arme, mit denen du dir einen Weg durch den Raum bahntest, dein Hals, von dem ich jetzt weiß, dass du dort gern geküsst wirst. Stark und frisch geduscht, selbstbewusst, sogar freundlich, aber nicht wie einer, der gefallen will. Gewaltig wie ein lauter Ruf, entspannt, athletisch. Frisch geduscht habe ich gesagt. Was ich gemeint habe, Ed, war wohl eher: umwerfend. Ich schnappte nach Luft, so wie Al, als er mein geniales Geschenk sah.

»Ich liebe diesen Song«, sagte jemand.

So musst du das immer machen, Ed, wenn du auf eine Party gehst – langsam, lässig durch die Räume schlendern, allen zunicken, aber den Blick immer schon aufs nächste Ziel gerichtet. Einige Leute starrten dich an, ein paar Jungs klatschten dich ab, während Trevor und Christian dich fast wie Bodyguards abschirmten. Trevor war schon völlig blau, und als er durch die Tür verschwand, bist du hinter ihm her. Ich zwang mich, noch so lange abzuwarten, bis der Refrain des Songs wieder losging, dann ging ich hinter euch her. Warum, weiß ich selbst nicht, Ed. Es war ja nicht so, als hätte ich dich bis dahin noch nie gesehen. Jeder kennt dich, du bist so was wie, sagen wir, ein Kinofilm, den jeder irgendwann im Leben mal geschaut hat, alle kennen dich, keiner meint, er hätte dich noch nie gesehen. Es war nur ganz plötzlich so, dass ich dich ganz dringend noch einmal anschauen musste, sofort. Ich quetschte mich also an dem Typen vorbei, der den Preis im Wettbewerb Naturwissenschaften gewonnen hat, warf einen Blick ins Esszimmer und das kleine Nebenzimmer mit den gerahmten Fotos von Al, auf denen er auf den Stufen vor der Kirche steht und sich offensichtlich sehr unbehaglich fühlt. In allen Räumen war es zu voll, zu heiß und zu laut, und ich rannte nach oben, klopfte erst an, für den Fall, dass schon irgendwer in Als Bett gelandet war, schnappte mir die Strickjacke und verdrückte mich unauffällig nach draußen, um Luft zu schnappen und um nachzusehen, ob du vielleicht im Garten warst. Und so war es tatsächlich. Was brachte mich bloß dazu, so was zu tun, dabei zuzusehen, wie du grinsend dastandest, zwei Bier in den

Händen, während Trevor ins Blumenbeet von Als Mutter kotzte? Es gehörte sich nicht, dass ich ihn so anstarrte. Es war schließlich nicht *mein* Geburtstag, dachte ich. Es gab keinen Grund, weswegen ich da draußen stehen sollte, im Garten, total exponiert. Das ist Ed Slaterton, sagte ich mir, Herr im Himmel, und eingeladen ist er auch nicht. Was war in mich gefahren? Was tat ich da? Aber laut sagte ich etwas anderes, laut fragte ich dich, ob ihr ein Problem hättet.

»Ich nicht«, sagtest du. »Trev geht's nur gerade nicht so gut.«

»Scheiße«, gurgelte Trevor aus dem Gebüsch.

Du hast gelacht, und ich auch. Dann hast du beide Flaschen ans Licht gehalten, um zu sehen, welche welche war. »Hier, aus der hat noch keiner getrunken.«

Normalerweise trinke ich kein Bier. Genau genommen auch sonst nichts. Ich nahm die Flasche. »War die nicht für deinen Freund?«

»Er sollte nicht durcheinandertrinken«, sagtest du. »Er hat schon eine halbe Flasche Whiskey intus.«

»Ehrlich?«

Du sahst mich an, dann nahmst du mir die Flasche wieder aus der Hand, weil ich den Verschluss nicht aufbekam. Du schafftest das auf Anhieb, die beiden Kronkorken hast du in meine Hand fallen lassen wie Münzen, wie einen geheimen Schatz, als du mir das Bier zurückgabst. »Wir haben verloren«, sagtest du zur Erklärung.

»Was macht er dann, wenn ihr gewinnt?«, wollte ich wissen.

»Eine halbe Flasche Whiskey trinken«, sagtest du, und dann hast du …

(Später hat Joan mir erzählt, dass du einmal nach einem verlorenen Spiel auf einer Vereinsparty zusammengeschlagen worden bist, seitdem gehst du nach Niederlagen immer auf fremde Partys. Sie warnte mich, es sei ein schweres Los, mit einem Basketballstar zusammen zu sein. »Ein Leben als Witwe«, sagte sie, leckte den Löffel ab und drehte Hawk lauter. »Eine zu Tode gelangweilte Basketballwitwe, während er fröhlich durch die Welt dribbelt.«

Ich dachte, das würde mir nichts ausmachen. Blöd von mir.)

… also dann hast du mich nach meinem Namen gefragt. Min, sagte ich, kurz für Minerva, die römische Göttin der Weisheit, mein Dad machte nämlich gerade seinen Master, als ich zur Welt kam, und – nein, absolut ausgeschlossen, frag gar nicht erst, Minnie darf mich nur meine Großmutter nennen, denn die liebt mich am allermeisten, das hat sie mir gesagt, sagte ich, und dabei ahmte ich ihre Stimme nach.

Du seist Ed, sagtest du. So als wäre es denkbar, dass ich das nicht wüsste. Ich fragte dich, wie hoch ihr verloren hattet.

»Erspar mir das«, sagtest du. »Wenn ich dir sage, wie hoch wir verloren haben, verletzt das meine sämtlichen Gefühle.«

Das gefiel mir – *meine sämtlichen Gefühle.* »Bis zum letzten?«, fragte ich. »Tatsächlich?«

»Na ja«, sagtest du und trankst einen Schluck. »Ein oder zwei wären vielleicht noch übrig. Irgendein Gefühl hätte ich vielleicht noch.«

Ich hatte auch ein Gefühl. Und natürlich hast du mir dann doch erzählt, Ed, wie hoch ihr verloren hattet. Jungs sind nun mal Jungs. Trevor lag schnarchend auf dem Rasen. Das Bier schmeckte eklig, und ich goss es heimlich hinter meinem Rücken in die kalte Erde. Drinnen sangen Leute *Bitter birthday to you, bitter birthday to you, Al* – und Al hat es mir nie nachgetragen, dass ich draußen geblieben bin mit einem Jungen, zu dem er keine Meinung hatte, statt ins Haus zu kommen und zuzusehen, wie er die sechzehn schwarzen Kerzen auf dem dunklen, ungenießbaren Herzen ausblies – *Bitter birthday to you.* Du hast mir das ganze Spiel geschildert, von vorn bis hinten, und dabei zuckten deine schlanken Arme die ganze Zeit in den knisternden Ärmeln deiner Jacke, weil du mir jeden einzelnen deiner Spielzüge demonstriert hast. Basketball ist mir noch immer ein Buch mit sieben Siegeln, lauter aufgeregt herumhüpfende, brüllende Typen in Trikots, und obwohl ich nicht wirklich hinhörte, habe ich doch jedes einzelne Wort aufgenommen. Weißt du, welches mir gefiel, Ed? *Lay-up,* euer Wort für den Korbleger. Es klingt einfach sexy. Ich ließ es mir auf der Zunge vergehen – *lay-up, lay-up, lay-up* – während du immer weitermachtest mit euren Finten und Penaltys, euren Freiwürfen und Shotblocks und den vielen Malen, wo jemand Mist gebaut hat, weswegen dann alles den Bach runterging. Dieses Wort, lay-up, und dazu deine Sprungbewegung, während die Gäste im Haus immer weitersangen *For he's a bitter good fellow, for he's a bitter good fellow, for he's a bitter good fellow, which nobody can deny.* Den Song würde ich mir merken für meinen Film, so laut drang er durch die Fenster, dass der Rest deiner Sportreportage nur noch ganz undeutlich bei mir ankam. Du hast deine leere Flasche in elegantem Bogen an den Zaun geschmettert, wo sie zersprang, und dann sagtest du:

»Könnte ich dich vielleicht –«

Ich dachte, jetzt würdest du doch noch fragen, ob du mich Minnie nennen könntest, dabei wolltest du bloß wissen, ob du mich anrufen könntest. Wie hätte dir so was einfallen können, wie hätte ich je zu so etwas Ja sagen können! Aber ich hätte sogar Ja gesagt, Ed, ich hätte dir erlaubt, mich so zu nennen, wie ich es hasse, genannt zu werden, außer von dem Menschen, der mich mehr liebt als jeder andere auf der Welt. Stattdessen sagte ich, ja, klar könntest du mich anrufen, vielleicht um am Wochenende zusammen ins Kino zu gehen, und weißt du was, Ed? Das Seltsame an Herzenswünschen ist, dass dein Herz nicht einmal weiß, was es sich wünscht, bis es genau das plötzlich vor sich hat. Wie eine Krawatte auf dem Flohmarkt, wie irgendein genialer Fund in einer Wühlkiste mit lauter Schrott, genau so warst du auf einmal da, ungeladen, und auf einmal war die Party vorüber, und du warst alles, was ich wollte, das beste Geschenk überhaupt. Ich hatte ja nicht einmal Ausschau gehalten, jedenfalls nicht nach dir, und jetzt warst du mein Herzenswunsch, der Trevor mit einem Tritt weckte und mit ihm in die süße späte Nacht entschwand.

»War das – *Ed Slaterton*?«, fragte Lauren, eine Tüte in der Hand.

»Wann?«, fragte ich zurück.

»Frag nicht so dumm. Gerade eben. Das war er doch. Wer hat den denn eingeladen? Der hier – das gibt's doch gar nicht.«

»Ich weiß«, sagte ich. »Niemand.«

»Und er wollte deine Nummer haben?«

Ich schloss die Finger um die Kronkorken, damit niemand sie sah. »M-mh.«

»Ed Slaterton will sich mit dir verabreden? Ed Slaterton hat sich mit dir verabredet?«

»Hat er nicht«, stellte ich nüchtern klar. »Er hat bloß gefragt, ob er vielleicht –«

»Ob er vielleicht was?«

Die Tüte raschelte im Wind. »Ob er meine Nummer haben könnte, um sich mit mir zu verabreden«, gab ich zu.

»Grundgütiger!«, stöhnte Lauren und schob schnell hinterher: »Wie meine Mutter sagen würde.«

»Lauren –«

»Min ist gerade von *Ed Slaterton* um ein Date gebeten worden!«, rief sie ins Haus.

»Waas?« Jordan kam aus der Tür. Al warf einen erschrockenen Blick durchs Küchenfenster. Über die Spüle hinweg starrte er mich entgeistert an, als wäre ich ein Waschbär.

»Min ist gerade –«

»Nein«, unterbrach ich sie. »Nicht wirklich. Er wollte bloß meine Nummer.«

»Klar, so was kann alles bedeuten.« Mit einem verächtlichen Schnauben hob Lauren feuchte Servietten vom Rasen auf und steckte sie in die Tüte. »Vielleicht arbeitet er ja für die Telefongesellschaft.«

»Hör auf.«

»Vielleicht sammelt er auch Vorwahlnummern.«

»Lauren –«

»Er hat dich um ein Date gebeten. Ed Slaterton.«

»Der ruft nicht an«, sagte ich. »Das war bloß so ein Partygequatsche.«

»Mach dich nicht kleiner, als du bist«, sagte Jordan. »Wenn ich es mir recht überlege – du besitzt all die Qualitäten, auf die es Ed Slaterton bei seinen Millionen Freundinnen ankommt. Du hast zwei Beine.«

»Und: Du bist ein kohlenstoffbasiertes Lebewesen«, ergänzte Lauren.

»Stopp!«, sagte ich. »Er ist nicht – er ist einfach irgendein Typ.«

»Hört euch das an, einfach irgendein Typ.« Lauren sammelte weiter Müll ein. »Ed Slaterton will mit dir weggehen. Das ist doch verrückt. Verrückt wie – wie *Augen am Dach.*«

»Das ist überhaupt nicht so verrückt wie dieser großartige Film, der im Übrigen *Augen an der Decke* heißt.«

»Ich kann's einfach nicht glauben«, sagte Jordan.

»Da gibt's auch nichts zu glauben«, sagte ich zu allen im Garten, mich eingeschlossen. »Es gab eine Party, und Ed Slaterton war hier, und jetzt ist die Party vorbei, und wir räumen alles auf.«

»Dann komm rein und hilf mir«, sagte Al schließlich und hielt die tropfende Punschschüssel hoch. Ich lief schnell in die Küche und suchte nach einem Geschirrtuch.

»Wegwerfen?«

»Was?«

Er zeigte auf die beiden Kronkorken in meiner Hand.

»Ah ja, klar«, sagte ich, aber sobald ich mich umgedreht hatte, schob ich sie mir schnell in die Tasche. Al reichte mir die Schüssel und ein Tuch und musterte mich gründlich.

»Ed Slaterton?«

»Ja«, sagte ich und versuchte ein Gähnen. In mir pochte es wie wild.

»Er will dich wirklich anrufen?«

»Ich weiß nicht«, sagte ich.

»Aber du – hoffst es?«

»Ich weiß nicht.«

»Du weißt nicht?«

»Der ruft mich nicht an. Er ist schließlich Ed Slaterton.«

»Ich weiß sehr gut, wer er ist, Min. Aber du – was bist du?«

»Ich weiß nicht.«

»Natürlich weißt du's. Wie solltest du's nicht wissen?«

Ich bin gut darin, das Thema zu wechseln. »Herzlichen Glückwunsch, Al.«

Al schüttelte bloß den Kopf, wahrscheinlich, weil er mein Lächeln sah. Vermute ich mal. Vermutlich habe ich gelächelt, weil die Party vorüber war und die Kronkorken in meiner Tasche brannten. Nimm sie zurück, Ed. Hier hast du sie. Nimm das Lächeln zurück und den Abend, nimm alles zurück. Ich wünschte, ich könnte es selbst rückgängig machen.

5. Oktober
Greta in der Wildnis
EINTRITT
1
EINTRITTS-KARTE
bitte AUFBEWAHREN!
SCHÜLERVORSTELLUNG
The Carnelian

Das hier ist die Kinokarte für den ersten Film, den wir zusammen gesehen haben, wie er hieß, steht drauf, *Greta in der Wildnis,* außerdem noch *Schülervorstellung* und das Datum: *5. Oktober* – ein Datum, das mich für alle Zeit irritieren wird. Ich weiß nicht mehr, ob es deine Eintrittskarte war oder meine, aber ich weiß noch, dass ich beide gekauft und draußen gewartet habe. Es war ein bisschen kalt, und ich musste mich zusammenreißen, um nicht dauernd auf und ab zu laufen. Du kamst auf den allerletzten Drücker, das ist normal bei dir, doch das habe ich erst später gelernt. Ich hatte so ein Gefühl. Du würdest nicht kommen, das war mein Gefühl, und für den Film dieses Tages, des 5. Oktobers, fährt die Kamera die leere Straße auf und ab, während ich allein und grau dastehe und manchmal vor die Linse laufe. Was soll's, dachte ich. Wer bist du denn schon, doch bloß Ed Slaterton. Komm jetzt endlich. Was macht das schon? Komm jetzt endlich, komm jetzt, wo steckst du denn? Mistkerl, die anderen hatten recht, was dich angeht, beweis ihnen, dass sie falsch lagen, wo steckst du bloß?

Und dann, wie aus dem Nichts, landetest du wieder in meinem Leben, mit gekämmten, noch feuchten Haaren, und tipptest mir auf die Schulter, lächelnd, vielleicht nervös. Vielleicht atemlos, genau wie ich.

»Hey«, krächzte ich.

»Hey«, sagtest du. »Tut mir leid, falls ich zu spät bin. Ich wusste nicht mehr, dass es dieses Kino hier war. Ich geh sonst nie hierher. Ich hab's mit dem *Internationale* verwechselt.«

»Dem Internationale?« Das Internationale, Ed, ist nicht das Carnelian. Das Internationale zeigt ohne Ende britische Verfilmungen immer derselben drei Romane von Jane Austen, außerdem Dokumentarfilme über Umweltverschmutzung. »Und wer hat vor dem Internationale auf dich gewartet?«

»Niemand«, hast du gesagt. »Total einsam war's. Hier gefällt es mir besser.«

Wir standen noch einen Moment beieinander, dann zog ich die Tür auf. »Das heißt, du warst noch nie hier?«

»Einmal, in der Achten, mit der Schule. Da gab's so einen Film über den Zweiten Weltkrieg. Und dann ist mein Dad mal mit mir und Joan hergekommen, das muss noch gewesen sein, bevor er mit Kim zusammenkam. Irgendwas in Schwarz-Weiß.«

»Ich bin praktisch jede Woche hier.«

»Gut«, sagtest du. »Dann weiß ich ja immer, wo ich dich finden kann.«

»M-mh«, sagte ich und ließ den Satz in mir nachklingen.

»Okay, dann sag mir noch mal schnell, was wir uns angucken?«

»Greta in der Wildnis. Das Meisterwerk von P. F. Mailer. Ganz selten, dass man mal das Glück hat, den auf der großen Kinoleinwand zu sehen.«

»Aha«, sagtest du und sahst dich in der menschenleeren Lobby um. Außer uns waren nur diese bärtigen Männer da, dieselben, die fast immer kommen, allein, außerdem noch ein Pärchen, vermutlich von der Uni, und eine alte Frau mit einem so sagenhaft schönen Hut, dass ich immer hingucken musste. »Ich geh dann mal Karten holen.«

»Hab ich schon.«

»Oh«, sagtest du. »Na dann, was sonst? Popcorn?«

»Aber immer doch. Das Popcorn vom Carnelian ist das beste überhaupt.«

»Also gut. Mit Butter?«

»Ganz, wie du willst«, sagte ich.

»Nein«, sagtest du und berührtest mich leicht an der Schulter. Du erinnerst dich bestimmt nicht mehr daran, aber mir wurde ganz schwindlig. »Ganz, wie *du* willst.«

Und ich bekam tatsächlich, was ich wollte; alles war, wie ich es mir gewünscht hatte: Plätze in meiner Lieblingsreihe, der sechsten. Die verblassten Wandbilder, der klebrige Boden. Die gleich aussehenden, aber weit auseinander sitzenden bärtigen Männer, wie zwei Winkel eines Rechtecks. Das Profil der alten Frau, die hinten stand, ihren Hut abnahm und neben sich legte. Und du, Ed, im Dunkeln, während im Kino die Lichter ausgingen, und dein Arm, der so aufregend um meine Schultern lag.

Greta in der Wildnis beginnt absolut großartig, absolut genial mit einem sich öffnenden Vorhang. Lottie Carson – die mit dem Grübchen, das sie zu Amerikas Leinwandliebling gemacht hat und zur Geliebten von P. F. Mailer, mit dem sie immer eng umschlungen auf all den wunderschönen Partyfotos zu sehen ist in *Wenn die Lichter ausgehen: Eine kurze illustrierte Geschichte des Films* – also Lottie Carson spielt in diesem Film ein Revuegirl in einer Tanzgruppe. Sie ist kaum älter als ich jetzt, hat ein Hütchen auf dem Kopf und einen Spitzenfächer in der Hand und singt *Du bist mein Stern, Chéri*, mit großem Orchester und einem glitzernden Pappstern, der an Seilen von der Decke heruntergelassen wird. Miles De La Raz mit seinem dünnen schwarzen, pomadisierten Schnurrbärtchen kann den Blick nicht von ihr abwenden, während er, von zwei finsteren Bodyguards flankiert, in seiner Loge sitzt und du meine Hand zwischen deinen Händen hieltest, warm und elektrisierend, und das Popcorn unbeachtet blieb.

Hinter der Bühne ist Miles ein Arsch – als hätten wir das nicht gleich gewusst, dafür reichte ja schon ein Blick auf den Schnurrbart. »Greta, ich will nicht, dass du mit diesem drittklassigen Posaunisten sprichst, das hab ich dir schon zig Mal gesagt.« – »Ach, Joe, er ist doch bloß ein Freund, mehr nicht« und so weiter. Noch mehr Dialoge, noch ein Song, glaube ich, aber –

– aber du hast mich geküsst. Das kam ganz überraschend, wobei es andererseits nicht *sooo* überraschend ist, sich zu küssen, wenn man ein Date hat, zumindest nicht, wenn man Ed Slaterton ist, und genauso wenig, wenn ich ehrlich bin, wenn man Min Green ist. Es war ein guter erster Kuss, zart und eher flüchtig. Noch jetzt, im Lieferwagen von Als Dad, spüre ich ihn schmetterlingsleicht am Hals. Was machst du jetzt bloß?, habe ich mich gefragt, und dann, während in einer kleinen dunklen Gasse ein Kugelhagel den Instrumentenkoffer durchlöchert und Lottie Carson in ihrem Nerz laut schreit, dann habe ich dich zurückgeküsst.

Lottie Carson muss die Stadt verlassen, aber wir beide blieben, wo wir waren. Miles De La Raz' rechte Hand, der Glatzkopf, der auch schon in *Dinner um Mitternacht* mitgespielt hat (mit Brille und Kopfgrippe), bringt sie zum Zug, und sie wirft ihm mit einem verächtlichen Schnauben ihren Nerz in die stammelnde Visage, aber von der Szene hast du vermutlich nichts mitbekommen, denn bis dahin waren wir schon bei französischen

Küssen, dein feuchter Mund schmeckte nach einem Hauch von Menthol. Al und ich haben den Film in unserem Sophomore-Jahr gesehen, bei ihm zu Hause, im Doppelpack mit *Knarre her!*, bei Pizza und Eiskaffee, von dem ich wie aufgedreht war und ständig quasselte, während Al ganz zittrig und nervös wurde, sodass seine Knie dauernd zuckten und er nie wusste, wohin mit den Händen. Also ich jedenfalls kenne die Szene. Junge, Junge, die Sache mit dem Pelz, die bereut sie noch bitter, denn ihr Zug geht nach Norden, weit, weit nach Norden in einer Montage, die ich unglaublich toll finde und die auf der großen Kinoleinwand noch viel besser zur Geltung kommt, mit den wolkigen Bildrändern und den Stimmen, die erst »Buffalo! Nächster Halt Buffalo!« ankündigen und dann mit immer verrückteren Namen wie »Worchester! Badwood! Chokypond! Ducksbreath!«, bis sie schließlich in dem gottverdammten Yukon landet, wo Will Ringer sie dick eingemummelt auf einem Hundeschlitten erwartet, um sie zu ihrem Versteck zu bringen, und deine Hand liegt an meinem Hals, und ich weiß nicht, ob sie gleich über mein zweitbestes Top nach unten gleitet, das mit den raffinierten Perlenknöpfen, weswegen man es von Hand waschen muss, oder ob du die Hand gleich an meine Taille legst, wo sie unter dem Top nach oben wandern kann, und genauso wenig weiß ich, ob ich dich bremse, ob ich es will, ob du jemandem davon erzählen wirst. Deine Hände an meinem Körper, und dabei sind erst zwanzig Minuten von dem ersten Film an unserem ersten Date vorüber. Also höre ich auf, dich zu küssen, und Lottie Carson schläft allein in dem Iglu, während Will Ringer, mit Eiszapfen in dem Bart, den er sich ihretwegen abrasieren wird, weil sie ihn darum bittet und er sie liebt – Will Ringer schläft draußen bei den Hunden.

Während der restlichen Vorführung haben wir still dagesessen, im Dunkeln, und bloß Händchen gehalten bis zum Ende, bis zu dem langen, langen Kuss, und dann standen wir blinzelnd in der Lobby und ich habe dich gefragt, wie du den Film fandest.

»Hm«, machtest du nur und zucktest mit den Achseln, sahst mich an, zucktest wieder mit den Achseln, dabei machtest du so eine unentschlossene Schaukelgeste. Am liebsten hätte ich dich am Handgelenk gefasst und deine Finger dorthin gelegt, von wo ich sie zuvor vertrieben hatte, so wild klopfte mein Herz, Ed, weil ich es mir so sehr wünschte, schon damals, an jenem 5. Oktober im Carnelian.

»Also, ich fand ihn gut«, sagte ich und hoffte inständig, dass ich bei meinen Gedanken eben nicht rot geworden war. »Danke, dass du ihn mit mir angeschaut hast.«

»Ja«, sagtest du und dann noch: »Ich meine, kein Problem.«

»Kein Problem?«

»Du weißt schon, was ich meine«, sagte er. »Tut mir leid.«

»Das hast du gemeint? Es tut dir leid?«

»Nein«, sagtest du, »ich meinte: Was machen wir jetzt?«

»Ähm«, machte ich, und du hast mich angesehen, als hättest du deinen Text vergessen. Was könnte ich mit dir unternehmen? Ich hatte gehofft, du hättest eine Idee. Den Film hatte schließlich ich vorgeschlagen. »Hast du Hunger?«

Du hast geschmunzelt. »Ich bin Basketballer«, hast du gesagt, »und das heißt, auf die Frage heißt die Antwort immer Ja.«

»Okay«, sagte ich und überlegte, dass ich ja wenigstens einen Tee trinken könnte. Und dir beim Essen zugucken? Sollte das alles sein, der ganze 5. Oktober? Greta geisterte mir noch immer durch den Kopf, und so wollte ich, dass wir noch etwas machten, irgendetwas …

Auf einmal blieb mir kurz die Luft weg, ehrlich. Ich musste es dir zeigen, denn es war nichts, was man auf Anhieb sehen konnte, ein Weg zu einem Ort, der Beginn einer Geschichte, die diesen 5. Oktober zu einem ebenso wunderschönen Film machen könnte wie der, den wir eben gesehen hatten. Es war mehr als die alte Dame, die soeben an uns vorüberging, mehr als alles, worauf du im Licht dieses regnerischen Nachmittags einen Blick werfen konntest. Es war ein Traum von einem Vorhang, der sich öffnete, und ich würde dich bei der Hand nehmen, um dich hindurchzuführen an einen Ort, an dem es mehr gab als bloß zwei im Kino knutschende Highschool-Schüler, etwas Besseres als Tee für ein Mädchen und Essen für einen Sportler, mehr als einen gewöhnlichen Nachmittag, wie jeder andere ihn auch haben konnte, etwas Magisches auf einer großen Leinwand, etwas anderes, etwas –

– Außergewöhnliches.

Atemlos zeigte ich mit dem Finger die Straße hinunter. Ich habe dir ein Abenteuer geschenkt, Ed, direkt vor deinen Augen geschah es, aber du hast es nicht gesehen, bis ich es dir gezeigt habe, und deswegen ist es aus.

BB
Der Bixby-Filmverleih zeigt:
Lottie Carson
in
GRETA
in der
WILDNIS

Dir das hier zurückzugeben bricht mir das Herz, aber deins ist schließlich auch gebrochen, also sind wir wohl quitt. Abgesehen davon kann ich Lottie Carson sowieso nicht mehr anschauen, aus naheliegenden Gründen, und das heißt, wenn ich es dir nicht zurückgäbe, würde es irgendwo in einem Haufen Plunder vor sich hin modern, statt dir entgegenzublicken, wenn du diesen Karton aufmachst, und dich zum Weinen zu bringen mit ihrem Lächeln, ihrem schönen Lächeln, dem berühmten Lächeln der Lottie Carson.

»Was?«, sagtest du und sahst der alten Dame nach, die sich langsam auf der Straße entfernte.

»Lottie Carson«, sagte ich.

»Wer soll das sein?«

»Die vom Kino.«

»Stimmt, hab ich gesehen, in der letzten Reihe. Die mit dem Hut.«

»Nein, das war *Lottie Carson*«, sagte ich. »Glaube ich wenigstens. Die Greta aus dem Film.«

»Echt?«

»Ja.«

»Bist du sicher?«

»Nein«, sagte ich, »natürlich nicht. Aber sie könnte es sein.«

Wir gingen hinaus, und du hast ihr mit zusammengekniffenen

Augen und gerunzelter Stirn nachgeschaut. »Die sieht doch kein bisschen so aus wie die im Film.«

»Der ist ja auch uralt«, sagte ich. »Streng deine Fantasie ein bisschen an. Wenn sie es ist, dann heißt das, sie hat sich ins Kino geschlichen, um sich selbst in der Wildnis zu sehen, und außer uns weiß kein Mensch davon.«

»*Wenn* sie es ist«, wiederholtest du. »Aber wie kannst du dir da sicher sein?«

»Sicher kann man sich da nie sein«, sagte ich. »Jetzt nicht. Ich hatte einfach so ein Gefühl, als wir da drin saßen. Bei dem langen Kuss am Ende.«

Du hast gelächelt, und ich wusste, an welchen Kuss du dachtest. »Du hattest so ein Gefühl.«

»*Den* Kuss meinte ich doch nicht«, sagte ich und spürte gleich wieder, wie du mir mit beiden Händen die Haare zurückgestrichen hast, damit sie uns beiden nicht ins Gesicht fielen. »Den im Film.«

»Warte mal kurz«, sagtest du und gingst zurück ins Kino. Die Tür schwang hinter dir zu, und durch die verschmierte Scheibe sah ich dich wie in einem unscharfen Film oder einer nicht restaurierten Kopie. Mit raschen Schritten warst du an der Wand, beugtest dich vor, und dann – ruckzuck – warst du wieder draußen, nahmst mich am Arm und ranntest, ohne zu gucken, mit mir über die Straße, rüber zur Schnellreinigung. Die Uhr über dem motorisierten Kleiderständer, den sie in Gang setzen, um die gereinigten Sachen herauszusuchen, zeigte mir, dass es noch früh war. Es war ein kurzer Film gewesen, also war noch reichlich Zeit, bis ich zu Hause sein musste und bis ich, wie versprochen, Al anrufen wollte, um ihm alle Einzelheiten zu berichten. Das

Garderobenkarussell drehte sich, die Kleidungsstücke in ihren Plastikhüllen zogen eins nach dem anderen vorüber wie Menschen bei einer Feuerübung, bis der Ständer stoppte und ein hässliches Kleid und eine Kundin sich in einer knittrigen Umarmung wiedervereinigten. Du aber drehtest mein Gesicht zu dir (wie warm deine Hand sich anfühlte), bis ich sah, was ich sehen sollte: *Lobby Cards* nennt man diese Aushangfotos in den Kinofoyers, das weiß ich aus *Wenn die Lichter ausgehen: Eine kurze illustrierte Geschichte des Films,* und du hast die Lobby Card aus dem Carnelian geklaut. Es ist ein Original, eins von früher, das sieht man an den Farben. Glücklich sieht sie mich an, Lottie Carson mit dem berühmten Grübchen am Kinn und dem Schneesturm im Hintergrund, ein Püppchen im Pelz, Amerikas Leinwandliebling.

»Dieses Mädel«, sagtest du, »diese Schauspielerin und die Dame da hinten – die sollen dieselbe sein, sagst du?«

»Sieh sie dir doch an«, sagte ich und hielt das Foto an der anderen unteren Ecke hoch. Mir stockte fast der Atem, als ich es berührte. Ich hielt eine Ecke, du die gegenüberliegende, oben links war das Logo des Filmverleihs, und die vierte Ecke fehlt, siehst du, sie war am Reißnagel in der Kinolobby hängen geblieben, wo du das Foto abgerissen und geklaut hast, damit wir Lottie Carson zusammen ansehen und uns weiter Gedanken machen konnten.

»Wenn sie es ist, dann wohnt sie vermutlich hier irgendwo«, dämmerte mir auf einmal. Sie war inzwischen schon ein ganzes Stück entfernt, den halben Block hinunter. »In der Nähe, meine ich. Irgendwo hier. Das wäre doch –«

»*Wenn* sie es ist«, sagtest du wieder.

»Die Augen sind schon mal gleich«, sagte ich. »Und das Kinn. Sieh doch mal hier, das Grübchen.«

Du schautest die Straße hinunter, dann sahst du erst mich und schließlich wieder das Foto an. »Also«, sagtest du, »das hier, das ist sie definitiv. Aber die Dame da hinten, die ist es vielleicht nicht.«

Ich hörte auf, das Foto anzusehen, und sah stattdessen – mein Gott, so was Schönes! – dich an. Ich küsste dich, und ich fühle es noch heute, meine Lippen auf deinen, ich weiß noch genau, was für ein Gefühl das war, damals, auch wenn ich es jetzt nicht mehr habe. »Selbst wenn sie es nicht ist«, murmelte ich an deinem Hals, als wir fertig waren – die Kundin aus der Reinigung, das hässliche Kleid schlaff über dem Arm, hatte uns mit einem »Ähem!« auseinandergetrieben –, »sollten wir ihr hinterhergehen.«

»Was? Ihr hinterhergehen?«

»Klar, komm!«, sagte ich. »Dann sehen wir ja, ob sie's ist. Und außerdem –«

»Außerdem ist es immer noch besser, als mir beim Essen zuzusehen«, sagtest du, als hättest du meine Gedanken gelesen.

»Na ja, alternativ können wir auch essen gehen«, sagte ich, »oder musst du, was weiß ich, nach Hause oder so?«

»Nein«, sagtest du.

»Nein, du willst nicht, oder nein, du musst nicht nach Hause?«

»Nein, ich meine, ja. Okay, wenn du willst.«

Du wolltest schon wieder die Straße überqueren, um zurück auf ihre Seite zu kommen, doch ich hielt dich am Arm fest. »Nein, bleib hier«, sagte ich. »Wir sollten ihr mit etwas Abstand folgen, ganz diskret.« Das hatte ich aus *Marokko um Mitternacht*.

»Was?«

»Das ist einfach. Sie geht ja so langsam.«

Du gabst mir recht. »Sie ist auch schon alt.«

»Logisch«, sagte ich. »Sie dürfte so um die, warte mal – sie war jung in *Greta in der Wildnis,* und das war, lass mal sehen …« Ich drehte die Karte um und überflog blinzelnd die Infos auf der Rückseite.

»Wenn sie es ist«, sagtest du.

»Wenn sie es ist«, sagte ich, und du nahmst meine Hand. *Und selbst wenn nicht,* hätte ich gern gemurmelt, wieder ganz nah an deinem Hals, den Geruch von Aftershave und Schweiß in der Nase. Gehen wir einfach, dachte ich, der Film hatte wohl deutliche Spuren in mir hinterlassen. Wir werden ja sehen, wo uns das hinführt, dieses Abenteuer mit der klimpernden Musik im Hintergrund und dem Studio-Schneesturm, mit Lottie Carson, die aus ihrem Iglu tritt, und Will Ringer, der schimpfend umherstapft, bevor er (natürlich!) die Schlittenhunde weckt und anfeuert, damit Greta den Richtigen finden kann, ganz gleich, wie bescheiden sein Iglu auch sein mag, und ihre Glückstränen auf dem Grübchen zu Diamanten gefrieren, in diesem Licht, das nur einer wie Mailer so hinbekam. Gehen wir, gehen wir, schnell zum Happy End, an dem Greta den Pelz ihrer Träume trägt, einen schneeweißen, von Will Ringer selbst gegerbten Eisbärenpelz, in den sie sich so glückstrahlend kuschelt, in der Tasche die große Überraschung, den Verlobungsring, und dann, während in riesigen, triumphierenden Lettern schon das Wort ENDE auf der Leinwand erscheint, der Kuss, der lange Kuss. Das war meine Sternstunde, Chéri. An dem Tag, jenem *5. Oktober,* hatte ich so ein Gefühl, das noch angefacht wurde von dem, was hinten auf der Lobby Card stand, den Infos zu Lottie Carsons Leben und

Karriere. Ihr Geburtstag stand kurz bevor – sie war fast neunundachtzig. Das ging mir durch den Kopf, als ich gedankenverloren die Straße hinunterging. An jenem 5. Oktober, als wir nebeneinanderherliefen – los, gehen wir, gehen wir zusammen auf etwas Außergewöhnliches zu –, sah ich den 5. Dezember vor mir, und schon fing ich an, Pläne zu machen, weil ich dachte, wir schaffen es bis dahin.

Majakowskis
Traum
UMZÜNGELT VON FLAMMEN
STEHE ICH
IM UNAUSLÖSCHLICHEN FEUER
UNFASSBARER LIEBE

Wenn du diese Schachtel aufmachst und siehst, dass sie leer ist, fragst du dich vielleicht einen Moment lang, ob sie schon leer war, als du sie mir geschenkt hast – ich sehe es vor mir: noch so eine leere Geste, als würdest du mir eine jämmerliche Bestechung flüchtig in die Hand drücken. Doch die Wahrheit – und um die geht es hier – ist, dass die Schachtel voll war, vierundzwanzig Streichhölzer hübsch beieinander. Sie ist jetzt deswegen leer, weil die Streichhölzer aufgebraucht sind.

Ich rauche nicht, auch wenn es in Filmen immer so toll aussieht. Aber ich zünde Streichhölzer an, in den Nächten, wenn mein Gehirn total leer ist und ich aufs Garagendach hinausklettere, unter den großen Himmel, während meine Mutter arglos schläft und nur ganz vereinzelt einsame Autos über weit entfernte Straßen rollen, wenn mein Kissen einfach nie kühl bleibt und die Decke mich stört, ganz egal, ob und wie ich mich bewege oder ob ich still liege. Ich sitze dann nur da, mit baumelnden Beinen, zünde Streichhölzer an und sehe zu, wie sie langsam abbrennen und verlöschen.

Die Schachtel reichte gerade für drei Nächte (nicht hintereinander!), dann waren alle Streichhölzer aufgebraucht, und die Schachtel enthielt nur noch das Nichts, das du jetzt siehst. Die erste Nacht war die nach dem Tag, an dem du mir die Schachtel geschenkt hast. Als meine Mom endlich türenschlagend zu Bett gegangen war und Al und ich aufgelegt hatten. Vor lauter Glück war ich so aufgedreht, dass ich nicht schlafen konnte. Der Film jenes ganzen Tages lief ohne Pause in dem kleinen Vorführraum meines Gehirns. In *Wenn die Lichter ausgehen: Eine kurze illustrierte Geschichte des Films* gibt es ein Foto, auf dem Alec Matto rauchend in einem Sessel sitzt und ein schmaler Lichtstrahl auf eine Leinwand fällt, die wir nicht sehen können. »Alec Matto in seinem privaten Vorführraum, beim Betrachten der Dailys für *Wo ist Julia?* (1947)«. Joan musste mir erst erklären, was Dailys sind – das sind sämtliche Filmaufnahmen eines Drehtages, mit denen der Regisseur sich irgendwann abends hinsetzt, rauchend, um sie sich anzusehen, vielleicht auch nur eine einzige Szene – ein Mann öffnet eine Tür, immer wieder, eine Frau zeigt aus einem Fenster, zeigt aus einem Fenster, zeigt aus einem Fenster. Das sind Dailys, und an jenem Abend habe ich sieben oder acht Streichhölzer gebraucht, um mir unsere atemberaubenden Dailys dieses Tages immer wieder anzusehen: wie ich nervös vor dem Kino stand, die Karten in der Hand, wie Lottie Carson mit all den Zügen nach Norden fuhr, wie ich dich küsste, wie ich dich küsste, unsere seltsame Unterhaltung im *A-Post Novelties*, wegen der ich total nervös war, nachdem ich Al davon erzählt hatte, obwohl er sagte, er habe keine Meinung dazu. Die Streichhölzer waren so ein kleines *Er-liebt-mich-er-liebt-mich nicht*-Spiel, aber dann las ich auf einmal auf der Schachtel, dass vierundzwanzig Stück darin waren, weswegen das Spiel auf *nicht* ausgegangen wäre, also ließ ich lieber eine kleine Handvoll von ihnen aufflackern und verlöschen, jedes einzelne ein neuer Kick, ein köstlicher kleiner Anstoß für jeden Teil, an den ich mich erinnerte, bis ich mir den Finger verbrannte und von da an nur noch still an all das dachte, was wir zusammen getan hatten.

»Okay, und was nun?«

Nach zwei Blocks war Lottie Carson abgebogen und hatte *Majakowskis Traum* betreten, ein russisches Lokal mit mehreren dichten Lagen von Gardinen im Schaufenster. Man sah absolut nichts, jedenfalls nicht von der anderen Straßenseite her.

»Das Restaurant ist mir noch nie aufgefallen«, sagte ich. »Bestimmt isst sie da zu Mittag.«

»Dafür wär's ein bisschen spät.«

»Vielleicht ist sie Basketballerin und hat auch den ganzen Tag Hunger.«

Du schnaubtest leise. »Dann spielt sie wohl bei den *Western Mustangs*, das sind alles kleine alte Damen.«

»Also gut, gehen wir ihr nach.«

»Da rein?«

»Wieso nicht, das ist schließlich ein Restaurant.«

»Sieht aber ziemlich elegant aus.«

»Wir müssen ja nur eine Kleinigkeit bestellen.«

»Min, wir wissen doch nicht mal, ob sie's ist.«

»Aber vielleicht hören wir, ob der Kellner sie Lottie nennt.«

»Min –«

»Oder Madame Carson oder so. Ich meine, findest du nicht, dass das hier genauso aussieht, als könnte ein Filmstar hierherkommen, als Stammgast?«

Du hast mich angelächelt. »Ich weiß nicht.«

»Aber total.«

»Kann sein.«

»Und ob.«

»Okay, okay«, sagtest du und wolltest mich über die Straße ziehen. »Du hast ja recht.«

»Warte, ein bisschen sollten wir noch warten.«

»Wieso?«

»Weil es verdächtig ist, wenn wir gleich nach ihr reingehen. Wir sollten kurz warten, so drei Minuten vielleicht.«

»Klar, dann sind wir völlig unverdächtig.«

»Hast du 'ne Uhr? Egal, wir zählen einfach bis zweihundert.«

»Wieso zweihundert?«

»Die Sekunden. Eins, zwei …«

»Min, zweihundert Sekunden sind nicht drei Minuten.«

»Oh Mann!«

»Zweihundert könnte nie das Dreifache von irgendwas sein.«

»Stimmt, du bist ja so ein Mathe-Ass, fällt mir gerade ein.«

»Hör auf!«

»Womit?«

»Hör auf, mich wegen Mathe aufzuziehen.«

»Ich zieh dich gar nicht auf, ich hab mich bloß erinnert. Du hast doch letztes Jahr diesen Preis gewonnen, stimmt's?«

»Min.«

»Was war das noch mal?«

»Ich hab nicht gewonnen, ich war bloß in der Endrunde. Mit vierundzwanzig anderen.«

»Na ja, aber entscheidend ist doch –«

»Entscheidend ist doch, dass Trevor und die anderen sich dauernd darüber lustig machen.«

»Ich nicht. Wieso sollte man auch? Es ist Mathe, Ed. Nichts wie, was weiß ich, wie wenn du richtig toll stricken könntest. Was nicht heißen soll, dass Stricken –«

»Das ist beides gleich schwul.«

»Was? Sag so was – ich meine, Mathe ist doch nicht *schwul*!«
»Irgendwie schon.«

»War Einstein schwul?«

»Seine Frisur auf jeden Fall.«

Ich betrachtete erst deine Haare, dann dich. Du lächeltest ein Kaugummi auf dem Bürgersteig an. »Also wirklich«, sagte ich, »wir leben in verschiedenen –«

»Stimmt«, sagtest du. »In deiner sind drei Minuten gleich zweihundert Sekunden.«

»Ah, stimmt ja. Drei. Vier.«

»Lass gut sein, schon vorbei.« Du hieltest meine beiden Hände wie bei irgend so einem Volkstanz und führtest mich im Zickzack über die Straße. Ob zweihundert Sekunden oder einhundertachtzig, dachte ich, wen kümmert das schon?

»Ich hoffe bloß, sie ist es.«

»Weißt du was?«, hast du gesagt. »Ich auch. Aber selbst wenn nicht –«

Doch kaum waren wir hineingegangen, war klar, dass wir wieder hinausgehen sollten. Nicht nur wegen der mit rotem Samt bespannten Wände. Nicht nur wegen der Lampenschirme aus rotem Stoff, der im Schein der Glühbirne dunkelrosa schimmerte, und auch nicht wegen der kleinen Glasperlen an den Lampenschirmen, die sich im Luftzug der offenen Tür drehten und wie Prismen funkelten. Es lag auch nicht an den geschäftig hin und her laufenden Männern im Frack oder den roten, wie Flaggen gefalteten Stoffservietten, mit einer kleinen, gefalzten Ecke für die Fahnenstange, die auf einem Ecktisch bereitlagen, Flagge auf Flagge auf Flagge auf Flagge, so als wäre ein Krieg vorüber und die gegnerische Partei hätte sich komplett ergeben.

Es lag auch nicht an den Tellern mit dem roten Schriftzug *Majakowskis Traum* über einem Zentaur, der einen Dreizack über dem Kopf hielt und einen Huf erhoben hatte, um uns alle zu bezwingen und zu bedeutungslosem Staub zu zertreten. Es lag auch nicht bloß an uns, daran, dass wir noch Schüler waren, ich ein Junior und du ein Senior, und unsere Kleidung völlig verkehrt war: zu bunt und zu zerknittert und mit zu vielen Reißverschlüssen, zu fleckig und schlampig und peinlich und elastisch und modisch und verzweifelt und lässig und unsicher und angeberisch und verschwitzt und sportlich und einfach verkehrt. Es lag auch nicht daran, dass Lottie Carson nicht von ihrem Platz herüberschaute, an dem sie jemandem zusah, auch nicht daran, dass dieser Jemand ein Kellner war, und auch nicht, dass dieser Kellner eine Flasche mit einer roten Serviette darum hoch über dem Kopf hielt, und es lag auch nicht daran, dass sich in dieser eisgekühlten Flasche, an deren Hals Tropfen glitzerten, Champagner befand. Das alles war es nicht. Es war die Speisekarte, logisch, die auf einem kleinen Podest nah bei der Tür ausgestellt war, und wie gottverdammt viel gottverdammt alles kostete und wie gottverdammt viel Geld uns dazu in unseren gottverdammten Taschen fehlte. Also gingen wir rein und gleich wieder raus, aber nicht bevor du dir eine Schachtel Streichhölzer aus dem ausladenden Cognacschwenker gegriffen und mir in die Hand gedrückt hast, noch ein Geschenk, noch ein Geheimnis, noch eine Gelegenheit, dich vorzubeugen und mich zu küssen. »Keine Ahnung, wieso ich das mache«, sagtest du, und ich habe dich zurückgeküsst, und meine Hand mit der Streichholzschachtel lag in deinem Nacken.

Die zweite Nacht war die, nachdem ich meine Jungfräulichkeit verloren hatte, nachdem du mich abgesetzt und ich nachmittags stundenlang nur müde und ruhelos auf meinem Bett gelegen und ins Leere gestarrt hatte – da waren wieder sieben oder acht Streichhölzer fällig. Die dritte Nacht, das war, nachdem es aus war mit uns, und das wäre eine Million Streichhölzer wert gewesen, aber es waren dann doch nicht mehr als die, die mir noch geblieben waren. In der Nacht fühlte es sich so an, als würden die Hölzchen, wenn ich sie vom Dach hinunterschnipste, alles in Brand setzen, als würden die Funken der Streichholzköpfchen die Welt in Flammen aufgehen lassen und all die vielen Menschen darin mit gebrochenem Herzen. Alles sollte in Rauch aufgehen, du solltest in Rauch aufgehen. In einem Film würde das allerdings nicht funktionieren, zu viele Effekte, zu viel Show für jemanden, der sich so klein und elend fühlte wie ich. Also schneiden, rausnehmen aus dem Film, auch wenn ich mir die Szene noch so oft als Daily ansehe. Aber ich will es immer noch, Ed, ich will das, was gar nicht möglich ist, und deswegen ist es aus.

Pinhole
DELUXE

Direkt gegenüber von *Majakowskis Traum*, gerade mal einen Katzensprung entfernt, versteckten wir uns in einem Laden, dem *A-Post Novelties*, spähten durch die Regale mit was weiß ich allem und warteten und warteten darauf, dass Lottie Carson endlich ihren glamourösen Zwischenstopp beendete und wir ihr nach Hause folgen konnten. Vermutlich dachten wir, wir könnten schlecht die ganze Zeit auf der Straße rumhängen, wieso hätten wir sonst in diesen Laden gehen sollen mit den ewig mürrischen Zwillingshexen, die ihn betreiben, und all dem Quatsch, den sie verkaufen, teurem Glitzerkram, den Leute anderen Leuten zum Geburtstag kaufen, wenn sie die nicht gut genug kennen, um *das* zu finden und ihnen zu schenken, was sie sich wirklich wünschen. Von allem, was du mir geschenkt hast, Ed, ist die Kamera das Einzige aus diesem Laden – immerhin. Ich schlenderte also zwischen Aufziehtieren und angestaubten Glückwunschkarten herum, während du dich unter den Mobiles wegducktest, die sie da hängen haben, bis du endlich sagtest, was dir schon die ganze Zeit durch den Kopf ging.

»Ich kenne sonst kein Mädchen wie dich.«

»Wie?«

»Ich habe gesagt, ich kenne sonst kein –«

»Was heißt das – wie mich?«

Du hast geseufzt und gelächelt und mit den Schultern gezuckt und wieder gelächelt. Das Mobile bestand aus glitzernden Sternen und Kometen, die um deinen Kopf kreisten, so als wärst du eine Comicfigur und ich hätte dich gerade k.o. geschlagen. »Du bist mehr so der künstlerisch angehauchte Typ«, war dein erster Vorschlag.

Ich baute mich direkt vor dir auf. »Der künstlerisch angehauchte Typ – ich doch nicht!«, sagte ich. »Jean Sabinger vielleicht, Colleen Pale auch.«

»Die sind doch Freaks«, sagtest du. »Warte mal – sind das etwa Freundinnen von dir?«

»Wären sie dann keine Freaks?«

»Dann täte es mir leid, wollte ich sagen, mehr nicht. Vielleicht wäre *abgehoben* der bessere Ausdruck. Neulich abends, da hast du nicht mal gewusst, dass wir das Spiel verloren hatten. Normalerweise weiß so was doch jeder, dachte ich.«

»Ich hab nicht mal gewusst, dass es ein Spiel gab.«

»Und dann so ein Film wie der heute.« Du hast den Kopf geschüttelt und auf seltsame Art eingeatmet. »Wenn Trev davon wüsste, er würde denken – ich weiß nicht, was er denken würde. Ein typischer Schwulenfilm! Nichts für ungut – ich meine, ich wollte deinen Freund Al nicht beleidigen.«

»Al ist nicht schwul.«

»Der Typ hat Kuchen gebacken!«

»Das war ich.«

»Du? Nichts für ungut, aber der war grässlich.«

»Der Punkt war doch der«, erklärte ich, »er *sollte* schrecklich schmecken, passend zu einer *Bitter-Sixteen-Party*, eben nicht süß, sondern bitter.«

»Nichts für ungut, aber keiner hat davon gegessen.«

»Hör auf, dauernd *nichts für ungut* zu sagen nach irgendwelchen beleidigenden Bemerkungen. Das ist kein Freibrief.«

Du hast den Kopf schief gelegt, Ed, wie ein dümmliches Hündchen, das sich fragt, wieso die Zeitung am Boden liegt. Gleichzeitig aber auch irgendwie niedlich. »Bist du jetzt sauer auf mich?«, hast du gefragt.

»Nein, ich bin nicht sauer.«

»Siehst du, das ist auch so was. Ich weiß nicht, wie ich das erklären soll. Du bist anders als andere Mädchen, Min, nichts für ungut. Ups, tut mir leid.«

»Wie sind denn andere Mädchen, wenn sie sauer sind?«

Du hast geseufzt und dir in die Haare gefasst, so als wären sie eine Basecap, die du nach hinten drehen wolltest. »Also, sie küssen nicht so wie wir … Ich meine, schon mal grundsätzlich nicht, aber wenn sie sauer sind, erst recht nicht, dann sind sie stumm, schmollen, verschränken die Arme und stehen die ganze Zeit bei ihren Freundinnen.«

»Und was machst du dann?«

»Ich kauf ihnen Blumen.«

»Das wird aber teuer.«

»Klar. Das ist übrigens auch so ein Punkt. Du hast vorhin die Kinokarten gekauft, andere Mädchen würden das nie machen. Ich bezahl für alles, sonst gibt's wieder Krach, und ich kann wieder Blumen kaufen.«

Ich geb's zu, es gefiel mir, dass wir gar nicht erst so taten, als hätte es keine anderen Mädchen gegeben. Nie sah man dich in den Pausen, ohne dass irgendeine an dir klebte, so als kriegte man sie als Zugabe zum Rucksack. »Wo kaufst du sie?«

»Bei *Willows*, in der Nähe der Schule, oder wenn sie da keine frischen haben, im *Garten der irdischen Freuden*.«

»Erst behauptest du, Al sei schwul, und jetzt erzählst du mir was von frischen Blumen.«

Du bist rot geworden, knallrot, auf beiden Wangen, so als hätte ich dich geschlagen, rechts und links. »Siehst du, genau das meine ich, du bist clever, so wie du redest – wirklich schlagfertig.«

»Gefällt es dir nicht, wie ich rede?«

»Ich hab nur bisher noch nie jemanden so reden hören«, sagtest du. »Es ist wie ein neues – wie ein scharf gewürztes Gericht, das man nicht kennt. So als würde jemand sagen: Komm, wir probieren mal irgendwelche exotischen Gerichte aus Sonstwo.«

»Verstehe.«

»Und auf einmal findest du sie gut«, sagtest du. »Meistens. Wenn du erst mal probiert hast, dann willst du die anderen gar nicht mehr – die anderen Mädchen.«

»Wie reden denn andere Mädchen?«

»Wenig«, sagtest du. »Meistens bin ich wohl der, der redet.«

»Über Basketball. Korbleger.«

»Nicht nur, aber auch, klar. Oder übers Training oder den Coach oder ob wir nächste Woche gewinnen.«

Ich hab dich angesehen. Du warst so verdammt schön an jenem Tag, Ed, selbst jetzt noch, im Lieferwagen, kommen mir die Tränen, an jenem Tag wie an jedem anderen. Ob an Wochenenden oder Wochentagen, ob du gewusst hast, dass ich dich ansehe, oder als du nicht einmal geahnt hast, dass es mich gab. Selbst mit glitzernden Sternen ringsherum war dein Kopf schön. »Basketball ist langweilig«, sagte ich.

»Wow«, sagtest du.

»Wieder etwas, das anders ist?«

»Aber etwas, das mir nicht gefällt«, sagtest du. »Ich wette, du warst noch nie bei einem Spiel.«

»Jungs, die einen Ball werfen und dribbeln«, sagte ich, »stimmt's?«

»Und alte Filme sind langweilig und kitschig«, sagtest du.

»*Greta in der Wildnis* fandest du doch toll! Das weiß ich!«

Ich wusste es wirklich.

»Am Freitag hab ich ein Spiel«, sagtest du.

»Und ich sitze auf der Tribüne und sehe zu, wie du gewinnst und wie die Cheerleader deinen Namen brüllen, und dann stehe ich ganz allein da und warte, bis du aus der Dusche kommst, um zur Lagerfeuerparty zu gehen?«

»Ich kümmere mich um dich«, sagtest du leise. Dann hast du eine Hand ausgestreckt und mir übers Haar, übers Ohr gestrichen.

»Ich wäre nämlich so etwas wie dein Date«, sagte ich.

»Wenn du nach dem Spiel mit mir zusammen wärst, dann eher so was wie meine Freundin.«

»Freundin«, wiederholte ich. Es war wie Schuhe anprobieren.

»Das würden die Leute denken – und sagen.«

»Sie würden sagen: Ed Slaterton war mit dieser Tusse da, die immer so auf intellektuell macht.«

»Ich bin der Co-Kapitän der Mannschaft«, sagtest du, so als wäre es denkbar, dass das irgendwem an der Schule entgangen sein könnte. »Du wärst das, was ich ihnen sage.«

»Und das wäre was?«

»Clever.«

»Sonst nichts?«

Du hast den Kopf geschüttelt. »Ich wollte doch nur sagen, dass du anders bist, und nun fragst du ständig nach anderen Mädchen, dabei denke ich gar nicht an sie, eben weil du so anders bist.«

Ich trat einen Schritt näher. »Sag das noch mal.«

Du hast gegrinst. »Aber ich hab mich so blöd ausgedrückt.«

Davon träumt ja wohl jedes Mädchen. »Sag's trotzdem, damit ich's verstehe.«

»Jetzt kauft endlich was«, sagte eine der Hexen, »oder macht verdammt noch mal, dass ihr aus meinem Laden kommt.«

»Wir schauen uns noch um«, sagtest du und tatest so, als würdest du dir eine Brotdose ansehen.

»Fünf Minuten noch, ihr Turteltäubchen.«

Auf einmal fiel mir wieder ein, dass wir ja die Traumtür im Auge behalten wollten. »Haben wir sie jetzt verpasst?«

»Nein«, sagtest du, »ich hatte den Eingang immer im Blick.«

»Ich wette, das ist auch so was, was du sonst nie machst.«

Du hast gelacht. »Falsch. Genau das mache ich meistens am Wochenende – alten Filmstars nachschleichen.«

»Ich will ja bloß wissen, wo sie wohnt«, sagte ich. Die Lobby Card mit Lottie Carsons Geburtstag brannte in meiner Tasche. Mein geheimer Plan.

»Kein Problem«, sagtest du. »Ist ja auch irgendwie ganz lustig. Aber was machen wir, wenn wir da sind?«

»Das sehen wir dann«, sagte ich. »Vielleicht wird das so wie in *Nachrichten aus Istanbul*, wo Jules Gelsen auf diesen unterirdischen Raum stößt, voll mit –«

»Was hast du eigentlich immer mit diesen alten Filmen?«

»Wie meinst du das?«

»Was heißt hier, wie meinst du das? Egal, worum es gerade geht, immer fällt dir irgend so ein alter Film ein. Gerade jetzt denkst du bestimmt auch schon wieder an einen, wetten?«

Das stimmte, und zwar an diese letzte lange Einstellung in *Rosas kriminelles Leben,* auch so ein Film mit einer Traumrolle für Gelsen. »Na ja, ich möchte später gerne Regie führen.«

»Wirklich? Wow. Wie Brad Heckerton?«

»Nein, viel besser«, sagte ich. »Wieso, woran hast *du* gedacht?«

»Eigentlich an gar nichts«, sagtest du.

»Und was willst du mal werden?«

Du hast geblinzelt. »Gewinner der Meisterschaft, hoffe ich doch.«

»Und dann?«

»Dann eine Riesenfete und anschließend College, wo immer sie mich nehmen. Der Rest wird sich zeigen, wenn ich erst mal da bin.«

»Zwei Minuten!«

»Okay, okay.« Du hast angefangen, total eifrig in einem Eimer mit Gummischlangen zu wühlen. »Ich sollte dir irgendwas kaufen.«

Ich guckte irritiert. »Aber das ist doch alles potthässlich hier.«

»Wir finden schon noch was. Jedenfalls können wir auf die Art ein bisschen Zeit schinden. Was brauchen Regisseure denn so?«

Du hast mich durch die Regale hindurch interviewt. Masken für Schauspieler? Nein. Windmühlen als Kulisse? Nein. Unanständige Kartenspiele für die Party nach der Preisverleihung? Klappe!

»Hier ist eine Kamera«, sagtest du. »Das wär's doch.«

»Das ist eine Lochkamera.«

»Keine Ahnung, was das ist.«

»Die ist aus Pappe.« Damals habe ich dir nicht gesagt, dass ich das vorher auch nicht wusste, ich hatte es einfach auf den Seiten von dem Ding gelesen. Genauso wenig wie ich dir, bis jetzt, gestanden habe, was ich natürlich gewusst hatte, klar, nämlich dass ihr ein Spiel hattet und an dem Abend verloren habt, als du und ich uns bei Al im Garten kennenlernten. Aber dir schien es zu gefallen, dachte ich, hoffte ich, dass ich anders war.

»Pappe, na ja, auch egal. Ich wette, du hast nicht mal eine Kamera.«

»Regisseure brauchen auch keine. Dafür ist der DP da.«

»Ah, klar, der DP. Hätte ich fast vergessen.«

»Du weißt doch gar nicht, was das ist, ein DP – ein *Director of Photography,* auch Kameramann genannt.«

Drei deiner Finger kitzelten mich kurz, mitten am Bauch, dort, wo die Schmetterlinge leben. »Leg dich nicht mit mir an. Ich hab ein ganzes Wörterbuch mit Basketballausdrücken im Kopf, von denen du keinen einzigen kennst – Alley-Oops, technische Fouls. Ich kauf dir jetzt diese Kamera.«

»Ich wette, damit kann man nicht einmal echte Fotos machen.«

»Ein Film ist dabei, steht hier.«

»Das Ding ist doch aus Pappe. Das werden nie und nimmer richtige Bilder.«

»Dann sind sie eben – wie heißt das französische Wort noch mal? Für total verrückte Filme?«

»Was?«

»Es gibt da so einen, ach verflixt, so einen Fachausdruck für.«

»Klassiker.«

»Nein, nein, nicht solche, die sind schwul, so wie dein Freund. Ich meine so richtig, richtig verrückte.«

»Al ist nicht schwul.«

»Okay, aber wie ist denn dieser Ausdruck? Irgendwas Französisches.«

»Er hatte letztes Jahr eine Freundin.«

»Okay, okay.«

»Sie wohnt in LA. Er hat sie bei irgend so einem Sommerdings kennengelernt.«

»Okay, ich glaub's dir. Ein Mädel in LA.«

»Und was für ein französisches Wort du meinst, weiß ich nicht.«

»Damit bezeichnet man so superverrückte Filme, in denen eine Frau die Treppe hochfällt, in den Augen von jemand anderem. Oder so.«

»Woher willst du das überhaupt wissen, dass es so einen Ausdruck gibt?«

»Von meiner Schwester«, sagtest du. »Die hat fast mal Filmwissenschaft studiert. Sie geht aufs College. Du solltest dich mit ihr unterhalten. Ein bisschen erinnerst du mich –«

»Hast du so ein Gefühl, als würdest du mit deiner Schwester rumhängen?«

»Wow, siehst du, jetzt zum Beispiel weiß ich wieder nicht, ob du gerade sauer bist oder nicht.«

»Am besten, du kaufst mir schnell Blumen, für alle Fälle.«

»Okay, du bist nicht sauer.«

»Raus!«, kreischte der zweite Zwilling. Es klang wie ein Kommando. Und wie ein Fluch.

»Sie dürfen kassieren«, sagtest du und warfst ihr den Apparat zu. Hier hast du ihn zurück, Ed. Da war sie wieder, die leichte Arroganz von vorher, als du meintest, du seist der Co-Kapitän und ich das, als was du mich vorstellst. Deine Freundin, zum Beispiel. »Kassieren Sie und lassen Sie uns in Ruhe.«

»Ich muss mir das nicht gefallen lassen«, knurrte sie. »Neun fünfzig.«

Du zogst einen Schein aus der Tasche und gabst ihn ihr. »Nun seien Sie nicht so«, sagtest du. »Sie wissen doch, ich mag Sie am liebsten.«

Das war auch meine erste Bekanntschaft mit dieser Seite deiner Persönlichkeit. Die Hexe schmolz zu einer zittrigen Pfütze dahin und lächelte zum ersten Mal seit dem Paläozoikum. Du hast ihr zugezwinkert und das Wechselgeld entgegengenommen. Ich hätte es als Zeichen für deine Unzuverlässigkeit sehen sollen, Ed. Stattdessen sah ich nur deinen Charme, und das war der Grund, weswegen ich nicht gleich an Ort und Stelle Schluss gemacht habe, wie ich es hätte tun sollen und wovon ich mir heute inständig wünschte, ich hätte es getan. Stattdessen trieb ich mich noch lange mit dir herum, erst in einem Bus, dann in mir völlig fremden Straßen eines weit außerhalb liegenden, früher mal vornehmen Stadtviertels, wo Lottie Carson zurückgezogen in einem Haus lebte, zu dem ein Garten voller Statuen gehörte, die in der Dunkelheit Schatten warfen. Stattdessen habe ich dich geküsst, nur auf die Wange, um mich bei dir zu bedanken, und wir sind aus dem Laden gegangen und haben die Verpackung geöffnet und zusammen die Anleitung studiert. Es ist ganz einfach, es war einfach, viel zu einfach. Avantgarde war übrigens der *Terminus technicus,* den du gesucht hattest, das weiß ich aus *Wenn die Lichter ausgehen: Eine kurze illustrierte Geschichte des Films,* aber damals wussten wir das nicht. So viel wusste ich nicht, endlos viel. Ich war so dumm, was wiederum der *Terminus technicus* für glücklich ist. Ich nahm dieses Ding entgegen, das ich dir hiermit zurückgebe, dieses Ding, das du mir gerade in dem Moment gabst, als der Star, auf den wir warteten, endlich erschien.

OK
COLORLESS
FILM
VERATRUE
PROCESS
36
CS
135
100

»Sie geht auf!«

»Wo?«

»Nein, die Tür!«

»Was?«

»Auf der anderen Straßenseite! Sie ist es! Sie geht!«

»Okay, lass mich aufmachen.«

»Aber beeil dich!«

»Sei still, Min.«

»Aber jetzt ist genau der richtige Moment.«

»Okay, dann lass mich die Anleitung lesen.«

»Dafür ist jetzt keine Zeit. Sie zieht sich die Handschuhe an. Benimm dich völlig normal. Mach einfach das Foto. Sonst können wir nie wissen, ob sie's ist.«

»Okay, okay. Drücken Sie Knopf A, um den Film zu spannen.«

»Ed, sie geht los.«

»Warte.« Du hast gelacht. »Sag ihr, sie soll warten.«

»Wie? Etwa so: Warten Sie, wir glauben, dass Sie ein Filmstar sind, und wollen ein Foto von Ihnen machen, um ganz sicher zu gehen? Ich mach's, gib mir mal das Ding.«

»Min.«

»Das ist doch sowieso meins, du hast es doch für mich gekauft.«

»Ja, aber –«

»Du meinst wohl, Mädels können mit einer Kamera nicht umgehen, wie?«

»Ich glaube, du hältst sie verkehrtrum.«

Zehn Schritte weiter die Straße hinunter. Noch mehr Gelächter.

»Okay, *jetzt*. Sie biegt ab.«

»Richten Sie das Objektiv auf Ihr Motiv, sodass es im Sucher erscheint ...«

»Mach das Ding auf.«

»Wie denn?«

»Gib's mir zurück.«

»Ah, jetzt hab ich's. So. Na also. Und nun? Warten. Okay, ja.«

»Ja?«

»Ich glaub schon. Irgendwas hat da gerade klick gemacht.«

»Du solltest dich mal hören – *irgendwas hat da gerade klick gemacht*. So willst du reden, wenn du mal Regisseurin bist?«

»Dafür hab ich dann meine Leute. Irgendeinen ausgedienten Basketballer zum Beispiel.«

»Hör auf.«

»Okay, okay. Und jetzt den Film weitertransportieren, stimmt's?«

»Äh –«

»Nun komm schon, schließlich bist du doch so ein Mathe-Genie.«

»Hör auf damit, und außerdem geht es hier nicht um Mathe.«

»Ich mach noch eins. Da, an der Bushaltestelle.«

»Nicht so laut.«

»Und noch eins. Okay, du bist dran.«

»Ich bin dran?«

»Du bist dran, Ed. Mach auch welche.«

»Okay, okay. Wie viele sind auf dem Film?«

»Mach einfach so viele, wie's geht. Dann lassen wir den Film entwickeln, und dann sehen wir ja, wie viele es sind.«

Doch dazu ist es nie gekommen. Hier ist das noch immer unentwickelte Filmröllchen mit all seinen Geheimnissen. Ich bin nie in einen Fotoladen damit gegangen, sondern habe es einfach in meiner Schublade liegen lassen, wo es von Stars träumen konnte. Das war unsere Zeit, als wir rausfinden wollten, ob Lottie Carson die war, für die wir sie hielten – die vielen Schnappschüsse, das Gelächter, in das wir ständig ausbrachen, die Küsse mit offenem, lachendem Mund. Nur zu Ende gebracht haben wir die Sache nie. Wir hätten noch so viel Zeit, dachten wir, als wir ihr hinterherrannten und im letzten Moment den Bus erwischten, uns die Hälse verrenkten beim Versuch, ihr Grübchen zu sehen, vorbei an zankenden Krankenschwestern mit Häubchen und Müttern, die telefonierten, während ihre kleinen Kinder im Buggy saßen, halb begraben unter Einkaufstüten vom Supermarkt. Wir landeten in einer Gegend, in der ich nie zuvor gewesen war, und versteckten uns hinter Briefkästen und Laternenpfählen, immer mit einem halben Block Abstand. Der Himmel verdunkelte sich bei unserem allerersten Date, und die ganze Zeit dachte ich, wir würden den Film später entwickeln lassen. Wir inspizierten den Briefkasten, hofften auf ein Schildchen mit dem Namen *Lottie Carson,* du bist über den Zaun geklettert und zum reich verzierten, aber verwitterten Hauseingang gesprintet, der perfekt zu ihr passte, während ich mit den Händen am Zaun gewartet und dir zugesehen habe, wie du hin und zurück gehechtet bist. Gerade mal fünf Sekunden hast du gebraucht, um über den schmiedeeisernen Zaun mit den Spitzen zu kommen, von denen mir die Finger kalt wurden, husch, husch warst du durch den Garten mit seinen Gnomen und Melkerinnen und Fliegenpilzen und Madonnen und was weiß ich noch, die alle wie eine ausgetrickste gegnerische Mannschaft dastanden. Regelrecht hindurchgeflogen bist du zwischen all diesen totenstillen Statuen, und wenn ich könnte, würde ich sie dir alle vor deine gottverdammte Haustür knallen, so laut, wie du leise warst, so wütend, wie wir aufgekratzt waren, so kalt und verächtlich, wie ich erhitzt und atemlos war, als ich dir dabei zusah, wie du auf der Suche nach Beweisen ums Haus geschlichen und achselzuckend und mit leeren Händen zurückgekommen bist, sodass wir immer noch nicht mehr wussten, immer noch nicht sicher sein konnten, jedenfalls nicht, solange nicht alle Bilder entwickelt waren. Lange Küsse in der letzten Reihe im Bus, auf der langen Fahrt nach Hause als einzige Passagiere eines Busfahrers, der stur geradeaus blickte, weil er wusste, wir gingen ihn nichts an; noch mehr Küsse an der Haltestelle, wo wir uns nach unserem Date verabschiedeten und dein Gruß über die ganze Straße hinweg, die du im Zickzack überquertest, nachdem ich dir nicht erlaubt hatte, mich nach Hause zu bringen, damit meine Mom dich nicht in die Flucht jagen sollte, wenn sie mich fragte, wo in Dreiteufelsnamen ich gewesen sei. »Bis Montag!«, hast du gerufen, und es hörte sich so an, als hättest du eben erst die Namen der Wochentage gelernt. Wir dachten, wir hätten noch Zeit. Ich habe dir gewinkt, aber antworten konnte ich nicht, denn dann endlich habe ich mir erlaubt, so breit zu grinsen, wie ich es schon den ganzen Nachmittag gern getan hätte, den ganzen Abend, in jeder Sekunde jeder Minute mit dir, Ed. Scheiße, wahrscheinlich habe ich dich damals schon geliebt. Nur war diese Liebe der Vergänglichkeit geweiht wie ein Weinglas, von dem man weiß, es fällt eines Tages zu Boden, wie Schuhe, die in kürzester Zeit abgestoßen sind, wie das neue Shirt, das in null Komma nichts Flecken hat. Al wird es wohl an meiner Stimme gehört haben, als ich ihn anrief und damit weckte, so spät war es da schon, weswegen ich ihm gleich gesagt habe, egal, vergiss es, tut mir leid, dass ich dich geweckt habe, geh wieder schlafen, nein, mir geht's gut, ich bin auch müde, ich versuch's morgen wieder, als er sagte, er habe keine Meinung dazu. Schon da. Nach dem ersten Date, aber was sonst sollte ich auch tun, dumm wie ich war, nach deinem aufregenden *Bis Montag*? Wo ich doch dachte, wir hätten Zeit, so viel Zeit, um uns die Bilder anzusehen, die wir gemacht hatten? Aber dann haben wir sie nie entwickeln lassen. Unentwickelt, das ganze Ding, in einen Karton geschmissen, bevor wir überhaupt eine echte Chance hatten herauszufinden, was wir hatten, und deswegen ist es aus.

Hier ist es. Ich habe ewig gebraucht, um es wieder so in Form zu bringen, wie es war, schließlich hattest du all deine erstaunlichen Mathe-Fähigkeiten aufgeboten, um es zu falten. Als ich am Montagmorgen mein Schließfach aufgemacht habe, sah es aus, als wäre ein Origami-Raumschiff aus der alten Ty-Limm-SciFi-Serie auf meinem Erdkundebuch gelandet, jederzeit bereit, seinen Elektro-Dezimator auf Janet Bakerfields Rückgrat loszulassen, um es zu zerstören. Dasselbe passierte auch mit mir, als ich den Brief auseinanderfaltete und las. Auf einmal kribbelte es mich am ganzen Körper, und mein Kopf war total leer.

Vielleicht hast du an jenem ersten Schultag nach unserem Date auf mich gewartet, ich habe dich nie danach gefragt. Vielleicht hast du es in letzter Minute geschrieben, nach dem zweiten Läuten, und zwischen den Lamellen durchgeschoben, vor dem olympischen Sprint zur Klassenlehrerstunde, den die Sportasse der Schule grundsätzlich machen, um die Trantüten zu erschrecken, deren Köpfe wie Flipperkugeln herumfahren, wenn ihr dicht an ihren Rucksäcken vorbeistürmt. Da wusstest du noch nicht, dass ich immer erst *nach* der ersten Stunde zu meinem Spind gehe. Meinen Stundenplan hast du nie richtig gelernt. Es ist mir ein Rätsel, Ed, wie du nie gewusst hast, wo du mich finden konntest, mich aber trotzdem immer gefunden hast, denn unsere Wege an den lauten und zähen Schultagen strebten ständig auseinander: Vormittags hing ich mit Al und normalerweise auch mit Jordan und Lauren rum, auf den Bänken auf der rechten Hofseite, während du hinter der Schule Freiwürfe trainiert hast, zum Aufwärmen, und dein Rucksack zusammen mit denen der anderen und euren Skateboards und Sweatshirts in einem gelangweilten Haufen am Boden lag. Keinen einzigen Kurs hatten wir gemeinsam, du hast mittags immer schon früh gegessen (und anschließend das Kerngehäuse deines Apfels in den Abfallkorb gedunkt, als wärst du noch beim Spiel), ich habe immer erst spät gegessen (auf einem etwas verrückten Teil vom Rasen, eingekeilt zwischen geschniegelten Typen und Hippies, die sich ständig zofften wegen der total unterschiedlichen Musik, die sie hören wollten, nur an heißen Tagen, da schlossen sie bei Reggae Waffenstillstand). In *Schiffe in der Nacht* treffen sich Philip Murray und Wanda Saxton in der letzten Szene unter einer Markise, nachdem Ehefrau und Verlobter als unpassend aus dem Drehbuch geschrieben wurden, und gehen in den strömenden Regen hinaus – die Zuschauer wissen ja aus der ersten Szene, dass sie beide gern im Regen spazieren gehen, aber niemanden haben, der mit ihnen geht –, und das ist das wundervolle Ende des Films. Doch unsere Wege kreuzen sich nie, und jetzt, wo ich in der ständigen Angst lebe, dir über den Weg zu laufen, jetzt ist das ein Segen. Wir haben uns immer nur mit Absicht getroffen, nach der Schule, vor deinem Training, wenn du dich schnell umgezogen und deine Teamkollegen verscheucht hast, die schon beim Aufwärmen waren, dann musstest du auch schon los, noch einen Kuss, muss sein, einen noch, okay, jetzt aber wirklich, ich muss gehen, muss muss.

Und dieses Briefchen war eine Zeitbombe unter der Decke meines normalen Lebens, den ganzen Tag lang tickte es in meiner Jackentasche, wurde wie zwanghaft immer wieder gelesen, dann die ganze Woche lang in meiner Handtasche, bis ich Angst bekam, es könnte zerdrückt oder von irgendwem ausspioniert werden, dann in meiner Schublade, zwischen zwei langweiligen Büchern, wo sie vor den Augen meiner Mutter sicher waren, dann im Karton und gleich vor deiner Tür – *rums.* Ein Briefchen, wer schreibt denn so ein Briefchen? Wie kamst du dazu, mir ein Briefchen zu schreiben? Die ganze Zeit war dieses Dröhnen in mir, Explosion folgte auf Explosion, die Freude über das, was du mir geschrieben hast, raste durch mein Blut wie zuckende Wurfgeschosse. Ich kann es nicht mehr in meiner Nähe haben und schieße es zu dir zurück, sobald ich es auseinandergefaltet und noch einmal gelesen und noch ein letztes Mal geweint habe. Ich nämlich auch, du Scheißkerl. Selbst jetzt.

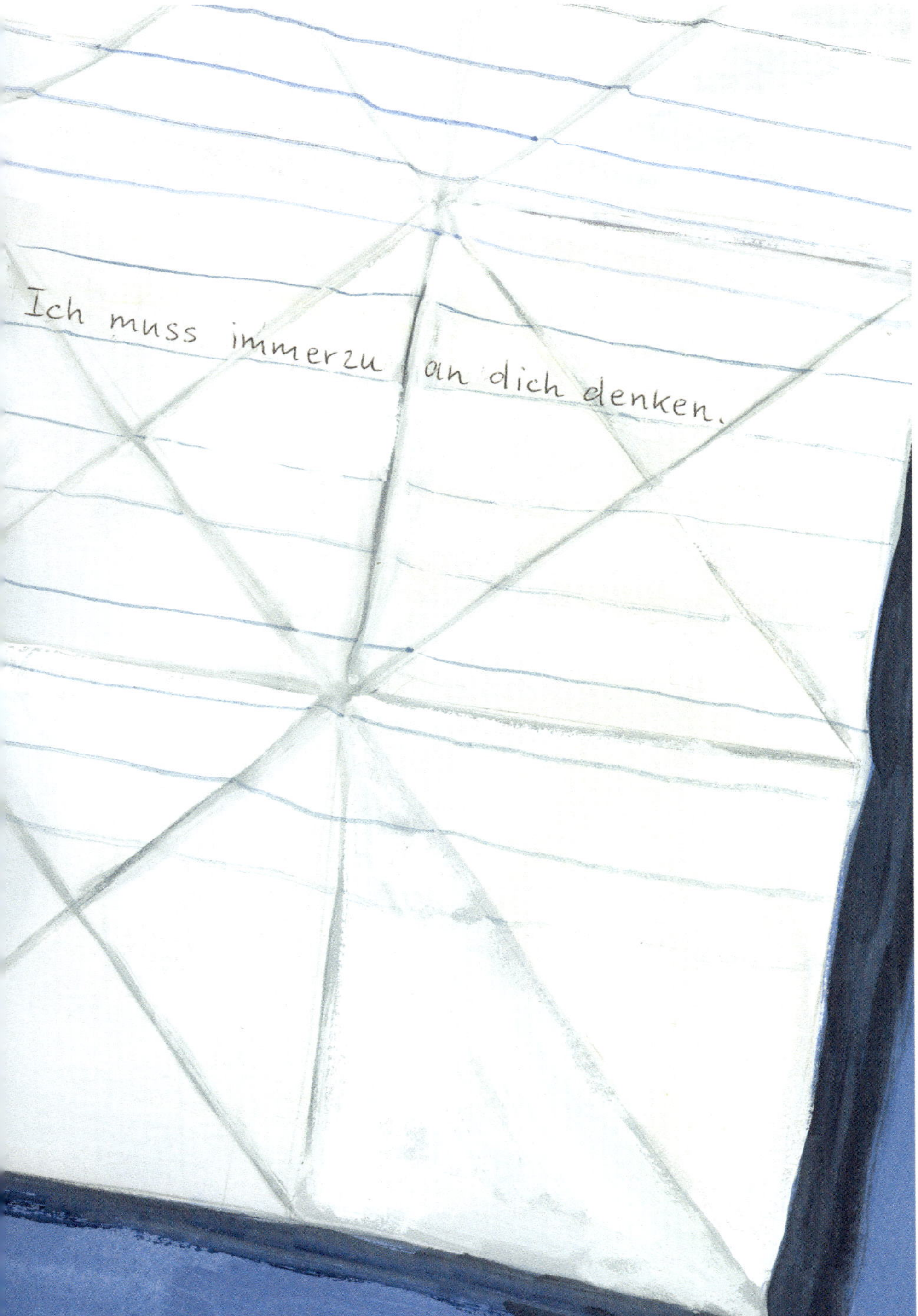
Ich muss immerzu an dich denken.

HALLOWS

Wenn ich dieses zerrissene Ding ansehe, muss ich immer daran denken, wie perfide es war, was du damals getan hast, und wie perfide es war, dass ich in dem Moment nichts dabei fand. Jetzt gerade, wo ich dir schreibe, kann ich es nicht aus dem Karton nehmen, sonst sieht Al es noch, und dann käme das Thema wieder hoch, wieder die Tatsache, dass du das Ding mitten durchgerissen hast, wieder die Tatsache, dass ich kein Wort dazu gesagt habe. Du glaubst wahrscheinlich, das hier stammt von dem Abend, als wir zum Ball gegangen sind, aber das stimmt nicht. Du glaubst wahrscheinlich, es sei von allein kaputtgegangen, ohne Grund, wie so viele Plakate für alle möglichen Veranstaltungen, die am Ende vom Regen aufgeweicht sind oder von den Hausmeistern entfernt werden, um Platz für neue zu schaffen, wie die für den Weihnachtsball, die jetzt überall hängen und die Totenköpfe und Fledermäuse und Kürbisgesichter von diesem Poster ersetzen, diese neuen Plakate, für die Jean Sabinger eine total raffinierte Zeichnung gemacht hat, die man auf den ersten

Blick für eine Glaskugel hält, die sich aber aus nächster Nähe als Darstellung völlig verzerrter Tänzer wie aus einem Spiegelkabinett entpuppt. In Wahrheit warst du es, du Mistkerl, du hast dich unmöglich aufgeführt und es zerrissen.

Als ich morgens zur Schule kam, bescheuerterweise noch mit feuchten Haaren und ohne Bio-Hausaufgaben im Rucksack, da saß Al auf einer der Bänke rechts im Hof, vor sich einen gewaltigen orangeroten Stapel Plakate. Jordan und Lauren waren auch da, beide hielten – ich brauchte einen Moment, bis ich kapierte – eine Rolle Klebeband in der Hand.

»O nein«, sagte ich.

»Morgen, Min«, sagte Al.

»O nein, o nein, Al, ich hab's vergessen.«

»Hab ich doch gleich gesagt«, kommentierte Jordan.

»Ich hab's völlig verschwitzt, und jetzt muss ich ganz schnell Nancie Blumineck suchen und sie anflehen, dass sie mich Bio abschreiben lässt. Ich kann jetzt nicht. Echt nicht! Außerdem hab ich keinen Tesafilm.«

Al zog eine Rolle hervor, er hatte es gewusst, natürlich. »Min, du hast geschworen.«

»Ich weiß.«

»Vor drei Wochen hast du es mir geschworen, bei einem Kaffee, den ich dir spendiert habe, bei Federico's. Jordan und Lauren waren Zeugen.«

»Stimmt«, sagte Jordan. »Sind wir. Waren wir.«

»Ich habe deine Aussage beglaubigt«, verkündete Lauren feierlich.

»Aber ich kann nicht, Al!«

»Du hast geschworen«, sagte Al. »Bei der Geste, mit der

Theodora Sire ihre Zigarette ins Badewasser von diesem Dingsda schmeißt.«

»Tom Burbank. Al –«

»Du hast geschworen, dass du mir hilfst. Als ich erfuhr, dass ich verpflichtet war, im Festausschuss für die große Halloween-Sause mitzuarbeiten, musstest du nicht schwören, an jeder Sitzung teilzunehmen – im Unterschied zu Jordan.«

»Weißt du, wie öde die sind?«, jammerte Jordan. »Ich hab so lange die Augen verdreht, dass sie mir in den Hinterkopf gerutscht sind. Was du siehst, Min, sind künstliche Teile aus Glas in den leeren Höhlen meiner zu Tode gelangweilten Augen!«

»Und du musstest auch nicht wie Lauren schwören, Jean Sabinger die Hand zu halten, während sie sechs Entwürfe ihres Plakats vorstellte und jeder einzelne der Deko-Unterausschüsse seine Kommentare abgab, von denen zwei sie zum Weinen brachten – das war nötig, weil Jean und ich nach dem Zwischenfall beim Freshman-Ball immer noch nicht miteinander reden können.«

»Das mit dem Weinen stimmt«, sagte Lauren, »ich habe ihr höchstpersönlich die Nase geputzt.«

»Gar nicht wahr«, sagte ich.

»Also, dass sie geweint hat, stimmt. Und Jean Sabinger ist wirklich eine Heulsuse. Eine von diesen Künstlernaturen, Min.«

»Alles, was du geschworen hast«, sagte Al, »war, dass du, um als Ausschussmitglied in den Genuss von Freikarten zu kommen, an einem einzigen Morgen mithilfst, Plakate aufzuhängen. Heute Morgen, genauer gesagt.«

»Al –«

»Und erzähl mir jetzt nicht, du fändest es blöd«, sagte Al. »Ich bin zweiter Schatzmeister der Hellman High, ich arbeite an

Wochenenden bei meinem Dad im Laden. Mein komplettes Leben ist blöd. Diese ganze Halloween-Sause ist blöd. Und im Festausschuss für den Ball zu sitzen ist der Gipfel der Blödheit, selbst wenn man es nicht freiwillig tut. Vor allem, wenn man es nicht freiwillig tut. Aber dass etwas blöd ist, ist keine Entschuldigung. Auch wenn ich selbst keine Meinung dazu habe –«

»Oh, oh!«, sagte Jordan.

»– so würde mancher doch die Meinung vertreten, dass es einer gewissen Blödheit nicht entbehrt, wenn jemand es nötig findet, einem gewissen Ed Slaterton nachzujagen, und trotzdem habe ich erst gestern meine Möglichkeiten als Mitglied der SV dazu genutzt, und zwar auf deine Bitte hin, Min, im Sekretariat seine Telefonnummer herauszusuchen.«

Lauren mimte einen Ohnmachtsanfall. *»Al!«*, rief sie mit der Stimme ihrer Mutter, »das ist eine Verletzung des Ehrenkodex der Schülerschaft! Es wird lange dauern, bis ich dir wieder trauen kann, lange, sehr lange – okay, ich vertraue dir wieder.«

Jetzt sahen mich alle an. Ed, du hast dich nicht eine Sekunde lang je um meine Freunde geschert.

»Okay, okay, ich häng die Plakate auf.«

»Ich wusste es doch«, sagte Al und drückte mir seine Tesarolle in die Hand. »Nicht eine Sekunde lang habe ich an dir gezweifelt. Und jetzt bitte Zweiergruppen bilden, Leute. Zwei übernehmen den Bereich von der Turnhalle bis zur Bibliothek, die anderen den Rest.«

»Ich geh mit Jordan«, sagte Lauren und nahm den halben Stapel. »Ich werde mich hüten, mich in das Festival der erotischen Spannung zu begeben, das zwischen dir und Min heute Morgen abläuft.«

»*Jeden* Morgen«, verbesserte Jordan sie.

»Für euch ist alles erotische Spannung«, sagte ich zu Lauren, »bloß weil ihr von Mr. und Mrs. Super-Christ erzogen wurdet. Wir Juden wissen, dass unterschwellige Spannungen stets mit einem zu niedrigen Blutzuckerspiegel zu tun haben.«

»Ach ja, stimmt, ihr habt meinen Erlöser umgebracht«, sagte Lauren, und Jordan salutierte zum Abschied. »Pass bloß auf, dass das nicht noch einmal passiert.«

Al und ich machten uns in Richtung Ausgang Ostseite auf, wobei wir erst über die Beine von Marty Weiss und diesem japanisch aussehenden Mädchen steigen mussten, die händchenhaltend bei den Blumentöpfen mit den abgestorbenen Pflanzen saßen, und verbrachten dann mit offizieller Genehmigung die Klassenlehrerstunde damit, diese Plakate aufzuhängen, so als wären sie wer weiß wie wichtig. Al drückte sie an die Wand, ich riss Tesa vom Roller und klebte die Streifen jeweils über die Ecken. Al erzählte mir lang und breit etwas über Suzanne Gane (Fahrstunde, BH-Verschluss) und sagte dann: »Also, du und Ed Slaterton. Viel über die Sache geredet haben wir eigentlich nicht. Was – was ist –?«

»Ich weiß es nicht«, sagte ich. *Tesa rechts, Tesa links.* »Er – es läuft gut, denke ich mal.«

»Verstehe, geht mich nichts an.«

»Das ist es nicht, Al. Es ist nur, er ist – fragil.«

»Ed Slaterton ist fragil.«

»Nein, wir. Ich meine, der Stand der Dinge zwischen ihm und mir. So fühlt es sich jedenfalls an.«

»Okay«, sagte Al.

»Keine Ahnung, wie das weitergeht.«

»Aber du wirst jetzt keine von diesen Sportlerbräuten, die immer auf der Tribüne sitzen? *Klasse Schuss, Ed!*«

»Du magst ihn nicht.«

»Ich habe keine Meinung zu ihm.«

»Übrigens heißt es nicht *Schuss.*«

»Oh, oh, ich sehe, du arbeitest dich in die Basketballterminologie ein.«

»Lay-ups«, sagt man, »oder Korbleger.«

»Das mit dem Koffeinentzug wird allerdings hart«, sagte Al. »Auf der Tribüne serviert dir keiner nach der Schule deinen Kaffee.«

»Federico's geb ich nicht auf«, sagte ich.

»Natürlich nicht.«

»Wir treffen uns da, *heute.*«

»Vergiss es.«

»Du magst ihn nicht.«

»Ich sag nichts dazu, hab ich gesagt. Egal, wir können später drüber reden.«

»Aber, Al –«

»Min, hinter dir.«

»Was?«

Und da warst du.

»Oh!« Das kam viel zu laut raus, das weiß ich noch.

»Hey«, sagtest du. Al hast du kurz zugenickt, was ihm mit seinem Halloween-Stapel auf dem Arm natürlich peinlich war.

»Hey«, sagte ich.

»Hier bist du doch sonst nie«, sagtest du.

»Ich bin im Unterausschuss«, erklärte ich dir, aber das schien dich nicht weiter zu interessieren.

»Okay. Wir sehen uns dann?«

»Wann?«

»Nach der Schule. Kommst du zum Training, mir zuschauen?«

Ich brauchte eine Sekunde, dann habe ich gelacht, Ed, und das Kunststück versucht, euch beide gleichzeitig anzusehen – Al mit einem Ist-das-die-Möglichkeit-Blick und dich mit einem Wir-reden-später-Blick. *»Nein«*, sagte ich dann, »ich schaue dir garantiert *nicht* beim Training zu.«

»Na gut, dann ruf mich später an«, sagtest du, und dein Blick überflog die Wand im Treppenhaus. »Ich geb dir eine Nummer, unter der du mich am besten erreichst«, und ohne eine Sekunde nachzudenken, hast du diese perfide Tat begangen und einen Teil von dem Plakat abgerissen, das wir gerade erst aufgehängt hatten. Du hast nicht drüber nachgedacht, Ed, natürlich nicht, für Ed Slaterton war die ganze Welt und schon gar alles, was jemand an eine Wand geklebt hatte, nichts weiter als eine Fläche, auf die man schreiben kann, und bevor Al auch nur Piep sagen konnte, hast du dir den Marker gegriffen, den er sich hinters Ohr geklemmt hatte, diese Nummer aufgeschrieben und mir gegeben, diese Nummer, die ich dir jetzt zurückgebe, diese Nummer, die ich sowieso schon hatte, diese Nummer, die immer noch als Poster in meinem Kopf hängt, das ich nie abreißen werde. Dann hast du den Stift zurückgegeben, mir durchs Haar gewuschelt und bist die Treppe hinuntergestürmt, zurück blieben ich – mit dem einen Stück Plakat in der Hand, nämlich diesem hier – und der traurige Rest vom Plakat, der verwundet an der Wand hing. Ich sah dir nach, Al sah dir nach, ich sah, wie Al dir nachsah, und begriff, ich müsste jetzt sagen, das sei ja echt bescheuert von dir, so was zu machen, aber ich brachte die Worte einfach nicht über die Lippen. Denn in dem Moment, Ed, an dem Tag, an dem ich ein letztes Mal nach der Schule mit Al Kaffee trinken war, bevor ich, verdammt noch mal, ja, bevor ich anfing, nachmittags auf der Tribüne zu sitzen und dir beim Training zuzusehen, in dem Moment war die Nummer in meiner Hand mein Freifahrtschein, um herauszukommen aus den fest verklebten Morgen meines Lebens mit immer denselben Freunden und einem Plakat, das etwas verkündete, wovon sowieso jeder wusste, dass es stattfinden würde, weil es jedes Jahr passierte. *Ruf mich später an,* hattest du gesagt, also konnte ich dich später anrufen, spät am Abend, und das ist die Zeit, zu der ich dich, Ed, am meisten vermisse, das Telefonieren mit dir, du Scheißkerl, mein Schöner.

Denn tagsüber war ja immer Schule und alles, was dazugehört: die Glocke, die zu laut oder zu scheppernd aus den kaputten, nie reparierten Lautsprechern schrillt, die knarrenden, abgenutzten Böden voller Fußabdrücke, die zuknallenden Schließfachtüren. Mein Name oben rechts auf jeder Klassenarbeit, weil Mr. Nelson mir sonst automatisch fünf Punkte abzieht, oder oben links, weil Mr. Peters sonst drei abzieht. Mein Kugelschreiber, der auf halber Strecke den Geist aufgibt und entweder unsichtbare Tintennarben aufs Papier kratzt oder Selbstmord begeht und dabei auf meine Hand tropft, sodass ich mich dann jedes Mal hektisch frage, ob ich mir womöglich in den letzten Minuten ins Gesicht gefasst habe und inzwischen auf Kinn und Wangen wie ein Kuliminenarbeiter aussehe. Sich aus irgendeinem Grund prügelnde Jungs in der Nähe der Mülltonnen, keine Freunde von mir, einer von ihnen, mein früherer Schließfachpartner, hockt weinend auf der Bank, auf der ich in meinem ersten Highschool-Jahr oft mit einer Clique saß, mit der ich heute kaum noch etwas zu tun habe. Tests, angekündigte und unangekündigte, gelegentlich auch schon mal ein Namenstausch, wenn Vertretungslehrer die Anwesenheit kontrollieren, irgendwie muss man sich ja die Zeit vertreiben. Wieder die Schulglocke. Über die Sprechanlage die Stimme des Schulleiters, zwei volle Minuten lang Gesumme und Geraschel, bis jemand klar verständlich sagt: »Das Gerät ist an, Dave«, dann ein Klicken. Aus. Billy Keager, der wieder einmal den Tisch umschmeißt, an dem die Französisch-AG Croissants verkauft. Drei Tage lang ein klebriger Fleck Erdbeermarmelade am Boden, bis sich endlich jemand erbarmt. Eine Schachtel mit alten Trophäen, ein glänzendes Messingschild mit den Namen der Sieger dieses Jahres wartet noch immer darauf, angebracht zu werden … Der tiefe Tagtraum und ein Lehrer, der einen plötzlich weckt, eine Antwort will und sich weigert, seine Frage zu wiederholen. Wieder die Glocke, gefolgt von der Durchsage »Bitte das Läuten ignorieren« und Nelsons Geschimpfe *»Ignorieren* hat er gesagt«, womit er die Schüler meint, die sofort angefangen haben einzupacken. Falsch zusammengetackerte Formulare vom Klassenlehrer, die man erst mal neu ordnen muss, um sie ausfüllen zu können. Vorspielen fürs Schultheater, Riesentransparente mit der Ankündigung für das entscheidende Spiel, dann der Diebstahl der Transparente und die Aufforderung, die Täter zu verpfeifen, wenn man was weiß, der übliche Scheiß. Jenn und Tim, die Schluss gemacht haben, Skyler, der sein Auto losgeworden ist, das Gerücht, Angela sei schwanger, kurz darauf das Gegengerücht, das sei nur die Grippe, bei Grippe kotzt jeder. Tage, an denen die Sonne nicht mal den Versuch macht, hinter den Wolken hervorzukommen, um wenigstens ein einziges Mal in ihrem

Sternenleben etwas Gutes zu tun. Nasses Gras, feuchte Säume, die falschen Socken, die ich eigentlich wegwerfen wollte und jetzt doch wieder anhabe, das tückische Blatt, das aus meinen Haaren fällt, wo es schon seit Stunden genistet haben muss, bestimmt zum großen Vergnügen von irgendwem. Serena, die ihre Tage kriegt und wieder einmal nichts dabeihat und deshalb in der zweiten Pause irgendwelche wildfremden Mädchen auf der Toilette anhauen muss. Vorsingen für den Chor, drei Mädchen, die Selbstgestricktes verkaufen, um Hurrikan-Opfern zu helfen. Die Bibliothek, die rein gar nichts zu den Themen dahat, zu denen ich recherchieren muss. Fünfte Stunde, sechste Stunde, siebte Stunde, der ständige Blick auf die Uhr und das Mogeln beim Test, nur so, warum auch nicht. Plötzliche Hungerattacken, Müdigkeit, extreme Hitze, Wut, erschreckende, unbegreifliche Traurigkeit. Vierte Stunde, wie ist das möglich, erst die vierte, aber ist so. Hester Prynne, Agamemnon, John Quincy Adams, Entfernung mal Geschwindigkeit gleich irgendwas, kleinster gemeinsamer Sonstwas, der Radius, die Metapher, der freie Markt. Der rote Pullover von irgendwem, der offene Ordner von jemand anderem, die große Frage, wie es möglich ist, dass jemand einen Schuh verliert, nur einen, und ihn nicht sieht, wenn er wochenlang auf einer Fensterbank steht. Ruf diese Nummer am Schwarzen Brett an, ruf an, wenn du missbraucht worden bist, wenn du dich umbringen willst, wenn du im Sommer mit diesen drei Hohlköpfen auf dem Bild nach Australien willst. *Streng dich an!* in krakeliger Schrift auf verblasstem Hintergrund, *Frisch gestrichen* auf einem trockenen Boden, dann das große Spiel am Freitag, wir brauchen eure Unterstützung, kommt alle. Schließfachkombinationen, Getränkeautomaten, knutschende Pärchen,

Schulschwänzer, heimliches Rauchen, heimliches Musikhören über Ohrhörer, Rum in der Wasserflasche und Pfefferminz für den Atem, der kranke Junge im Elektrorollstuhl, der mit den dicken Brillengläsern, Gott sei Dank, dass ich das nicht bin, Nackenschutz oder Ausschlag oder der Termin beim Kieferorthopäden oder dieser Vater, der besoffen beim Schulball auftaucht und sie ins Gesicht schlägt, dieses arme Ding, dem dringend mal jemand sagen müsste *Du stinkst, mach was dagegen, sonst geht es dir nie, nie, nie besser.* Tagein, tagaus, von morgens bis nachmittags geht das so, Noten kriegen, Notizen machen, jemanden fertigmachen, sich umziehen, einen Frosch aufschneiden und vergleichen, ob er genauso aussieht wie der aufgeschnittene im Buch. Aber an den Abenden, an den Abenden warst du dran, Ed, endlich, am Telefon, der beste Teil des Tages.

Als ich dich das erste Mal angerufen habe, das war wie das erste Mal, als überhaupt jemand irgendwen angerufen hat, dieser Alexander Graham Dingsda, der in diesem todlangweiligen Film mit Jessica Curtain verheiratet ist und grübelnd an seinen Versuchen gesessen hat, die monatelang nur Rauschen produzierten, bis es ihm endlich gelang, diesen magischen Satz über den Draht zu schicken. Weißt du noch, was er gesagt hat, Ed?

»Hallo?« O verdammt, das war deine Schwester. Dabei war das doch angeblich deine beste Nummer!

»Äh – hi.«

»Hi.«

»Könnte ich bitte Ed sprechen?«

»Darf ich fragen, wer da ist?«

Musste das jetzt sein, dachte ich und zupfte an meiner Tagesdecke. »Eine Freundin«, sagte ich schüchtern. Wie blöd!

»Eine Freundin?«

Ich schloss die Augen. »Ja.«

Es folgte ein Moment surrender Stille, während ich hörte, wie Joan, von der ich noch nicht wusste, dass sie Joan war, tief ausatmete und mit sich rang, ob sie mich weiter ausfragen sollte, während ich dachte, ich könnte jetzt auflegen wie ein Dieb in der Nacht in *Wie ein Dieb in der Nacht*.

»Kleinen Moment«, sagte sie, und dann, nach ein paar Sekunden Klappern und Murmeln, deine weit entfernte Stimme »Was?«, gefolgt von Joans spöttischer: »Ed, hast du irgendwelche Freundinnen? Hier ist ein Mädchen in der Leitung, sie sagt –«

»Hör schon auf«, sagtest du, jetzt sehr nah, und dann: »Hallo?«

»Hey.«

»Hey. Ähm, wer –?«

»Tut mir leid, ich bin's, Min.«

»Min, hey. Ich hab deine Stimme nicht erkannt.«

»Klar.«

»Warte mal, ich geh mal gerade in ein anderes Zimmer. Joanie geht nämlich einfach nicht raus.«

»Okay.«

Die Stimme deiner Schwester, murmel, murmel, dann läuft Wasser. Darauf deine Stimme: »Das ist *mein* Geschirr.« Murmel, murmel. »Sie ist eine *Freundin* von mir.« Murmel, murmel. »Ich weiß nicht.« Murmel. »Nichts.«

Ich wartete weiter. *Mr. Watson,* war das Erste, was der Erfinder auf wunderbare Weise von einem Raum ins Nebenzimmer sprach. *Mr. Watson, kommen Sie her, ich brauche Sie.*

»Hey, tut mir leid.«

»Schon gut.«

»Meine Schwester.«

»Klar.«

»Sie ist – na ja, du wirst sie ja kennenlernen.«

»Okay.«

»Also –«

»Ähm – wie war's beim Training?«

»Gut. Glenn hat sich wie ein Idiot benommen, aber das ist normal.«

»Oh.«

»Wie war's bei dir beim – was ist das noch mal, was du nach der Schule immer machst?«

»Kaffeetrinken.«

»Oh.«

»Mit Al. Einfach abhängen. Lauren war auch da.«

»Okay, und wie war's?«

Ed, es war wundervoll. So mit dir herumzustottern oder nicht einmal zu stottern, sondern gar nichts zu sagen, das war so ein Glück, so friedlich, viel besser, als sich mit irgendwem den Mund fusselig zu quatschen. Nach ein paar Minuten hatte das Gestotter ein Ende, die Aufregung hat sich gelegt, wir wurden gelassener, und die Unterhaltung nahm Fahrt auf und ging bis in die Nacht. Manchmal haben wir einfach nur gelacht, wenn wir unsere Lieblingssachen verglichen haben – ich mag den und den Geschmack, die Farbe ist cool, das Album ist Schrott, die Sendung hab ich nie gesehen, der Typ ist doch ein Idiot, ich finde die super, nicht dein Ernst, ausgeschlossen, meins ist viel besser, gefahrlos und zum Brüllen komisch, wie Kitzeln. Manchmal haben wir uns abwechselnd Geschichten erzählt, uns gegenseitig ermutigt, nein, überhaupt nicht langweilig, okay, ich hab's gehört, ich hör dich, das musst du nicht sagen, sag's noch einmal, das hab ich noch keinem Menschen erzählt, ich erzähl's auch nicht weiter. Du hast mir von der Sache mit deinem Großvater erzählt, damals im Flur, ich hab dir das mit meiner Mutter und dem roten Licht erzählt. Deine Story von deiner Schwester und der verschlossenen Tür, meine, wie ich mal mit einem alten Freund in die völlig verkehrte Richtung gefahren bin. Die Sache damals nach der Party, die damals vor dem Ball. Und damals im Ferienlager, im Urlaub, im Hof, in unserer Straße, in dem Zimmer, das ich nie mehr wiedersehen werde, damals mit Dad, damals im Bus, das andere Mal mit Dad, die seltsame Sache an diesem Ort, von dem ich dir schon mal erzählt habe, im Zusammenhang mit der anderen Geschichte, damals, und die verschiedenen Geschichten verschmelzen ineinander wie Schneeflocken in einem selbst gemachten Schneesturm in einem Lieblingswinter. Ed, diese langen Abende am Telefon, alles, was wir sagten, bis aus spät später wurde und noch später und richtig spät und am Ende Schlafengehen mit müden, heißen, roten Ohren, so fest fest fest hatte ich den Hörer ans Ohr gepresst, um nur ja kein Wort zu verpassen, egal wovon, denn wen kümmerte es schon, wie müde ich an diesen öden Sklaventreiberschultagen ohne uns war. Jeden Tag hätte ich mir gern ruiniert, wirklich jeden, für diese langen Abende mit dir, und das habe ich auch gemacht. Aber genau deswegen war die Sache mit uns von Anfang an zum Scheitern verurteilt. Nichts als diese Zaubernächte an beiden Enden der sirrenden Telefonleitungen, das konnte auf die Dauer nicht gut gehen, wir hätten auch die Tage gebraucht, leuchtend helle, ungeduldige Tage, die alles verdarben mit ihren unvermeidlichen Stundenplänen, den Pflichtterminen, die nie übereinstimmten, ihren treuen Freunden, die sich nie verstanden, der nie vergebenen perfiden Tat eines abgerissenen Posters, ganz gleich, welche Versprechen nach Mitternacht gegeben werden, und deswegen ist es aus.

ZEMBLA
5
LASS UNS DA BLEIBEN
– ALLEIN

Genau davon rede ich, Ed: von der Wahrheit. Sieh dir diese Münze an. Woher stammt sie? Welcher Premierminister, welcher König soll das sein? Irgendwo auf der Welt bezahlt man damit, aber an jenem Tag nach der Schule, im *Käsestübchen,* da wollten sie sie nicht.

Nach längeren Debatten und heftigerem diplomatischen Gerangel als in Nigel Kraths Miniserie über Kardinal Richelieu hatten wir uns schließlich geeinigt, uns zu einem frühen Abendessen oder einem Nach-Kaffee-, Nach-Trainings-Imbiss zu treffen, wenn die Sonne schon untergeht und wir eigentlich zu Hause sein sollten, statt auf neutralem Territorium Grillkäse und glühend heiße, wässrige Tomatensuppe zu essen. Den anderen reichte es langsam, dass sie dich nie zu sehen kriegten, dabei war das mit uns ja noch ganz frisch. Sie, also Jordan und Lauren, also alle außer Al, der keine Meinung dazu hatte, vermuteten, ich würde dich verstecken. *Oder schämst du dich etwa für deine Freunde? Ist es das, Min?* Ich argumentierte mit deinem Training, aber sie meinten, das sei keine Entschuldigung, und ich sagte, natürlich sei es das, und schließlich sagte Lauren, vielleicht würdest du ja kommen, wenn du *nicht* eingeladen wärst, wie bei Als Party, und ich sagte, okay, okay, okay, okay, halt die Klappe, okay, Dienstag nach dem Training, nach dem Kaffeetrinken bei Federico's, im *Käsestübchen,* schlug ich vor (das liegt zentral und ist bei allen gleichermaßen verhasst), und dann habe ich dich gefragt, und du hast gemeint, klar, klingt gut. Ich setzte mich also mit den anderen in eine Nische und wartete. Die Plastiksitze warfen Falten, die Papieruntersetzer schlugen uns vor, gegenseitig unsere Käsekenntnisse zu testen.

»Hey, Min – Parmesan wurde 1987 erfunden – richtig oder falsch?«

Ich hörte auf, an den Nägeln zu kauen, und schnipste laut in Jordans Richtung. »Aber ihr seid nett zu ihm, ja?«

»Wir sind immer nett.«

»Nein – nie«, sagte ich, »und genau das liebe ich so an euch, manchmal jedenfalls, meistens, nur gerade heute nicht.«

»Wenn er dein Was-auch-immer wird«, sagte Lauren, »dann sollte er uns so sehen, wie Gott uns vermutlich geschaffen hat, in unserer natürlichen Umgebung, mit unserer normalen …«

»Sonst sind wir doch nie hier«, maulte Al.

»Das haben wir schon ausdiskutiert«, erinnerte ich ihn.

Lauren seufzte. »Ich wollte doch bloß sagen, wenn wir in Zukunft alle zusammen abhängen …«

»Zusammen abhängen?«

»Vielleicht hängen wir ja gar nicht zusammen ab«, sagte Jordan. »Vielleicht kommt es ja gar nicht so weit. Vielleicht sehen wir uns ja erst bei der Hochzeit oder …«

»Kannst du mal aufhören!«

»Er hat doch 'ne Schwester, oder?«, sagte Lauren. »Stell dir vor, sie und ich als Brautjungfern, in gleichen Kleidern. *In Mauve!«*

»Ich wusste, dass ihr so sein würdet. Ich sollte ihn anrufen und sagen, er soll nicht kommen.«

»Vielleicht hat er ja jetzt schon Angst vor uns und kommt nicht«, sagte Jordan.

»Genau«, sagte Lauren, »und vielleicht wollte er ja auch Mins Nummer gar nicht, und vielleicht wollte er sie auch gar nicht anrufen, und vielleicht sind sie nicht wirklich …«

Ich ließ den Kopf auf den Tisch sinken und sah blinzelnd auf ein Bild von einem Briekäse.

»Guckt nicht hin«, murmelte Al, »aber am Eingang sehe ich eine Schweißkugel.«

Es stimmt, du sahst wirklich extrem athletisch aus, auf sehr nasse Art athletisch. Ich stand auf und küsste dich, und dabei kam ich mir vor wie in der Szene in *Das Gewölbe*, wo Tom D'Allesandro nicht ahnt, dass direkt vor seiner Nase Dodie Kitt als Geisel gehalten wird. »Hey«, sagtest du. Dann hast du auf meine Freunde hinuntergeschaut und »Noch mal hey!« gesagt.

»Hey«, sagten alle. Verdammte Kacke!

Du rutschtest zu mir auf die Bank. »Hier war ich ja schon ewig nicht mehr«, sagtest du. »Letztes Jahr mal, mit einem Mädel, das die, wie hieß das Zeug noch, die heiße Käsesuppe hier gut fand.«

»Fondue«, sagte Jordan.

»War das Karen?«, fragte Lauren. »Die mit den Zöpfen und dem Gipsfuß?«

Du hast sie mit leicht zusammengekniffenen Augen angesehen. »Das war Carol, und es war nicht das Fondue. Es war die heiße Käsesuppe.« Du zeigtest auf *Heiße Käsesuppe* auf der Speisekarte, und für eine Sekunde wurde es totenstill am Tisch.

»Wir nehmen immer das *Spezial*«, sagte Al.

»Dann nehm ich das auch«, sagtest du. »Übrigens, Al, bevor ich's vergesse« – du klopftest auf deine Tasche –, »Jon Hansen hat mich gebeten, dir einen Ordner für das Literaturprojekt zu geben.«

Lauren wirbelte herum und sah Al an. »Du hast Literatur mit Jonathan Hansen zusammen?«

Al schüttelte den Kopf, und du nahmst dir viel, viel Zeit, um einen großen Schluck Eiswasser zu trinken. Ich starrte auf deinen Hals und wünschte mir, jedes Wort, das du je sagen würdest, wäre für mich allein bestimmt. »Seine Freundin«, erklärtest du schließlich. »Joanna Dings-ton. Allerdings nicht mehr lange, aber nicht weitersagen. Hey – wisst ihr, was mir gerade einfällt?«

»Dass Joanna Farmington eine Freundin von mir ist?«, fragte Lauren.

Du hast den Kopf geschüttelt und dem Kellner gewinkt. »Die Jukebox«, sagtest du. »Die haben eine echt gute Jukebox hier.« Du hast deine Tasche auf den Tisch gehievt, nach deiner Brieftasche gekramt und stirnrunzelnd auf die Scheine darin geschaut. »Hat jemand von euch Kleingeld?« Im nächsten Moment hast du auch schon die Hand nach Laurens Portemonnaie ausgestreckt. Ich hab ja absolut keine Ahnung von Baseball, aber ich sah förmlich, wie die Bälle an deinem Kopf vorbeizischten: *Strike one, Strike two, Strike three.* Du hast den Reißverschluss aufgezogen und in der Geldbörse herumgekramt, aus der oben ein Tampon herausschaute. Mein Blick traf Als, der alles tat, um meinem auszuweichen. Der einzige Mensch außer Lauren, der in ihrem Portemonnaie herumkramen darf, ist der, der sie tot in irgendeinem Graben findet und nach ihrem Ausweis sucht. Du hattest inzwischen das Fach fürs Kleingeld gefunden, es lächelnd aufgeklappt und dir die Münzen in die Hand gekippt. »Eine Runde *Spezial* für alle«, sagtest du zum Kellner, dann bist du aufgestanden und zur Musikbox geschlendert und hast mich am Tisch zurückgelassen, allein mit lauter Menschen in Schockstarre.

Lauren starrte auf ihr Portemonnaie, als läge es tot auf der Straße. »Herr Jesus und sein biologischer Vater.«

»Wie deine Mutter sagen würde«, fügte Jordan hinzu.

»Sie *machen* das so«, erklärte ich verzweifelt, »unter Freunden. Da nimmt man sich eben einfach Geld.«

»Die machen das so?«, echote Lauren. »Wo sind wir hier bitte? In einer Natur-Doku? Sind das Hyänen?«

»Hoffentlich gehören sie nicht zu den lebenslang monogamen Arten«, murmelte Jordan.

Al sah mich an, als wollte er im nächsten Moment auf sein Pferd springen, den Revolver ziehen, abfeuern und die Notluke öffnen, allerdings nur mit meinem Einverständnis. Ich war nicht einverstanden. Du kamst zurück und grinstest alle an, und dann folgte schon der millionste Strike: Ein Song von Tommy Fox. Ich kann das nicht mal erklären, Ed, aber Tommy Fox ist für uns ein Witz, und nicht mal ein guter, dafür ist es viel zu leicht, über Tommy Fox Witze zu machen. Du hast weiter gegrinst und diese Münze hier auf dem Tisch in Drehung gebracht, während wir alle darauf starrten.

»Die hier ging nicht«, sagtest du und zeigtest auf die Tischmitte, das Niemandsland, wo dieses unnütze Ding kreiselte.

»Das ist jetzt nicht wahr!«, sagte Lauren.

»Ich liebe die Gitarren in diesem Stück«, sagtest du, während du dich setztest und den Arm um mich legtest. Ich lehnte mich an dich, Ed, und dein Arm fühlte sich gut an, sogar mit der Stimme von Tommy Fox in der Luft.

»Das war bloß ein Witz«, erklärte ich, schon wieder verzweifelt. Gehofft und gelogen habe ich, für dich, Ed. Dieses Ding hier hörte scheppernd auf zu kreiseln, und ich habe es in die Tasche gesteckt, während wir aßen und stotterten und stammelten und bezahlten und gingen. Dein Blick war so lieb, als du mich zum Bus gebracht hast. Die anderen gingen in die andere Richtung, und ich sah ihnen nach, wie sie sich dicht aneinanderdrängten und sofort in Lachen ausbrachen. O Ed, wo auch immer es funktioniert, dachte ich, während deine Hand auf meiner Hüfte und die nicht-passende Münze in meiner Tasche lag, wo auch immer es gut ist, in welchem weit entfernten, fremden Land auch immer – lass uns da hingehen, lass uns da bleiben. Allein.

Wenn du genau hinsiehst, entdeckst du ein oder zwei Haare, die an diesem Gummi hängen geblieben sind, als du's mir abgerissen hast. Wer macht denn so was, Ed? Welche Art Mann? In dem Moment hat es mich aber, ehrlich gesagt, nicht gestört.

Unser erstes Treffen bei dir zu Hause, da, wo du jetzt bist, mit gebrochenem Herzen. Die Fahrt mit dem Bus nach deinem Training, dann zum ersten Mal das restliche Stück zu Fuß. Ich war müde, mir fehlte mein üblicher Kaffee bei Federico's. Und auch müde von der Langeweile auf der Tribüne, ehrlich, während du deine Freiwürfe geübt hast und der Coach die ganze Zeit in seine schrille Pfeife blies und dir den guten Rat erteilte: *Sieh zu, dass du den Korb öfter triffst.* Im Bus bin ich tatsächlich kurz an deinem Arm eingenickt, und als ich aufwachte, hast du mich sehnsüchtig angeschaut. Du warst völlig verschwitzt, schlimm sahst du aus. Ich schmeckte meinen schalen Atem, wie immer nach dem Schlafen, selbst nach so einem Mini-Nickerchen. Die Sonne schien durch die verschmierten, eingesauten Fenster. Du wünschtest, du könntest mir morgens beim Aufwachen zusehen, hast du gesagt. Zum ersten Mal – das heißt, wenn ich ganz ehrlich bin, nicht zum allerersten Mal – habe ich versucht, mir einen Ort vorzustellen, einen besonderen Ort, an dem das geschehen würde. Was die ganze Schule weiß: Wenn die Mannschaft die Meisterschaft gewinnt, dann übernachten alle im Hotel, und der Coach guckt weg, aber so weit sind wir nie gekommen.

Als wir zum Hintereingang ins Haus gingen, hast du laut »Joanie, wir sind da!« gerufen, und eine Stimme antwortete: »Du kennst die Regel – sprich mich nicht an, bevor du unter der Dusche warst.«

»Kannst du kurz bei meiner Schwester bleiben?«, hast du gefragt.

»Ich kenn sie doch gar nicht«, habe ich geantwortet. Wir standen in einem Wohnzimmer, in dem sämtliche Sofapolster wie Dominosteine aneinandergereiht auf dem Boden lagen.

»Sie ist nett«, hast du gesagt. »Ich hab dir von ihr erzählt. Rede mit ihr über Filme, die du magst. Und nenn sie nicht Joanie.«

»*Du* hast sie doch Joanie genannt«, sagte ich noch, aber da stürmtest du schon die Treppe hoch. Das ausgeweidete Sofa, stapelweise Zeitschriften in einer Ecke, zwischendrin eine Teetasse – der ganze Raum wirkte irgendwie vernachlässigt. Durch die Tür hörte ich Musik, die mir auf Anhieb total gefiel, die ich aber nicht richtig einordnen konnte. Sie klang irgendwie nach Jazz, aber nicht extrem.

Ich ging in die Richtung, aus der die Musik kam, und sah Joan, die mit geschlossenen Augen und einem Holzlöffel als Partner durch die Küche tanzte. Auf der Arbeitsplatte lag jede Menge kleingeschnittenes Gemüse. Deine Schwester ist klasse, sag ihr das von mir. Klasse und schön.

»Was ist das?«

»Was?« Sie wirkte überhaupt nicht überrascht oder so.

»Entschuldigung, die Musik, sie gefällt mir.«

»Du musst dich nicht dafür entschuldigen, dass dir die Musik gefällt. Das ist Hawk Davies, *The Feeling*.«

»Was?«

»*Du fühlst es, oder du fühlst es nicht.* Hast du noch nie von Hawk Davies gehört?«

»Ach so, ja, Hawk Davies.«

»Lass gut sein, es ist völlig okay, wenn du ihn nicht kennst. Ach, wenn man noch einmal so jung sein könnte!«

Sie drehte die Musik lauter und tanzte weiter. Vielleicht könnte ich, dachte ich, vielleicht sollte ich ins Wohnzimmer zurückgehen. »Du bist doch das Mädchen, das neulich angerufen hat.«

»Ja«, gab ich zu.

»Eine Freundin«, zitierte sie mich. »Wie heißt du, *eine Freundin?«*

Min, sagte ich, kurz für … und so weiter.

»Das war ja fast schon eine Rede«, sagte sie. »Ich bin Joan. Und Joanie mag ich geradeso gern wie du Minnie.«

»Das hat Ed mir schon gesagt.«

»Glaub einem Jungen kein Wort, der am Ende jedes gottverdammten Tages *verdreckt und verschwitzt ist kannst du jetzt endlich mal duschen verdammt noch mal!*«

Den letzten Teil ihres Satzes brüllte sie in Richtung Zimmerdecke. *Stapf stapf stapf,* dann ein leises Klirren der Deckenlampe, und schon hörte man oben Wasser rauschen. Joan sah mich grinsend an und musterte mich beiläufig, bevor sie wieder nach ihrem Hackmesser griff. »Also, ich hoffe, es macht dir nichts, soll wirklich keine Beleidigung sein, aber du siehst nicht wie das typische Tribünenmädel aus.«

»Nein?«

»Du kommst mir anders vor« – *tack tack*, sie sucht nach dem *tack tack* Wort. Wenn sie jetzt *wie der künstlerisch angehauchte Typ* sagt –

»– interessanter.«

Ich zwang mich, nicht zu lächeln. *Danke schön* schien mir nicht die passende Antwort darauf. »Tja, aber heute war ich wohl so was wie ein Tribünenmädel.«

»Hey!« Sie lebte richtig auf. Mit funkelnden, weit offenen Augen, das Messer in die Höhe gereckt wie eine Fahnenstange, sah sie mich ironisch an. *»Komm, wir gehen Jungs zugucken, wie sie spielen üben, dann können wir ihnen später beim Spiel zugucken.«*

»Heißt das, du magst Basketball nicht?«

»*Hallo* – hast du es gemocht? Wie war das denn, ihm zuzugucken?«

»Langweilig«, sagte ich spontan. Schlagzeugsolo von der CD.

»Mit meinem Bruder was anfangen!« Sie schüttelte den Kopf. Dann trat sie an den Herd, rührte um und leckte den Löffel ab. Irgendwas Tomatiges. »Witwe wirst du sein, eine Basketballwitwe, zu Tode gelangweilt, während er durch die halbe Welt dribbelt. Basketball ist also nicht dein Ding –«

Sie hatte ja recht, Ed, damals schon. Ich hatte mich ja selbst schon gefragt, ob es wohl in Ordnung ist, Hausaufgaben zu machen oder zu lesen, wenn du trainierst. Die anderen Mädels redeten wenig untereinander und mit mir schon gar nicht, guckten nur zu mir rüber mit einer Miene, als hätte der Kellner ihnen das falsche Dressing zum Salat gebracht. Aber dann hast du mir so elegant zugewinkt, dazu der Anblick deines nassen Rückens, als die gegnerischen Spieler mit Trikot und die anderen oben ohne spielten.

»– und von Musik verstehst du auch nichts. Wofür interessierst du dich denn?«

»Kino«, antwortete ich. »Filme. Ich möchte mal Regisseurin werden.«

Der Song hörte auf, der nächste begann. Aus irgendeinem Grund sah Joan mich an, als hätte ich ihr eine reingewürgt. »Ich hab gehört«, sagte ich, »ich meine, Ed hat mir erzählt, dass du Film studiert hast. Am State College?«

Sie seufzte und stemmte die Hände in die Seiten. »Nur kurz. Dann musste ich wechseln. Was Praktisches machen.«

»Wieso?«

Das Wasserrauschen verstummte. »Mom wurde krank«, sagte sie und wies mit dem Kinn in die Richtung des Schlafzimmers am Ende des Flurs.

Das ist etwas, was du nie erwähnt hast, bei keinem einzigen unserer nächtlichen Telefonate.

Aber ich bin gut darin, das Thema zu wechseln. »Was kochst du da gerade?«

»Vegetarische Fleischklößchen schwedischer Art.«

»Ich koche auch gerne, mit Al.«

»Al?«

»Ein Freund von mir. Kann ich helfen?«

»Solange ich lebe, Min, *seit Äonen,* warte ich darauf, dass jemand mir die Frage stellt! Ich hoffe, du teilst meine Meinung, dass Schürzen überflüssig sind. Aber hier, nimm das.« Sie ging zur Tür und fummelte kurz am Knauf, dann ließ sie mir etwas in die Hand fallen. Ein Gummiband. An jedem Türknauf im Haus hattet ihr Gummibänder.

»Hm?«

»Bind dir die Haare zusammen, Min. Ein Haar von dir gehört definitiv nicht zu den geheimen Zutaten.«

»Und wie macht man nun vegetarische Fleischklößchen schwedischer Art? Mit Fisch?«

»Fisch ist auch Fleisch, Min. Austernpilze, Cashewkerne, Schalotten, Paprika, die ich noch finden muss, Petersilie, Wurzelgemüse zum Reiben. Die Soße habe ich schon gemacht, die blubbert hier. Hört sich das gut an?«

»O ja, allerdings nicht sehr schwedisch.«

Joan lächelte. »Nicht sehr irgendwas, würde ich sagen«, gab sie zu. »Ich probier nur mal so rum. Ein Experiment, das ist es.«

»Dann nenn sie doch *Experimentklößchen*«, schlug ich vor. Meine Haare hatte ich inzwischen zu einem Knoten hochgebunden.

Sie hielt mir die Küchenreibe hin. »Du gefällst mir«, sagte sie. »Falls du Lust hast, meine alten Bücher vom Filmstudium auszuleihen, sag's mir. Und falls Ed gemein zu dir ist, sag's mir auch, dann werde ich ihn filettieren.« Also liegst du jetzt vermutlich auf einem Servierteller, mit Zitronenscheiben und so was, Ed. Aber erst mal bist du runtergekommen, mit wirrem Haar, barfuß und in Schlabberklamotten – T-Shirt von einer Stadionveranstaltung und Shorts.

»Hi«, hast du gesagt und die Arme um mich gelegt. Dann hast du mich geküsst und mir das Gummiband – autsch – aus den Haaren gezogen.

»Ed.«

»Mir gefällt's besser so. Soll keine Beleidigung sein, aber offen sieht's einfach besser aus.«

»Aber gerade im Moment muss sie die Haare aus dem Gesicht haben«, sagte Joan.

»Nein, wir wollen doch bloß abhängen.«

»Und außerdem kochen.«

»Wenigstens gescheite Musik könntest du auflegen.«

»Hawk Davies schlägt Truthster doch um Längen! Geh fernsehen. Min hilft mir.«

Du hast einen Schmollmund gemacht, dir eine Milch aus dem Kühlschrank genommen, erst direkt aus der Packung getrunken und den Rest über ein Müsli gekippt. »Du bist nicht meine richtige Mutter«, hast du gesagt. Offensichtlich ein alter Witz.

Deine schöne Schwester hat dir das Gummiband aus der Hand genommen und es in meine fallen lassen. Da lag es dann wie ein schlabberiger Wurm, eine träge Schlange, ein weit offenes Lasso, das gerade irgendwas einfangen soll. »Wenn ich deine richtige Mutter wäre«, sagte sie.

»In der Wiege erwürgt, ich weiß.« Du hast dich mit deinem Müsli ins Wohnzimmer verzogen, und Joan und ich haben die schwedischen vegetarischen Fleischklößchen gemacht, die überraschend köstlich schmeckten. Abends habe ich Al das Rezept beschrieben, und er meinte, es höre sich toll an und vielleicht könnten wir sie zusammen machen, Freitagabend oder Samstag oder Samstagabend oder sogar Sonntagabend, falls sein Dad ihm da freigäbe, er könne ihn darum bitten. Aber ich sagte, nein, ich hätte das ganze Wochenende über keine Zeit, ich sei schwer beschäftigt. Mein Kalender war voll, selbst wenn ich gar keinen hatte. Du lungertest auf den Polstern am Boden, dafür lagen sie also da, mit deinem Müsli und irgendeiner blöden Fernsehsendung, von der ich in der Küche nichts sah, aber einiges hörte.

Derweil kochte ich zusammen mit Joan, so als wäre sie auch meine Schwester, irgendwie, es brutzelte, es qualmte, es war warm, es duftete nach Pfeffer und etwas Süßem, und schließlich tanzten wir zusammen.

Hawk Davies gab mir dieses Gefühl, nicht nur mir, jedem in eurer Küche an diesem Nachmittag. Ich konnte total loslassen, nur meine Haare nicht, die waren immer noch zusammengebunden mit einem der Gummibänder von eurem Türknauf, dein Hemd war nach oben gerutscht, deine Shorts nach unten, dein Kreuz lag frei, dein Kreuz, das ich den ganzen Tag angesehen hatte.

Nimm's zurück, Ed. Nimm alles zurück.

HELLMAN
HIGH SCHOOL

Vermutlich hätte ich das Ding aufhängen sollen, vermutlich schräg übers Bett, so als wollte ich alles, was sonst da gewesen sein mochte, durchstreichen: HELLMAN HIGH SCHOOL BEAVERS. Und als Grund dafür, dass das Ding nie irgendeinen festen Platz fand, könnte ich vermutlich angeben, dass die Farben der Beavers, grün und gelb, sich wahnsinnig beißen würden mit dem, was schon dahängt, nämlich dem Plakat zu meinem allerliebsten Lieblingsfilm *Nie bei Kerzenschein,* das Al mir zu meinem letzten Geburtstag geschenkt hat, nach dem er Ewigkeiten gesucht hat und auf dem Theodora Sire in alle Ewigkeit die Augenbrauen hochzieht, so als wolle sie ja nichts sagen, aber was da in meinem Zimmer vor sich ging, das sei unelegant und meiner nicht würdig. Ich hab's nicht aufgehängt, wollte es auch nicht dahaben. Ich hätte es wissen müssen.

HELLMAN HIGH SCHOOL EDS NEUE FREUNDIN – das wäre die perfekte Aufschrift für den Wimpel gewesen, als ich ihn am Freitag zwischen zwei Lamellen von meinem Schließfach fand, wo er, wenn durch die abgestandene Luft gelegentlich eine leichte Brise zog, flatterte wie die Fahnen vor dem *Hotel Continental,* in der Szene, als die Diplomaten eintreffen. Ich musste ganz schön daran ruckeln, bis ich ihn herausbekam, und dabei spürte ich das Grinsen auf meinem geröteten Gesicht und die Anstrengung, mir dieses Grinsen zu verkneifen. Jeder weiß, dass diese Wimpel zwar regelmäßig an Spieltagen verkauft werden, und zwar von der zweiten Riege der Cheerleader, die angehalten sind, sie verzweifelt und immer mit einem Lächeln in der Cafeteria zu verhökern, dass sie eigentlich aber doch nur für Freshmen und Eltern und ähnlich unbedarfte Wesen gedacht sind sowie für die Freundinnen der Spieler – die Jungs stibitzen sie, um sie am Freitagmorgen wie langstielige rote Rosen zu überreichen. Die Leute, die den Wimpel an meinem Fach sahen, dachten sich ihr Teil. Am Spind von Jillian Beach flatterte nichts, und außerdem hatten mich genug Leute mit dir gesehen, als du unter der Woche Training hattest, und es gleich weitergetratscht, und so war es wohl nicht schwer zu erraten, von wem der Wimpel war. *Der Co-Kapitän und Min Green!*, dürften die hechelnden Kommentare gewesen sein. Die Leute müssen Lauren gefragt haben, Al gefragt haben, ob da was dran sei. Klar, müssen die geantwortet haben, einfach bloß klar, vielleicht aber auch Schlimmeres. Lieber gar nicht dran denken.

Innen in meinem Schließfach lag dann die Eintrittskarte. Für die hast du vermutlich auch nichts bezahlt. Keine Ahnung, wie das funktioniert mit diesem mit Seilen abgetrennten Bereich für Freunde und Familie, der streng gehütet wird von den Jungs der Juniormannschaft, die mit stolzgeschwellter Brust herumlaufen wegen dieses wichtigen Security-Jobs. Die Tickets gibt's schon lange nicht mehr, zerrissen und in Rauch aufgegangen. Später hast du mir gesagt, es tue dir leid, dass keine Karte für Al dabei war, aber er könne gern nach dem Spiel mit zur Party kommen oder, falls ihr verliert, irgendwo anders hin, aber Al winkte sowieso ab, nein danke, er habe schon was vor. Als ich an meinen Platz kam, sah ich, dass ich Joan als Gesellschaft hatte. Sie hatte Cantuccini dabei, ofenwarm und in Alufolie.

Ich erinnere mich noch, was sie sagte: »Ah, ein Wimpel. Damit auch jeder weiß, auf welcher Seite du stehst, Min.«

Sie musste mich anbrüllen, damit ich sie verstand. Ein Spielervater hinter uns drückte mich mit der Hand nach unten. *Setz dich, setz dich, das Spiel hat zwar noch nicht angefangen, aber ich brauche den freien Blick auf den glänzenden Holzboden und die hüftenschwingenden Mädchen mit ihren Pompons.*

»Go, Beavers, oder?«

»Dieses *oder* am Ende, das bringt's. Klasse Anfeuerungsruf!«

»Na ja, es ist nun mal –« – *die Mannschaft meines Freundes,* wollte ich sagen, aber ich fürchtete, Joan könnte mich korrigieren. »Eds Ding. Ich versuche einfach, nett zu sein. Außerdem hat er's mir geschenkt.«

»Natürlich.« Joan faltete die Alufolie auseinander. »Probier mal die Cantuccini. Ich hab zur Abwechslung Walnüsse statt Haselnüsse genommen. Bin gespannt, wie du sie findest.«

Ich hielt das Gebäck erst mal in der Hand. Joan war an den übrigen Tagen unserer ersten Woche nicht zu Hause gewesen, und so hatte ich allein in eurem leicht chaotischen Wohnzimmer gesessen und gelesen, während du unter der Dusche warst. Du hattest mich zwar eingeladen, mit nach oben zu kommen, aber ich hatte Angst, Joan könnte nach Hause kommen, und ich kannte die Regeln nicht, also blieb ich, bis du herunterkamst, noch feucht von der Dusche, dann haben wir uns zusammen auf die Kissen am Boden gelegt, während über unsere Köpfe hinweg der Fernseher quasselte. Wenn ich ehrlich sein soll – als du mir geholfen hast, dich zu berühren, dich zu streicheln, erst über deinen sauberen Sachen und dann darunter, das hat mir besser gefallen als umgekehrt, denn ich war die ganze Zeit unsicher, wann Joan nach Hause kommen und uns sehen würde.

»Kommst du hinterher noch mit auf die Party?«

»Ich?«, fragte Joan. »O nein, für mich ist die Zeit der Lagerfeuer vorbei, Min. Ich geh zu einigen der Spiele, etwa zur Hälfte, ich will ja keine schlechte Schwester sein, aber die Partys anschließend sind allein seine Sache, sage ich ihm. Was ich ihm noch sage: Er darf nicht so spät nach Hause kommen, dass er den ganzen Samstag verpennt; er darf nicht gar nicht nach Hause kommen, und wenn er kotzen muss, muss er's selber wegmachen.«

»Klingt fair.«

»Sag das mal Ed.« Joan schnaubte verächtlich. »Wenn's nach ihm ginge, gäbe es keine Regeln und jeden Tag Frühstück ans Bett.«

Dein Name wurde angesagt, über so ein plärrendes Teil, und du bist losgestürmt. Die Ohren haben mir wehgetan von so viel dröhnender Liebe, du hast den Ball angenommen, den der Coach von der Seite eingeworfen hat, hast seelenruhig gedribbelt, als brüllte nicht die ganze Halle, dann ein Korbleger, von meinem Platz aus war das nicht so eindeutig, aber er war drin, die Leute flippten total aus, und du hast dich verbeugt, hast den Clown gemacht und Trevor grinsend auf die Schulter geschlagen und dann – so muss sich Gloria Tablet gefühlt haben, als sie Maxwell Meyers Kaffee servierte und am nächsten Tag zum Vorsprechen bestellt war –, dann hast du auf mich gezeigt, direkt auf mich, und gegrinst, und ich habe nach kurzer Schockstarre den

Wimpel geschwenkt, bis die nächste Ansage kam und du mit Karacho und einem verschmitzten Lächeln Christian den Ball zugeworfen hast.

»Verstehst du, was ich meine?«, fragte Joan.

»Vielleicht kann ich ihn ja auf Trab bringen.«

Sie legte den Arm um mich. Ich roch ihr Parfum, aber vielleicht war es auch nur der Duft vom Backen, von Zimt oder Muskatnuss. »O Min, das hoffe ich so sehr.«

Die übrige Mannschaft wurde vorgestellt. Schrille Pfiffe. Einen Moment lang hatte ich das seltsame Gefühl, wegen Joans Bemerkung gleich weinen zu müssen, und ich habe heftig mit meinem Wimpel gewedelt, damit die Feuchtigkeit in meinen Augen verdunstete. »Aber wenn du es schaffst«, warnte sie mich, »oder auch wenn nicht – sieh zu, dass er nicht erst weit nach Mitternacht heimkommt.«

»Du bist nicht meine richtige Mutter.« Erst fand ich das mutig von mir, dann dumm. Der Witz war völlig daneben. Das war ein Witz zwischen dir und Joan, ganz allein eurer. Sie hat die Stirn gerunzelt und starr auf die Pompons geguckt. Totenstille, auch wenn alle um uns herum sich die Seele aus dem Leib schrien.

»Lecker«, sagte ich und meinte die Kekse. Das war mein Codewort für *Entschuldigung*.

»Ja, nicht wahr?«, sagte sie und tätschelte mir die Hand für *Ich verzeih dir*, aber der Witz war definitiv daneben gewesen. »Iss trotzdem nicht alle auf einmal auf.«

Nie zuvor hatte ich so ein Gebrüll und Gedröhne gehört, nicht einmal bei meiner ersten Mobilisierungsparty, zu der ich auch nur ging, weil ich in meinem Freshman-Jahr anfangs die falschen Freunde hatte und nicht durchblickte. Die ganze Sporthalle tobte, die Leute jubelten und winkten und hielten sich an ihren Freunden fest, bei jedem Treffer schrillte eine Glocke, die sofort von Entzückens- oder Entsetzensschreien übertönt wurden, je nachdem, auf welcher Seite man stand. Pfiffe, Zeitschinden der verschwitzten Spieler, wütende Blicke, Achselzucken, wildes Gefuchtel mit den Armen und verhaltenes *Kack!* bei einem Penalty oder Fehler. Die Spieler, die mit hochgereckten Armen übers Feld rannten, Handflächen nach vorn, der Ball ist meiner, der Korb, der Punkt, der Spielstand, das Team, das Spiel, ich hab dich im Gewühl verloren, wiedergefunden, kurz aus den Augen gelassen, um nach der Anzeigetafel zu schauen. Es war eine Wahnsinnsstimmung, Ed, und ich fand es wirklich toll, das Trampeln auf der Tribüne, zusammen mit den anderen, damit es so richtig donnerte – bis mein Blick auf die Uhr fiel und ich sah, dass gerade mal mickrige fünfzehn Minuten gespielt waren. Ich hatte geglaubt, es sei bald fertig, doch auf einmal schrumpfte ich zusammen wie ein Luftballon, und der Wimpel fühlte sich plötzlich an wie eine viel zu schwere Hantel. Eine Viertelstunde erst, wie war das möglich? Ich zwinkerte, bevor ich noch einmal nach der Uhr sah, um zu sehen, ob ich mich nicht getäuscht hatte, und Joan bekam es mit und grinste. »Ich weiß«, sagte sie, »so ein Spiel dauert wirklich ewig, hab ich recht? Das perfekte Synonym für *beeilt euch* oder für *warten.*« Inzwischen hatte ich dich aus den Augen verloren, und es dauerte so lange, bis ich dich wiederfand, dass mein Gehirn sagte: *Wieso guckst du diesem Typ überhaupt zu? Wer ist das überhaupt? Warum der und nicht irgendein anderer?*, denn irgendwas stimmte nicht an diesem Bild, in dem ich saß. Wie ein Apfel, der für den Kongress kandidiert, wie ein Fahrrad im Badeanzug. Wie mit *Ausschneiden und Einfügen* in einen Hintergrund montiert, von dem man auf Anhieb – oder, na ja, nach fünfzehn Minuten – sah, dass er nicht passte, so fühlte ich mich. Wie Anthony Burn als Stonewall Jackson in *Mit mir nicht!* oder wie Deanie Francis in *Die Mitternacht naht* – nicht die Richtigen für die Rolle, schlecht gecastet. Mein Rucksack fiel mir ein, der heute besonders schwer an meinen Beinen lehnte – mit den Hausaufgaben und vor allem dem Buch von Robert Colson, das ich Al geliehen und das er mir endlich zurückgegeben hatte – würde ich den zu der lauten nächtlichen Feier mitschleppen müssen, die ganz offensichtlich vor uns lag, nachdem der Spielstand so überwältigend gekippt war? Was sollte ich mit dem Wimpel machen und dem Plastikstäbchen, an dem man ihn hielt, wirft man den ins Feuer, wieso hatten die Leute später bei den Partys nie ihren Wimpel dabei? Was tat ich hier in der Sporthalle, da stimmte doch was nicht, das war doch kein Ort, an den ich je freiwillig gekommen wäre. Nicht mal Kaffee verkauften sie hier, dabei brauchte ich so dringend einen, o Mann, drauf und dran war ich, über die erschöpfte Mutter vor mir herzufallen und ihr die Thermoskanne aus der Hand zu reißen. Aber ich kam hier nicht raus, die Fenster waren zu hoch oben und nicht einmal offen, der Boden vor meinen Füßen war voller Krümel und Walnüsse, Christians Bruder lehnte unabsichtlich an meiner Schulter, Joan unterhielt sich lachend mit irgendeiner Mutter, die neben ihr stand. Man geht nicht; man bleibt. Ich dachte, ich verhielte mich ganz still, aber mit der Zeit war mein Hals ganz heiß und heiser von dem Gebrüll. Ich schaltete innerlich ab, bis ich auf einmal merkte, dass du wieder auf mich zeigtest. Ich hoffte bloß, dass mir zwischendurch nichts entgangen war, das wäre ja was gewesen, wenn du lächelnd hochgeschaut und mein Gesicht gesucht hättest und ich mürrisch und gelangweilt Löcher in die Luft gestarrt hätte. Ich gab mir einen Ruck, wedelte mit meinem Wimpel wie eine Geisel. Ich schenkte dir meinen Kampfgeist, und ihr habt gewonnen.

Das Spiel endete eine Milliarde zu sechs, und keiner war überrascht. Weil wir gewonnen hatten, würde kein Mensch auf der Welt mehr hungern, alle würden Liebe und ewiges Glück finden, aber hätten wir verloren, dann hätten sie uns die Augen ausgestochen und uns nackt auf Giftschlangen und glühende Kohlen geworfen – so haben die Leute am Ende gejubelt und sich umarmt, selbst Fremde fielen sich in die Arme, so wie am Schluss von *Das Omegavirus,* als Steve Sturmine das Gegengift entdeckt. Die heftigsten Umarmungen bekamst du, Ed, und als ihr eure Ehrenrunde drehtet, fiel mir ein, ich hätte Blumen mitbringen und irgendwo verstecken müssen, um sie auf dich niederregnen zu lassen, jetzt, wo die Beavers gewonnen und nach Ansicht aller (bis auf das zu Tode gelangweilte, mit zu vielen Cantuccini vollgestopfte, künstlerisch angehauchte Mädchen auf einem der reservierten Plätze) die gesamte Menschheit gerettet hatten. Es tut mir leid – das heißt, damals tat es mir leid, jetzt nicht –, aber ich fand es wirklich langweilig. »Nicht zu spät!«, erinnerte mich Joan aus ihrem Auto heraus, als die Menge aus der Halle strömte und ich dir zuwinkte, während ich darauf wartete, dass du sauber, aufgeregt und glücklich im Kreis deiner Mannschaftskameraden herauskamst, mein kämpferischer Junge mit der neuen Freundin. Aber es *war* zu spät. Ich musste warten, und ich wartete, aber ich wusste nichts, verstand nichts, und konnte dem Ganzen absolut nichts abgewinnen. Erst als die anderen Spielerfreundinnen die Stöckchen von ihren Wimpeln lösten, begriff ich, dass ich meins zu den anderen in den Müll schmeißen musste. Dann rollte ich meinen Wimpel auf, so wie die anderen Mädels ihre, sagte, ja, es war wirklich ein tolles Spiel, hat echt Spaß gemacht, völlig okay, so meinen Freitagabend zu verbringen. Ich hab auf dich gewartet, Ed, damit sich der ganze Aufwand endlich lohnen würde, und als du mich dann küsstest und meintest: »Hab doch gewusst, dass es dir gefällt!«, da war dieser Moment das Einzige, was mir gefallen hat. Aber ich habe dich auch geküsst und dir erlaubt, dir meinen Rucksack zusätzlich zu deinem eigenen auf die schönen Schultern zu laden, und bin neben dir hergelaufen, den zusammengerollten Wimpel in den verschwitzten Fingern. Ich wusste nicht, wohin mit meiner Hand, als wir mit den anderen auf dem Parkplatz standen, um in Fahrgemeinschaften zum Cerrity Park zu fahren. Was hätte ich auch sonst machen sollen? Ich hatte keine Wahl, jedenfalls kam es mir so vor. Du hattest das Spiel gewonnnen, *wir* hatten das Spiel gewonnen, und so folgten die Party, das Besäufnis, das große Feuer und ganz am Schluss, zu spät, ein Ort, an dem wir allein waren. Ich hatte keine Wahl, schon seit dem Moment nicht, als ich diesen Wimpel zum ersten Mal flattern sah. Ich hatte keine Wahl. Wir würden uns nicht still und heimlich verdrücken, um stattdessen ins Kino zu gehen oder einfach zu reden, irgendwo anders, egal wo. Aber natürlich nicht der Co-Kapitän, nicht an dem Abend, nicht mit mir, seiner neuen Freundin, und deshalb ist es aus.

Das hier ist genau wie das Auto, in dem ich gerade sitze, fällt mir gerade auf. Ich schreib dir aus einem ratternden Truck, während ich einen winzigen Truck, diesen hier, in der anderen Hand halte. Al neben mir ist still, lässt mir Zeit, die Sache zu Ende zu bringen, in Ruhe mit dir Schluss zu machen, und so sitze ich hier, das Spielzeug in der Hand, und frage mich, ob ich wirklich alles darüber sagen kann, die ganze Wahrheit. Im Moment fühle ich mich wie in einem experimentellen Animationsfilm, den ich mal im Carnelian gesehen habe, im Rahmen eines Festivals, ein Mädchen in einem Truck, das einen Truck hält, in dem ein anderes Mädchen mit einem anderen Truck sitzt, und so. Dich fallen lassen, unendliche Male. Und selbst das reicht noch nicht.

Wer weiß denn schon wirklich, wo etwas anfängt? Als wir an dem Abend in den Park kamen, brannte das Feuer bereits, und auch das Gehupe und Gebrülle war schon in vollem Gange. Wir waren im kleinen Auto von jemandem mitgefahren, hatten uns hinten reingequetscht und die ganze Zeit geküsst, obwohl außer uns noch einer da hockte, Todd, glaube ich, allerdings nicht der Todd, den ich kenne. Als wir anhielten, sah ich durch die Windschutzscheibe etwas ganz Wunderschönes: leuchtend orangenes Licht, vor dem Schatten vorüberhuschten, wie in einem Dokumentarfilm über den vermaledeiten Tag, an dem die Sonne explodiert und die Menschheit sich vom Acker macht. Aber es war nur das Feuer, und die Leute, die davor hin und her rannten, schon betrunken oder einfach nur wild und aufgedreht und frei. Man muss es mir angesehen haben, wie schön ich diese Szene fand, wie zauberhaft.

»Hab ich's dir nicht gesagt?«, sagtest du. »Ich wusste, es würde dir gefallen.«

Du hast mich geküsst, und ich habe dich in dem Glauben gelassen, dass du recht hattest. Ich wollte es ja selber. Ich konnte den Blick nicht lösen. »Eine großartige Eingangssequenz«, gab ich zu. »Ich wünschte, ich hätte eine Kamera.«

»Ich hab dir doch eine gekauft«, sagtest du.

»Wie – Slaterton hat Geld ausgegeben?«, sagte dieser Todd-oder-wie-er-hieß. »Geld aus seiner eigenen Brieftasche? Muss was Ernstes sein.«

»Ist es«, sagte ich, und dabei langte ich an dir vorbei nach der Tür und öffnete sie, warum auch nicht, dieser Stein konnte gern übers Wochenende im Wasser Ringe bilden. Sogar Sterne standen am Himmel, kalte Luft wehte von der einen Seite herüber, an der die Nacht Wache hielt, während vom Feuer her eine Wand heißer Luft herüberzog. Du hast dich aus dem Auto geschoben, und im selben Moment erscholl ein Gebrüll, alles jubelte dem Co-Kapitän zu. Zwei Mädchen hatten einen Stoff-Greyhound, ein großes, graues Spielzeug, so ein typisches Reicher-Onkel-Geschenk, das Maskottchen des Feindes, und warfen ihn ins Feuer, wo er zischend in Flammen aufging, nur die unbrennbaren Plastikaugen glänzten noch. *Holt mich hier raus!* Stattdessen gab es nur noch mehr Jubel und Gehupe von ankommenden Autos, und dann ging natürlich die Musik los, grottenschlechter Rock, dumm und aufdringlich wie ein Riesenmondkalb. »Toller Song«, sagte Todd, so als wäre es ein außergewöhnlich mutiger Akt, ein Stück zu mögen, das Nummer eins in den Charts ist. *There's a storm raging inside my heart, tell me you and I will never part,* sang er mit. Die Lakaien, die immer für das Bier sorgen, spielten auf unsichtbaren Trommeln. Scheußlich, aber gleichzeitig auch genial, musste ich zugeben, ich sehe den Film mit genau dieser Szene vor mir. Du hast mich umarmt und dann losgelassen.

»Setz ihn auf keinen Fall ab«, sagtest du, als du mir den Rucksack auf die Schulter geschoben hast. »Setz nichts am Boden ab, was du nicht im Feuer sehen willst. Ich hol uns Bier.«

»Du weißt doch, ich mag keins«, sagte ich. Inzwischen hatte ich dir nämlich gestanden, dass ich das Scarpia's auf Als Party weggekippt hatte.

»Min«, hast du gesagt, »du willst doch wohl heute nicht nüchtern bleiben«, und damit bist du losgezogen. Ganz unrecht hast du vermutlich nicht, dachte ich. Und nun?, fragte ich mich eine Sekunde lang und überlegte, ob ich mich auf einen der Baumstämme setzen sollte, die in der Nähe lagen, so als hätten Pioniere im letzten Moment ihr Blockhausprojekt aufgegeben. Aber *setz nichts am Boden ab, was du nicht im Feuer sehen willst,* fiel mir gerade noch ein, und außerdem – die lodernden Flammen mit ihrem puren Licht lockten machtvoll und zwingend. Ich trat näher heran, dann noch näher, ließ die Kamera eine Naheinstellung auf mein Gesicht machen, meine Stirn in gelungener Großaufnahme in dem flackernden Licht. Taschen durchsucht nach irgendetwas, was ich ins Feuer werfen könnte. Eintrittskarte gefunden, die, die du mir fürs Spiel gegeben hattest, nur eine Sekunde, dann ging sie in Rauch auf. Konnte nicht aufhören, ins Licht zu starren, so wundervoll erschien das Feuer meinen Augen, dass selbst die Musik sich auf einmal gut anhörte. So tief war ich ins Licht versunken, dass ich heftig zusammenzuckte, als ich eine Hand auf meiner Schulter fühlte.

»Gleich bist du zu nah«, sagte Jillian Beach, deine verdammte Exfreundin. »Dein erstes Lagerfeuer, wie?«

»Mehr oder weniger«, sagte ich und verschränkte die Arme.

»War uns gleich klar«, sagte das Mädchen neben ihr. »Das ist immer dasselbe, wenn eine das noch nie gesehen hat. So als würde das Feuer Jungfrauen anlocken. Ha, ha.«

Beide sahen mich hinterhältig an. Jetzt hätte ich doch gern ein Bier gehabt. »Ha, ha«, sagte ich, »stimmt wohl, mein Hymen ist extrem leicht entflammbar.«

Beide lachten, allerdings etwas gequält. »Okaaay«, sagte Jillian und zog die Stimme auf ihre typische, seltsame Art nach oben, was ihr einen hellen Klang gibt, aber gleichzeitig auch etwas Stachliges, das an eine fleischfressende Pflanze erinnert. »Irgendwie lustig, aber auch irgendwie seltsam.«

»Immer wieder dasselbe«, sagte ich. Auch so ein Film, den ich liebe und den du nie sehen wirst.

Sie musterten mich. Beide waren dünner als ich und wenigstens eine von ihnen, aber nicht Jillian, auch hübscher. »Ich bin Annette«, sagte sie.

»Min«, sagte ich und riss meine Hand sofort zurück, als ich merkte, dass Händeschütteln offensichtlich nicht vorgesehen war. »Kurz für Minerva, römische Göttin der …«

»Okaaay«, sagte Jillian wieder im selben Tonfall wie vorher. »Erstens kennt dich jeder, inzwischen jedenfalls. Und (b), wenn du jemanden kennenlernst, musst du nicht gleich eine Rede zur Weltgeschichte halten. Min reicht völlig. Deine Krankengeschichte spar dir für später auf.«

»Jillian ist blau«, sagte Annette schnell. »Außerdem waren Ed und sie mal zusammen.«

»Noch letzte Woche«, sagte Jillian. »So wie du das sagst, hört es sich an wie achtzehnhundertirgendwann.«

»Es ist schließlich ihr erstes Lagerfeuer«, sagte Annette. »Es ist schwer für sie.«

»Du machst es einem aber auch schwer«, stieß Jillian aus.

»Jillian –«

»Ich wollte ja nicht mal herkommen. *Ich* nicht.«

»Ich bring sie weg«, sagte Annette zu mir.

»Ich brauch deine Hilfe nicht«, sagte Jillian, doch ihr Schwanken, als sie vergeblich versuchte, mit dem Fuß aufzustampfen, verriet das Gegenteil. »Nett, dich kennenzulernen, griechische Göttin des Ciao.«

Sie wedelte mit den Fingern, und Bierschaum lief über die fetten Ringe an ihrer Hand, genau die Art von Schmuck, die ich überhaupt nicht abkann. Annette trat näher heran, und wir sahen Jillian nach, wie sie in einer plötzlichen Rauchwolke verschwand – anscheinend hatte der Wind gedreht.

»Tut mir leid.«

»Schon gut«, sagte ich. »Ich wollte immer schon mal bei einer Soap Opera mitmachen.«

»Ließ sich wohl nicht vermeiden heute Abend«, meinte Annette. »Jillian und Wodka …«

»Das mit meinem Namen ist eine blöde Angewohnheit von mir, ich weiß«, sagte ich zu meinen Schuhen. »Ich hab das vor vielen Jahren gelernt, und seitdem sag ich's jedes Mal dazu. Ich sollte mal damit aufhören.«

»Nein, ich find's cool.«

»Ach was, es hört sich an, als wäre ich bescheuert.«

»Also, ich find's cool, einen Namen mit einer Geschichte zu haben. Ich heiße einfach Annette, kleine Ann – Leute, die sich Ann nicht leisten können, nehmen eben die Verkleinerung, Ann-ette.«

»Es gibt doch Annette DuBois«, sagte ich.

»Ach ja. Wer war das noch mal?«

»Ein früherer Filmstar. Hast du mal *Taxi bitte!* gesehen? Oder *Mädchen auf Nachtwache?*«

Annette schüttelte den Kopf. Jemand warf Holzlatten ins Feuer, doch dass hinterm Gebüsch gekifft wurde, roch man trotzdem noch.

»*Taxi bitte!* ist *sooo* toll. Annette DuBois spielt die Frau in der Taxizentrale, und sie flirtet mit sämtlichen Fahrern über Funk. Am besten gefällt ihr Guy Oncose, aber eines Tages steigt so eine Schauspielerin zu ihm ins Taxi und bittet ihn, aus ihrem Drehbuch vorzulesen, damit sie eine Szene lernen kann, in der sie eine Frau spielt, die einer anderen den Mann ausspannt. Annette DuBois hört ihn und glaubt jetzt, er ist ein Schuft, weil er so gemein zu Frauen ist. «

»Das sind sie doch alle.« Sie trinkt einen großen Schluck.

»Jedenfalls fängt Annette an, ihm die schlechten Jobs zu geben, in den falschen Stadtvierteln und so, sie lebt bei ihrer Mutter, die von Rose Mondrian gespielt wird, die ist immer ganz großartig.«

»Okay, okay, ich schau ihn mir an.«

»Und so schön ist sie. Du könntest, ich meine, Annette DuBois, sie trägt so einen Hut, mit dem sähst du ganz toll aus.«

Sie lächelte mich an, und ihre Zähne strahlten so, dass sich die Flammen teilweise darin spiegelten. »Echt?«

»Total«, sagte ich. Wo blieb eigentlich mein Freund?

»Ed hat recht – du bist wirklich anders.«

»Ich weiß schon, der künstlerisch angehauchte Typ«, sagte ich. »Darf ich mal bei dir schnorren?«

Sie reichte mir ihren Plastikbecher. »Das hat er nie gesagt – dass du künstlerisch angehaucht seist.«

»Was sagt er denn?«

»Du seist einfach anders. Er mag dich, Min.«

Ich trank einen Schluck, ich mochte Bier, ich hasste Bier, trank noch einen Schluck. »Ich wusste nicht, dass ihr so vertraut seid.«

»Ich bin, wie soll ich sagen, die einzige seiner Exfreundinnen, mit der er noch spricht.«

»Oh«, sagte ich. Ich hatte vergessen – falls ich es je gewusst hatte –, was alle wussten, aber dann fiel es mir wieder ein, und so stand ich jetzt neben Annette und biss mir auf die Lippe, dankbar, dass im Schein des Feuers alle, nicht nur ich, so aussahen, als wären sie rot geworden.

»Oh«, sagte sie ebenfalls.

»Tut mir leid, ich –«

»Schon okay.«

»Annette, das hatte ich ganz vergessen.«

»Klar. Aber jetzt hast du was anderes, woran du dich erinnern kannst, außer an alte Filme, stimmt's?«

»Tut mir leid.«

»Das hast du schon einmal gesagt. Und ich hab gesagt, es ist okay. Außerdem ist es lang her seit dem Abschlussball für die Juniors.«

»Tja.«

»Tja. Aber wir haben halt noch Kontakt, Ed und ich.«

»Das ist gut.«

»Das sagen alle. Das sei doch das mindeste, sagen sie, oder ich mir, so was in der Art. So als wäre nie was gewesen oder jedenfalls nichts Intensives. Egal, wir sind nett zueinander, und er redet wirklich nett über dich.«

»Danke.«

»Ich fand, du solltest das wissen«, sagte Annette. Ihre Augen glänzten, während wir still nebeneinandersaßen und ins Feuer schauten, und statt was zu sagen, trank ich ihr Bier leer. Ich dachte nach, über alles. Ich dachte an *Drei verlorene Bräute,* diesen Film über drei Frauen, die alle einmal mit demselben Mann verheiratet waren und sich zufällig kennenlernen. Erst brüllen sie sich gegenseitig an, dann planen sie gemeinsam, ihn umzubringen, und schließlich – sehr unbefriedigender Schluss, ich weiß noch, wie verächtlich Al geschnaubt hat – schließlich verzeihen sie ihm, und im Abspann halten sich alle an den Händen. Der Club der Exfreundinnen, dachte ich, Unterabteilung Freundinnen von Ed Slaterton. Eines Tages würde ich wohl auch dazugehören, falls sich die Frage mal stellt, wir würden ja wohl nicht für immer zusammenbleiben. Ich meine, wer würde es wagen, an so etwas zu denken –? Doch bloß ein idiotisches Mädchen, das keinen Schimmer hat, wie so was läuft. Ich dachte daran, wie ich Joe, wenn wir uns jetzt in der Schule über den Weg laufen, nur kurz zuwinke, was ja wohl nicht mal unter *miteinander reden* fällt, geschweige denn unter *Freunde bleiben,* was wir uns schließlich versprochen hatten, als wir Schluss machten. Was mich aber vor allem beschäftigte, im Feuerschein und im Lärm des Parks, war, dass ich das Vorher und das Nachher nicht zusammenkriegte; wie ein Spielzeug in meiner Hand wendete ich die Frage hin und her, so wie es auch jetzt wieder anders ist, seit deine Freunde nicht mehr zu meinen Freitagabenden gehören und keine Lagerfeuer im Park meine Augen leuchten lassen, seit du nichts weiter mehr bist als ein Exfreund, der jetzt gleich seinen Kram vor die Tür geknallt bekommt. Denn damals, während die Holzlatten barsten und die Funken zum Mond hinaufstoben, da warst du mein Date für den Abend, und deine Freunde und diversen Exfreundinnen waren wie alte Holzstufen, wenig vertrauenerweckend und seltsam knarrend, nur wenige, denen ich trauen konnte, und auch das nur mit Vorsicht. Die Welt, in der ich da war, war laut und voller Maskottchen und ohne Möglichkeit, meinen Rucksack abzustellen, wenn ich nicht wollte, dass er in Flammen aufging. Aber vor gar nicht so langer Zeit – meine Rose am Spiegel, die vom Abschlussball, war noch ganz okay, vertrocknet, aber noch nicht verwest –, da warst du einfach nur Ed Slaterton, der Star, der Supersportler, der so toll in der Schülerzeitung rüberkam, der Gegenstand endlosen Getratsches. Aber jetzt war Annette neben mir ein Mensch aus Fleisch und Blut für mich, nicht bloß ein O *mein Gott, hast du schon gehört*. Und auch du warst jetzt etwas anderes, ein wildes, heißes Gefühl in meiner Brust, und ich hab versucht, beides zusammenzukriegen, das Foto und das Negativ, den Freund und den schattenhaften Promi, so als wäre Theodora Sire auf einmal meine Banknachbarin in Geschichte und liehe sich Stifte von mir aus und gleichzeitig weiter der Filmstar über meinem Bett. Denn als du aus der Dunkelheit auf mich zukamst, da warst du der Junge, den ich küsste und immer weiter küssen wollte, wie jemand, den ich einfach auf einer Party traf, aber du warst auch Ed Slaterton, nicht der Schuft, der du jetzt bist, sondern einfach nur Ed Slaterton, Co-Kapitän der Mannschaft, mit einem Bier in der Hand und Jillian Beach am Arm.

»Na also«, sagte sie gerade, »siehst du – alles okay bei ihr, Du kannst ruhig einen Moment mit mir quatschen, deine feine *Minerva* verschwindet schon nicht.«

»Himmelherrgott, Jillian«, sagte Annette.

»Hey«, sagtest du zu mir. »Hat ein bisschen gedauert, tut mir leid. Hier, ich hab dir ein Bier mitgebracht.«

»Hatte schon eins«, sagte ich und hielt den leeren Becher hoch.

»Dann ist das jetzt meins«, sagte Jillian und griff nach deiner Hand. Du hast dich weggedreht, Ed, aber nicht schnell genug, und Annette kam dir zu Hilfe.

»Komm«, sagte sie und zerrte Jillian schon weg. »Wir zwei gehen uns jetzt Bier holen.«

»Aber das gute geben die nur dem Kapitän«, quengelte Jillian.

»Co-Kapitän«, sagtest du Idiot, und das war echt die verkehrte Antwort.

»Jillian«, sagte Annette. »Bis später, Min.«

»Min«, echote Jillian höhnisch. »Was will die überhaupt hier beim Lagerfeuer, diese Künstlertussi und Schwulenfreundin? Wie lang das wohl gut geht mit der?«, doch Annette schaffte sie fort wie die knurrende Doris Quinner am Ende von *Wahrheit auf Bewährung*. Ich warf den leeren Becher weg und bekam von dir das Bier, das du für mich geholt hattest.

»Tut mir wirklich leid«, sagtest du.

»Schon okay«, war das, was zwischen meinen Zähnen herauskam.

»Du bist sauer, ich weiß«, sagtest du. »Ich hätte dich mitnehmen sollen. Alle wollten mich begrüßen. Das ist immer so, wenn ich gewonnen habe.«

»Okay.«

»Aber ich wollte dir eine Überraschung mitbringen, deshalb bin ich allein gegangen.«

»Tolle Überraschung!«, sagte ich. »Ein Bier auf einer Lagerfeuerparty!«

»Nicht das Bier.«

»Überraschung!«, sagte ich. »Deine besoffene Exfreundin, die mich ankeift!«

Du hast den Kopf geschüttelt. »Jillian … Jillian ist schon okay, aber du kannst doch nicht im Ernst eifersüchtig auf sie sein. Sieh sie dir doch nur an.«

»Die meisten Jungs finden sie bestimmt schön.«

»Aber auch nur, weil sie mit den meisten schon zusammen war.«

»So wie mit dir.«

Du hast nur mit den Achseln gezuckt, so als wolltest du sagen, was hättest du tun sollen, sie sei dir sozusagen auf dem Silbertablett serviert worden. Doch dann hast du den Arm hinter dem Rücken hervorgezogen und mir dies hier in die Hand gedrückt, klein, schwer, kalt, deine Finger mit den dreckigen Fingernägeln hielten es umklammert, bis ich es hochhielt, ins Licht des Feuers.

»Ein Spielzeugauto«, sagte ich, aber ich sag's dir ganz ehrlich – ich bin nicht gut im Schmollen, schon schmolz mein Herz, ich wusste, das hier würde den Knatsch ausbügeln.

»Ich weiß, es ist blöd, irgendwie«, sagtest du, »aber ich guck immer nach den Dingern, wenn ich hier bin. Und du, Min, bist das einzige Mädchen, der einzige Mensch sogar, der das hier je kapieren würde. Ich meine, nichts für ungut. Ach, Scheiße, vergiss es, das Letzte. Aber der Rest stimmt, Min.«

Natürlich konnte ich dich nicht *nicht* anlächeln. »Erzähl«, sagte ich.

Achselzuckend und mit einem Seufzen legtest du los. »Also, Kinder verlieren die hier. Jungs. Sie bringen sie her, ihre Lieblingsautos, um Megamassenkarambolage zu spielen, da drüben bei der Mauer, im Sand an der Biegung. Siehst du's?«

Wo du hinzeigtest, war es nur schwarz, absolut nichts war in der Dunkelheit da hinten zu erkennen. Siehst du's? »Megamassenkarambolage« hattest du gesagt, so als wäre das ein normaler Ausdruck, den jeder benutzt. So wie »Zweiter Weltkrieg« oder »Liebe auf den ersten Blick«.

»Und –?«

»Und, das Gleiche hab ich auch gemacht. Ganz oft, und manchmal hab ich welche verloren, oder andere Kinder haben sie mir weggenommen, größere, irgendwelche Rowdys. Oder ich hab sie einfach vergessen, weil sie im Sand verbuddelt waren. Ich weiß, das hört sich jetzt blöd an, Min, aber nichts sonst hat mich so traurig gemacht. Die Augen hab ich mir ausgeweint, wenn ich's merkte, mitten in der Nacht hab ich meine Mom angefleht, sie solle mit mir herkommen, um danach zu suchen. Niemand hat mich verstanden, *Das ist doch nur ein Spielzeug*, haben sie gemeint, oder *Du hast doch so viele Autos* oder *Du musst lernen, auf deine Sachen aufzupassen*. Aber jedes Mal, wenn ich eins verloren hatte, hab ich mich selbst so verloren gefühlt. Wenn ich jetzt hier bin, schaue ich jedes Mal nach, und *jedes Mal*, Min, wirklich *jedes Mal* kannst du wenigstens eins finden. Ich weiß auch, dass es komisch ist, sogar gemein, denn eigentlich sollte ich sie da liegen lassen, für alle Fälle, andererseits – wenn *ich* am nächsten Tag noch mal hindurfte, waren meine natürlich immer weg. Ich würde sie ja zurückgeben, wenn ich könnte, ich würde keinen so foltern wollen, egal, welcher Junge sie verloren hat. Aber so wie jetzt fühlt es sich besser an, so, als wäre es richtig so. Ich finde eins, und dann schaue ich, ob ich jemanden finde, dem ich's schenken kann, jemand, der nicht denkt, Slaterton spinnt. Ich weiß, es ist blöd, als könnte ich das von damals auf die Art wieder gutmachen, all die vielen Male, wo ich eins verloren habe. Schon blöd …«

Inzwischen küsste ich dich, eine Hand fest um das kleine Auto, die andere in deinen Haaren, immer noch kurz und immer noch ungekämmt, wie bei dem kleinen Jungen, der du damals warst und der hier in diesem Park geweint hat. Heftig habe ich dich geküsst, so als könnte das auch deinen alten Kummer wieder gutmachen, es schien mir das Richtige an diesem wilden, seltsamen Freitagabend.

»Wie gefällt dir dein erstes Lagerfeuer?«, sagtest du mir ins Ohr.

»Inzwischen besser«, sagte ich.

Mehr Küsse. Noch mehr.

»Aber morgen bin ich dran, ja?«, fragte ich. »Gleich morgen?«

»Bist du dran?«

Ich versuchte nicht an Jillian zu denken *(Wie lang das wohl gut geht mit der?)*, nicht an die sorgenvollen Gesichter meiner Freunde über dem ekligen Grillkäse. »Morgen geht's nach meinem Kopf, morgen darf ich entscheiden. Wie bei der Wippe – einmal du, einmal ich. Morgen machen wir, was ich gern möchte.«

»Wieder Kino?«

»Wenn noch Zeit ist, ja, aber zuerst müssen wir zu *Alles Tipptopp*, weißt du nicht mehr? Ich hab's dir gesagt, und du hast gemeint, Joan leiht dir ihr Auto.«

»Ja. Wie du willst.«

»Morgen.«

»Morgen.«

Mehr.

»Aber heute ist noch nicht vorbei«, sagtest du.

»Klar. Was wollen wir …«

»Also, Steve ist mit dem Auto hier.«

»Gehen wir schon?«

Du hast mich angesehen, Ed – direkt in die Augen hast du mir gesehen und Nein gesagt. Ich habe nur genickt, hab meinem Mund einfach nicht getraut, lieber nichts sagen, nur einen Schluck trinken. Aber natürlich hat er dann doch noch mehr getan. Wir sind also zu Steves Auto gegangen. Das ist auch so eine Sache, über die ich nachdenke, die ich hin- und herbewege, weil sie zwei Seiten hat, die ich in Deckung bringen möchte. Aber dieses Mal geht es um mich, ich selbst bin diejenige, die ich mir vorzustellen versuche. Es klingt einfach so widerlich, nicht einmal Al konnte ich davon erzählen: Du gewinnst das wichtige Spiel, schleppst die Jungfrau zu ihrem ersten Lagerfeuer, gibst ihr ein oder zwei Bier zu trinken, und schon sind wir zwei im Auto von jemandem, deine Hand zwischen meinen Beinen, meine aufgeknöpften Jeans runtergezerrt, die Geräusche aus meinem Mund, bis ich dich schließlich atemlos stoppe. Es hört sich schrecklich an, aber vermutlich ist es die Wahrheit, das ehrliche Bild, abstoßend, wenn ich es so hinschreibe, ich schäme mich. Aber ich will die ganze Wahrheit aufschreiben, so wie es wirklich war, und damals hat es sich anders angefühlt, ehrlich, anders als dieses abstoßende Bild. Ich spüre es noch, deine sanften Bewegungen, den Kitzel, den ich empfand bei dem Gedanken, dass niemand wusste, wo wir waren und was wir machten. Es war ganz anders, Ed, es war schön, wie wir uns bewegten, uns berührten, nicht einfach zwei knutschende Jugendliche, wie es in einem Film rüberkäme. Selbst jetzt noch ist es das, was ich sehen möchte, nicht bloß das Küssen und die Kleider und die Stille, erst so gespannt und hinterher peinlich, als ich mich fragte, wie spät es wohl war, und den Göttern dankte, dass niemand grausam lachend an die Fenster geklopft hatte. Aber nicht nur das, auch die Dinge, die ich nicht sehen kann, nicht ertragen könnte, und die Dinge, die ich erst hinterher gesehen habe, als ich endlich wieder zu Hause war und im Bad das Licht anmachte, um zuerst mein Gesicht im Spiegel anzusehen und dann meine Hand, die mir so fremd vorkam, so wund, mit diesen seltsamen blauen Flecken in der Handfläche, der fast rissigen Haut. Selbst jetzt, während ich dieses Ding hier halte, fühle ich sie fast, die Abdrücke, die daher rührten, dass ich, atemlos und voll wilder Freude auf der Rückbank von Steves Auto, dieses Spielzeug mit der Hand so fest umklammert hielt, dieses merkwürdige, aufregende Teil, das du mir geschenkt hast und das anzuschauen ich nicht noch einmal ertragen könnte.

Echte Rezepte
aus
Tinseltown

Ed, hast du je diesen Film gesehen – nein, natürlich nicht –, diesen portugiesischen Vampirfilm *Wie Nacht und Tag*, der volle zwei Wochen im Carnelian lief? Natürlich hast du ihn nicht gesehen. Ich hab ihn zweimal angeschaut. Ein Mädchen – die Namen der Schauspieler weiß ich nicht mehr, es waren alles Portugiesen – hat einen öden Job als Bürogehilfin in irgend so einem Regierungsdings. Nach der Arbeit läuft sie träumend über einen Friedhof nach Hause. Eines Tages muss sie sehr lange arbeiten, es ist schon Nacht. Die Nachtszenen sind in Schwarz-Weiß gedreht. Da begegnet sie einem Vampir, einem Jungen, schlank und bleich und mit zornigem, glasigem Blick. Eine Zeit lang trifft sie sich jede Nacht mit ihm, sodass sie tagsüber bleich und müde und mit kleinen Augen dasitzt und fast gefeuert wird. Ihre blinde Mutter spürt, dass etwas nicht stimmt, *innere Unruhe*, sagt sie laut Untertitel. Musik setzt ein, und dieses Mädchen träumt denselben Traum wie er, der Junge, der träumend in seinem Grab liegt, einen verschwommenen Traum voll katholischer Symbole und herumwirbelnder Totenköpfe, den ich nicht so richtig verstanden habe. Dann auf einmal ist sie selbst ein Vampir und er ein junger Mann, der mit Gedächtnisschwund im Krankenhaus liegt, bis er schließlich entlassen wird und Arbeit in einem Büro findet, womit die ganze Geschichte von vorn beginnt, bis es am Ende, wie von der blinden Mutter geträumt, während einer Sonnenfinsternis zu einer Tragödie kommt und alles in Schutt und Asche endet. Als ich Al mitschleppte, um mir den Film ein zweites Mal anzusehen, und am Ende zu ihm sagte, es sei ausgeschlossen, dass irgendwer *Wie Nacht und Tag* ansehen und keine Meinung dazu haben könne, da sagte er bloß, seiner Meinung nach sei *Vögeln im Dämmerlicht* ein passenderer Name für den Film gewesen. Er hatte schon recht, die Liebesszenen waren in eigenartigem Licht gedreht worden, in einem weder diesseitigen noch jenseitigen Raum, in dem die Charaktere einander zufällig in die Arme laufen und sich anpassen an diesen diffusen Traum von einem Leben. Genauso war es, dasselbe dunstige Licht, als wir morgens um sieben vor dem *Café Crema* verabredet waren, meinem eigentlich nur drittliebsten Café, das aber in meiner Gegend das beste war. Die portugiesischen Liebenden trennen sich benommen und voller Bisswunden und ohne zu wissen, wie es weitergehen soll, und auch ich wusste nicht, was aus dieser Begegnung zu dieser verrückten Morgenstunde werden würde. Die Straßen waren friedhofsstill, wir hatten in Steves Auto rumgemacht, vielleicht hatte ich ja alles versiebt, hatte, ohne es zu merken, beim Lagerfeuer meine Einsätze verpasst, so wie du nicht mitbekommen hast, dass deine Musikauswahl an der Jukebox für meine Freunde ein Schlag ins Gesicht war. Aber vielleicht war ich ja auch nur müde. Ich hoffte, dass alles gut werde, dass alles gut war, aber vielleicht hatten sich die Dinge ja geändert, seit du mich nachts um eins abgesetzt hattest. Einfach nur müde, dachte ich, während ich besorgt unter der Markise vor dem Café stand, im strömenden Regen, der meine Stimmung auch nicht gerade besser machte, und dann zum Auto deiner Schwester raste, als du vorgefahren kamst, den Schirm unter den Arm geklemmt, weil ich ihn nicht auch noch halten konnte, zusätzlich zu den zwei Kaffeebechern.

»Hey«, sagtest du, »ich meine, guten Morgen.«

»Hey«, antwortete ich und deutete mit einer Kopfbewegung einen Kuss an. Wir tun jetzt mal so, als ob.

»Ich fass es nicht.«

»Was?«

»Was? Wie früh es ist. Was hast du denn gedacht?«

»Tja, so ist das mit *Alles Tipptopp*. Es ist ein magischer Ort, aber die Öffnungszeiten sind einfach gruselig. Nur samstags und nur von halb acht bis neun.«

»Das heißt, du warst schon mal da?«

»Einmal.«

»Mit Al.«

»Ja, wieso?«

»Nur so. Es ist nur …«

»Was?«

»Du warst gestern ziemlich sauer wegen Jillian.«

»Die mich stockbesoffen angeschrien hat, ja.«

»Aber du redest die ganze Zeit von Al, und ich soll nicht eifersüchtig sein. Das wollte ich nur mal feststellen.«

»Eifersüchtig? Ich hab nie was mit Al gehabt. Er ist ein Freund, wir sind einfach nur Freunde. Das ist ja wohl was anderes.«

»Okay, vielleicht nicht eifersüchtig, aber ich darf es nicht mal seltsam finden, das meine ich.«

»Weil er eben nicht mein Freund ist und auch nie war. Nicht in dem Sinne.«

»Wenn er nicht schwul ist und die ganze Zeit mit dir rumhängt, dann wäre er es aber gern. Die drei Möglichkeiten gibt's – Freund, Möchtegern-Freund oder schwul, nehme ich mal an.«

»Was? Wo hast du das denn gelernt?«

Du hast mich mit einem schiefen Lächeln angesehen. Ich hörte auf, die beiden Kaffeebecher so krampfhaft festzuhalten, und ließ den Schirm auf meinen Schoß fallen. »Hellman High School«, sagtest du.

»Also, das sind jedenfalls nicht alle Möglichkeiten. Es gibt noch eine: Einfach Freunde.«

»Okay.«

»Okay, also –«

»Also was?«

»Wieso –«

»Wieso ich mich so benehme?«

Ich wappnete mich, schloss fast die Augen. »Ja.«

Du hast geseufzt und mich angelächelt. »Müde, nehme ich mal an. Es ist früh.«

»Okay, deshalb habe ich ja auch Kaffee mitgebracht.«

»Ich trinke keinen Kaffee.«

Eine Sekunde lang konnte ich dich nur anstarren. *»Was?«*

Du hast mit den Schultern gezuckt und das Lenkrad herumgedreht. »Hat mich nie wirklich angemacht.«

»*Angemacht*? Hast du überhaupt schon mal welchen getrunken?«

»Ja.«

»Wirklich?«

Du hieltest an einer gelben Ampel und spähtest zwischen den Scheibenwischern hinaus in die Welt. Ich trank einen Schluck. Auch für mich war es früh. Ich hatte gerade mal Zeit gehabt, zu duschen und Mom einen Zettel zu schreiben: *Bin mal weg*. Zum Glück hatte ich noch daran gedacht, mir was zum Anziehen rauszusuchen, nachdem wir endlich gute Nacht gesagt hatten und ich noch in meinem Zimmer auf und ab lief und über uns nachdachte. »Nein«, sagtest du schließlich. »Ich meine, nicht so richtig. Mal genippt, klar. Aber geschmeckt hat er mir nie, und deswegen – wenn alle Kaffee trinken, dann …« Du seufztest tief, und deine Zähne blitzten.

»Dann was?«

»Dann kipp ich ihn weg.«

Ich lächelte dich an.

»Was?«

»Nichts«, sagte ich.

»Du machst dasselbe mit Bier.«

»Ich weiß.«

»Außerdem sagt unser Coach, Kaffee ist nicht gut für uns.«

»Ganz im Unterschied zum Besäufnis am Wochenende.«

»Kaffee bremst das Knochenwachstum.«

»Hör mal, du bist in der Basketballmannschaft!«

»Außerdem kann man süchtig werden nach Koffein.«

»Stimmt«, sagte ich und trank noch einen Schluck, »man sieht sie ja ständig, wie sie unter der Brücke leben, all diese Koffeinsüchtigen.«

»Hör auf! Aber er schmeckt wirklich eklig.«

»Woher willst du das wissen? Du kippst deinen doch immer weg. Sag mal, bist du nicht schrecklich müde?«

»Ja. Hab ich doch schon gesagt.«

»Dann probier den hier. Extramilch, dreimal Zucker, so wie ich ihn trinke.«

»Was? Nein! Schwarz!«

»Du trinkst doch keinen Kaffee, hast du eben gesagt.«

»So viel weiß ich aber. Kaffee nur schwarz, alles andere ist für Mädels und Schwule.«

»Ed«, sagte ich, »sieh mich an.«

Du hast mich angesehen. Dein stoppeliges Kinn, deine fast ungekämmten Haare, hinter dir der grau gesprenkelte Morgen. Beides schön. Ich musste dir das austreiben. »Hör. Damit. Auf. Mit diesem Schwulengerede.«

»Min –«

»Komm endlich im einundzwanzigsten Jahrhundert an.«

»Okay, okay, bin schon da.«

»Vor allem, was Al angeht, hör auf. Okay?«

»Okay.«

»Er ist nämlich nicht schwul.«

»Ich hab gesagt: Okay.«

»Trotzdem sagen sie das über ihn, schon immer.«

»Dann sollte er mal aufhören, seinen Kaffee mit Milch zu trinken.«

»Ed.«

»Okay, okay, okay, sorry, sorry, sorry.«

»Es ist schon kompliziert genug, auch ohne dass du ständig meinen Freund beleidigst.«

»Min –«

»Und sag jetzt bloß nicht wieder Nichts für ungut!«

»Was ich sagen wollte – was ist so kompliziert?«

»Das weißt du.«

»Nein, weiß ich nicht.«

»Das hier. Du und ich und alles. Lagerfeuerparty – das passt so gar nicht. Und jetzt machst du was, was du eigentlich gar nicht willst, nur für mich. Es erinnert mich an diesen portugiesischen Vampirfilm.«

»Was?«

»Wir sind so verschieden, Ed.«

»Das sag ich ja die ganze Zeit. Und ich sag auch, dass ich das schön finde. Ich will ja mit dir da hingehen, Min. Ich finde nur, halb elf wäre besser. Ich bin müde, das ist alles.«

»Wirklich?«

»Ja, wirklich. Wirklich, wirklich müde. Du hast mich lange wach gehalten.«

Die Reifen von Joans Auto rollten durch eine Pfütze, und Wasser spritzte hoch. Ich lächelte dich an, liebte dich in dem Moment, biss mir aber auf die Lippe, um es nicht zu sagen. »Aber das war's wert«, sagtest du.

Ich küsste dich.

»War das unser erster Krach?«

Ich küsste dich wieder.

»Du schmeckst gut.«

Ich lachte. »Tja, nach Kaffee mit Extramilch und dreimal Zucker.«

»Okay, wenn der so schmeckt – gib schon her.«

Ich reichte dir den Becher. Du hast daran genippt, noch einmal genippt, dann geblinzelt. Dann folgte ein richtig großer Schluck.

»Ich hab's dir doch gesagt.«

»Großer Gott!«

»Hab ich recht?«

»Das hier ist –«

»Leben spendendes Gebräu, wie Al und ich dazu sagen.«

»Das ist einfach verdammt lecker. Scheißegal, wenn nur Schwule so was trinken, ups, sorry, nichts für ungut, noch mal sorry. *Köstlich!* Das schmeckt wie ein Keks, wie ein Keks, der Sex mit einem Doughnut hatte. Teufel auch!«

»Warte erst mal ab, bis das Koffein wirkt!«

»Den trink ich jetzt jeden Morgen, solange ich lebe, und dabei brülle ich *Min hatte recht, und ich hatte unrecht.*«

Du hast es wirklich gebrüllt. Ich frag mich, ob du es wirklich jeden Morgen sagst, Ed, ich meine, eigentlich frage ich mich das nicht, ich weiß, du machst es nicht, ich hoffe bloß, du denkst es wenigstens, wenn du's schon nicht brüllst. Tust du's? Ja oder nein?

»Also«, hast du gesagt, als ich dir die Abzweigung zeigte, »hast du Al auch dieses Leben schenkende Gebräu gekauft, als du mit ihm zu diesem verrückten Ort gefahren bist?«

»Leben spendend. Vermutlich. Wir waren die ganze Nacht aufgeblieben, was die einzige Möglichkeit ist, Al um diese Uhrzeit aus dem Haus zu kriegen.«

»Nicht nur Al. Und was habt ihr die ganze Nacht lang gemacht?«

»Er hat mich auf eine Orgie mitgenommen. Echt.«

Blink blink blink. Wir bogen ab.

»Das war jetzt ein Witz, oder?«

»Ich hab hauptsächlich mit den Mädels dort geschlafen. Ein riesiger Haufen nackter Mädels, die alle Sex miteinander hatten. Aber ich weiß natürlich, dass dir der Gedanke unangenehm ist, schwulenfeindlich, wie du bist.«

»Okay, war also nur ein Witz.«

»Und Al hat mit all deinen Freundinnen geschlafen, und alle haben sie gesagt, mit ihm hat's ihnen besser gefallen.«

Du hast leicht nach mir geschlagen, und ich habe aufgeschrien, als ein Spritzer Kaffee auf meinem Kragen landete. Der Fleck ist übrigens nie rausgegangen.

»Ehrlich gesagt, ich bin mir nicht immer sicher, ob du Witze machst oder sauer auf mich bist oder was.«

»Ich weiß, Ed.«

»Ich hab nicht gewusst, dass ein Mädchen – oder überhaupt irgendwer – so redet. Hast du deswegen – ich meine, meinst du deswegen, es ist kompliziert?«

Ich hab dir durchs Haar gewuschelt. An meinem Hals spürte ich jetzt den warmen Kaffee, aber das kümmerte mich nicht. Dir schmeckte mein Kaffee, das allein zählte. »Ich hab gar nichts gemeint«, sagte ich. »Ich war auch bloß müde.«

»Aber jetzt nicht mehr.«

»Nein«, sagte ich und nahm noch einen Schluck.

»Ich auch nicht.«

»Das kommt vom Koffein.«

Du hast die Automatik in Parkstellung gebracht und den Kopf geschüttelt. »Nein, nicht nur davon.«

»Nein?«

Du hast immer noch den Kopf geschüttelt. »Ich glaube, das kommt von was anderem.«

So war's auch, Ed. Wir sind über die Straße gerast zu *Alles Tipptopp*, den Schirm hatte ich wieder unter den Arm geklemmt, weil ich nicht alles zugleich halten konnte – den Schirm und meinen Kaffee und deine Hand. Der Laden war offen, die neun Lampen mit den bunten Glasschirmen standen in einer Reihe auf der glänzenden chinesischen Bank im Schaufenster, sie leuchteten uns mit ihrem fransigen Licht an, dieses eine Mal, das übliche Schild ALLES TIPPTOPP GEÖFFNET NUR SAMSTAGS 7.30–9.00, OHNE AUSNAHME fehlte, stattdessen war ein neues da: GEÖFFNET – OB SIE'S GLAUBEN ODER NICHT. Im Inneren war es ein Palast, Ed, mit all den Sonnenschirmen und ausgestopften Tieren an der Decke, den wie Zigeunerinnen gekleideten Schaufensterpuppen, die auf dem Opiumbett saßen und mit sündhaft teuren Füllern Grüße auf antike Postkarten schrieben, mit Teppichen an den Wänden und Tapeten auf dem Boden und dem ins Leere grinsenden Inhaber mit seiner Wasserpfeife und seiner schwarzen Barettmütze. Und das Erste, was wir sahen, als wir hineingingen, immer noch lachend, war dieses Buch, auf einem Stapel Silbertabletts: *Echte Rezepte aus Tinseltown*. Tinseltown, das war Hollywood. *Schicksal*, war mein erster Gedanke, als ich atemlos und strahlend in dem Laden stand und diesen Band in den Händen hielt. Jetzt sehe ich das natürlich anders, nicht Schicksal war das, nicht das *Fatum*, sondern schlicht falsch und fatal, dass wir das Rezept lasen und immer aufgeregter wurden und ich mit dir all die Pläne aus meinen Träumen teilte. Draußen riss der Himmel auf, so plötzlich und magisch wie ein portugiesischer Vampirhimmel mit bunt gefiederten Vögeln und einem Harfen-Soundtrack. Es hat nicht gehalten, viel länger blieb der Himmel nicht klar, und deswegen ist es aus, doch wenn ich dieses Buch jetzt zuschlage, um es dir zu geben, dann denke ich nicht daran, sondern nur daran, wie wir zwei dastanden und das Buch in Händen hielten, um es dann zu kaufen und mitzunehmen, denn das, verdammt noch mal, Ed, ist nicht der Grund, weswegen es aus ist. Ich liebe dieses Buch, es wird mir fehlen, ich finde es furchtbar, es dir zurückzugeben, dieses komplizierte Ding, das der Grund dafür war, weswegen wir zusammenblieben.

GANZ, GANZ langsam
und vorsichtig

Die Sonne zwinkerte uns zu, und wir zwinkerten zurück. Die Luft duftete nach perfektem Laub, sie war leicht und sauber, und so gingen wir in den Boris-Vian-Park hinüber und sahen uns an, was wir erstanden hatten. Die Stimmung war magisch; so früh am Morgen lag noch diese besondere Stille über dem ganzen Park, alles erinnerte mich an den Film *Mit meinen eigenen Augen,* an diese Szene, in der Peter Klay vor zwei Kommissaren flieht, die ihn verhört haben, eineiige Zwillinge übrigens, und sich hinter irgend so einer Siegessäule versteckt, einer geflügelten Frau auf einem Pferd, und auf einmal raschelt es im Gebüsch, und ganz, ganz langsam und vorsichtig tritt ein Einhorn heraus und schreitet in völliger Stille durch den Dunst über dem Rasen. Die weitere Handlung des Films findet dann an einem anderen, merkwürdigeren Ort statt. Jedenfalls hatte ich an jenem Tag im Boris-Vian-Park das Gefühl, alles könne geschehen.

Die Bänke waren zu nass, selbst dann noch, als du dich ritterlich hingesetzt hast und mit albernem Hüftenwackeln in einer schwungvollen Bewegung einmal über die ganze Bank gerutscht bist, um sie mit den Jeans über deinem knackigen Hintern zu trocknen. Das Koffein aus deinem ersten echten Kaffee rauschte durch deinen Körper, und ich lachte wie ein Baby, das Seifenblasen nachschaut. Doch selbst dann wollte ich mich nicht hinsetzen, die Bank war mir immer noch zu feucht, und so gingen wir durchs nasse Gras, wo wir uns nasse Schuhe holten, den Abhang hinunter bis zur Trauerweide mit ihren in großen Bögen herabhängenden Zweigen. Ich hatte so ein Gefühl, und deshalb teilte ich die Zweige, um uns einen Eingang zu verschaffen, so wie du manchmal meine Haare teilst – *teiltest* –, und da war er auch schon, ein kleiner grüner Ort, trocken und vom Regen abgeschirmt. Wir schlüpften hindurch und knieten uns auf den Boden, lauter trockenes Laub und braunes Gras, weil außer einzelnen Sonnenstrahlen nichts hindurchdrang an diesen schattigen Raum, der uns Sicherheit bot und ein Versteck.

»Wow.«

»Ja«, sagtest du.

»Der geniale Ort«, sagte ich, »für dieses geniale Ding. Einfach genial, Ed.«

Du hast erst hochgeschaut ins Licht und dann mich angesehen, so lange, bis ich spürte, dass ich rot wurde. »Stimmt«, sagtest du. »Und nun sag mir, warum.«

»Das weißt du nicht? Aber du hast doch gerade – wir haben gerade fünfundfünfzig Dollar für dieses Buch ausgegeben.«

»Ich weiß«, sagtest du, »schon gut.«

»Aber du weißt nicht, wieso?«

Du sahst mich immer noch an, und deine Hände, die den Kaffeebecher umschlossen, zitterten. »Um dich glücklich zu machen«, sagtest du schlicht, und mir blieb plötzlich die Luft weg, Ed, weil du das gesagt hattest. Eben noch wollte ich das Buch so dringend aufschlagen, doch jetzt blieben meine Hände darauf liegen, erstarrt, weil ich mich so freute, das von dir zu hören, und weil ich wollte, dass du immer weiterredetest. »Min, weißt du, was ich normalerweise um diese Zeit mache?«

»Was?«

»An Wochenenden, meine ich.«

»Samstags um diese Zeit schläfst du garantiert.«

»Min.«

»Ich weiß nicht.«

Du hast ganz langsam mit den Schultern gezuckt, dramatisch, so als wolltest du mir zeigen, was wirkliche Verwirrung ist. »Ich eigentlich auch nicht«, sagtest du. »Vielleicht Kino, vielleicht irgendwo abhängen. Bei irgendwem auf der Veranda, später ein Fässchen Bier. Spiele, Lagerfeuer. Nichts Besonderes.«

»Ich mag Filme.«

Aber du hast nur den Kopf geschüttelt. »Nicht die Art von Filmen, aber das ist es nicht. Ich bin nicht – ich weiß nicht, wie ich das sagen soll. Wenn Annette mich fragt: *Wieso ist dieses Mädchen anders?*, dann wird es immer eine lange Antwort.«

»Ich bin eine lange Geschichte.«

»Nicht wie im Englischunterricht. Das wollte ich dir schon vorhin im Auto erklären. Es ist einfach – sieh mal, allein schon, wo ich hier bin. Noch nie bin ich an irgendeinem Ort wie diesem gewesen, nicht mit Jillian und auch nicht mit Amy, Brianna, Robin –«

»Du musst jetzt nicht die ganze Parade deiner Blondinen und so weiter aufmarschieren lassen.«

»Und so weiter.« Du hast durch die Zweige hindurch nach oben gesehen, wo die letzten Regentropfen gleich wie winzige Sterne verdunsten und verschwinden würden. »Es ist etwas anderes«, sagtest du dann. »Du hast alles verändert für mich, Min. Alles. So wie der Kaffee, den ich probieren sollte und der besser ist als – oder Orte, an die du mich führst und von denen ich nicht mal gewusst habe, dass es sie gibt, dabei waren sie ganz in der

Nähe. Ich bin wie der kleine Junge, den ich mal in irgendeinem Film gesehen habe – er hört ein Geräusch unter seinem Bett, und auf einmal ist da eine Leiter, die vorher nicht da stand, und er klettert sie hinunter. Das war bloß ein Kinderfilm, ich weiß, aber dann setzte da dieses Lied ein …« Dein Blick schweifte durch das Blätterlicht.

»Martin Garner hieß der Regisseur«, sagte ich leise.

»Min, für dich würde ich immer wieder fünfundfünfzig Dollar ausgeben, egal wofür.«

Ich habe dich geküsst.

»Du kannst Trevor fragen, es ist wirklich ungewöhnlich, dass ich so was einfach sage: *egal wofür.*«

Noch einmal. Und noch einmal.

»Also, Min, jetzt sag – wofür habe ich das Geld hingelegt?«

Ich rückte ein Stück zur Seite, um das Buch aufzuschlagen – *Echte Rezepte aus Tinseltown.* »Erinnerst du dich noch an die Lobby Card, die du mir geschenkt hast?«

»Ich weiß nicht mal, was das sein soll, eine Lobby Card.«

Ich legte eine Hand auf dein Knie. Es zitterte.

»Tut mir leid, das ist der Kaffee.«

»Ich weiß. Das Bild von Lottie Carson, das du dir im Kino genommen hast.«

»Das ich geklaut habe?«

»Ja, aber das sind nicht bloß Bilder. Manchmal stehen hinten Informationen zu den Stars drauf, die Filme, in denen sie mitgespielt haben, Preise, die sie gewonnen haben. *Falls* sie welche gewonnen haben. Und vor allem, und darauf will ich die ganze Zeit hinaus, *ihr Geburtsdatum.*«

Du hast deine Hand auf meine gelegt, und zusammen haben

sie sich zu meinem Bein hinüberbewegt, das genauso zittrig war wie deins. »Ich kapier immer noch nicht.«

»Ed, ich will eine Party.«

»Was?«

»Am fünften Dezember wird Lottie Carson neunundachtzig.«

Du hast nichts gesagt.

»Ich will eine Party geben, für sie. Wir können sie einladen, wir wissen doch jetzt, wo sie wohnt, wir sind ihr doch hinterhergegangen. Wir schicken ihr eine Einladung.«

»Einladung«, echotest du.

»Ja, klar«, sagte ich. »Womit man Leute einlädt.«

»So eine Party hatte ich noch nie.«

»Jetzt sag bitte nicht, das sei schwul.«

»Okay, aber ich glaube nicht, dass ich –«

»Wir machen es doch zusammen, Ed! Zuerst müssen wir überlegen, wo es stattfinden soll. Meine Mom will absolut nicht, dass ich bei uns feiere, und außerdem sollte es ein bisschen schicker sein, ein bisschen glamourös. Musik aussuchen ist ganz leicht. Al und ich haben ein bisschen Musik aus den Dreißigern.«

»Joan auch.«

»Wir könnten zum Beispiel nur Jazz spielen, das passt zwar zeitlich nicht so exakt, aber Jazz bringt immer Glamour. Und natürlich Champagner, wenn wir drankommen.«

»Trevor kommt an alles ran.«

»Das würde er machen – auch für so eine Party?«

»Wenn ich ihm das sage.«

»Und das würdest du?«

»Für dich?«

»Für die Party.«

»Für deine Party – ja. Okay. Aber wozu ist dann das Buch?«

»Das Fünfundfünfzig-Dollar-Buch?«

»Das Fünfundfünfzig-Dollar-Buch, ja.«

Ich habe eine Hand nach dir ausgestreckt. »Das Fünfundfünfzig-Dollar-Buch, das du mir gekauft hast?«

»Min, ich kaufe gerne was für dich, aber hör bitte auf mit den fünfundfünfzig Dollar, ich krieg sonst noch 'nen Anfall.«

»Okay. Also, als du mit diesem blöden Samuraischwert rumgemacht hast …«

»… das wirklich cool war.«

»… hab ich das Buch durchgeblättert und sofort gesehen, dass es einfach *perfekt* ist. Guck dir doch bloß mal die Typografie hier an. Amuse-Gueules.«

»Ich hab keine Ahnung, was Typografie sein soll.«

»Fonts.«

»Okay.«

»Okay, also, in dem Buch sind lauter Rezepte von Filmstars. Und guck, was ich als Erstes aufgeschlagen habe.«

»Sieht aus wie ein Iglu.«

»Es *ist* ein Iglu! Es ist Will Ringers Rezept, Gretas Ei-Iglu, aus eckigen Eiern. Inspiriert von *Greta in der Wildnis.*«

»Das war doch …«

»… unser erstes Date, genau. Der Film, den wir angeschaut haben.«

Du hast mich nicht geküsst, sondern nur mein Gesicht zwischen den Händen gehalten. Es war so still da drin, nur dein Atem war zu spüren, kaffeebeschleunigt und säuerlich. »Das heißt, wir bauen dieses verrückte Teil nach?«

»Nicht nur das«, sagte ich und blätterte rasch die Seiten durch. »Sieh mal hier.«

»Oh.«

»Wahnsinn, stimmt's? Lottie Carsons Pensieri-Kekse aus gestohlenem Zucker. *Diese Köstlichkeiten, sagte Amerikas Leinwandliebling, seien aus der Not entstanden. Ihre Familie war arm wie die Kirchenmäuse. ›Meine Mutter, Gott hab sie selig, tat alles, damit ihre neun Kinder satt und glücklich waren, und wenn das Geld besonders knapp war, dann klaute sie Zucker, wenn Mrs. Gunderson ihren Bridge-Club zu Gast hatte. Die alte Schachtel hatte meine Mutter angeheuert, damit sie nach diesen Treffen bei ihr sauber machte, und dann ging meine Mutter hin, leerte die Zuckerschale in ihre Handtasche, ging in die Kirche vom hl. Bonifatius zur Beichte und zauberte dann ein Blech voll von diesen Keksen, die uns dampfend heiß erwarteten, wenn wir aus der Schule kamen. Die Glasur enthält Pensieri, einen Likör, von dem Papa sich jeden Freitag ein Gläschen genehmigte. Vater, vergib mir – diese Kekse schmecken einfach nicht ganz so lecker, wenn der Zucker nicht gestohlen ist.‹*«

Dein hinterhältiges Grinsen war so süß. »Also klauen wir den Zucker«, hast du gesagt.

»Willst du? Können wir?«

»Klar, im *Schieflage*, dem Diner hier in der Nähe. Aber da ist der Zucker in einem von diesen großen Dingern.«

Ich schaute an uns beiden hinunter. »Bei *Kleine Börse* sollten sie für fünf Dollar einen Mantel haben, so einen dickeren Wintermantel, mit schön tiefen Taschen. Den kauf *ich* dir. Du brauchst sowieso einen anderen Mantel, Ed. Du kannst nicht jeden Tag in dieser Jacke rumlaufen wie ein Basketballer.«

»Ich *bin* ein Basketballer.«

»Aber heute bist du ein Zuckerdieb.«

Du zähltest mit deiner Mathematikerstimme an den Fingern ab, was anstand: »Wir klauen Zucker, um die Kekse zu backen. Wir kriegen Trevor dazu, den Champagner zu besorgen, und du und Joan und Al, ihr sorgt für die Musik.«

»Fehlt noch der Iglu«, sagte ich.

»Genau, der Iglu«, sagtest du. »Außerdem müssen wir klären, wo das Ganze stattfinden soll, und eine Einladung an diesen Filmstar schicken, dem wir nachgegangen sind.«

»Fünfter Dezember. Und jetzt sag mir bitte, bitte, dass an dem Tag kein Spiel stattfindet.«

Du hast mir die Haare aus dem Gesicht gestrichen. Ich habe dich geküsst und auf einmal aufgehört und dir auf den Mund gesehen. Klein, unsicher, aber es war eindeutig ein Lächeln. »Du weißt aber schon«, sagtest du, »dass wir nicht mit Sicherheit wissen, ob sie's ist, und dass es deswegen verrückt ist –«

»Aber wir glauben es, stimmt's?«

»Ja.«

»Eben«, sagte ich, »und selbst wenn sie's nicht ist –«

»Selbst wenn sie's nicht ist?«

»Vielleicht kommt dir das Datum irgendwie bekannt vor – fünfter Dezember.«

Du hast dir merkwürdig auf die Unterlippe gebissen und auf das Laub am Boden gepustet. »Min, du hast mir gesagt, wann dein Geburtstag ist, und ich schwöre, ich hoffe, ich erinnere mich richtig, der ist erst –«

»Es ist unser zweimonatiges Jubiläum.«

»Was?«

»Dann werden's genau zwei Monate. Seit *Greta in* –«

»Du denkst jetzt schon an so was?«

»Ja.«

»Die ganze Zeit?«

»Natürlich nicht, Ed.«

»Aber manchmal?«

»Manchmal schon.«

Du hast einen sehr tiefen Seufzer ausgestoßen.

»Das hätte ich nicht sagen sollen«, warf ich schnell ein. »Bist du – du rastest gleich aus.«

»Allerdings raste ich aus«, sagtest du. Vielleicht erinnerst du dich oder auch nicht, denn irgendetwas sagt mir, dass du vielleicht beschlossen hast, dich ganz anders an dieses Gespräch zu erinnern. »Ich raste deswegen aus, weil ich gerade nicht ausraste.«

»Wirklich?«

Wieder blieb mir die Luft weg, als ich dein Lächeln sah. »Ja.«

»Sollen wir gehen?«

»Okay, zum Zuckerklauen. Oder warte – erst zum Mantelkauf.«

»Mist – *Kleine Börse* macht erst um zehn auf. Das habe ich schmerzhaft gelernt. Also müssen wir noch warten.«

Dann hast du mich geküsst, an diesem unglaublichen Ort, voll Vertrauen und Freude, alles andere als achselzuckend, sondern hungrig, gierig. »Lieber Himmel«, sagtest du und klimpertest mit den Wimpern, so als wärst du total überwältigt. Dabei stelltest du deinen Kaffee so weit von uns weg, wie dein Arm reichte. »Ich frag mich nur: Was könnten meine Freundin und ich bloß machen, eine Stunde lang an einem so versteckten Ort im Park?«

Clark Baker hätte es nicht besser sagen können. Es war das erste Mal, dass wir beide nackt waren, unsere Kleider in getrennten Häufchen auf der Seite, und wir beide so dicht beieinander, dass man in einer von oben gedrehten Aufnahme nicht hätte unterscheiden können, in diesem spärlich zu uns hereinsickernden Licht, wessen Hand zu wem gehörte. Du hast toll ausgesehen, ganz nackt in dem schönen, scheckigen grünen Licht, wie nicht ganz von dieser Welt, selbst mit den vereinzelten Schmutzflecken auf deinen Beinen, vor allem hinterher, als deine Brust sich immer langsamer hob und senkte, als weit unten auf deinem Rücken Schweißtropfen standen (vielleicht war es auch nur Feuchtigkeit von meinen Lippen) und du schamhaft deine Hände zwischen den Beinen wölbtest, bis ich sie beiseiteschob, damit ich dich wieder ansehen und von vorn beginnen konnte. Und auch ich selbst hatte mich noch nie so schön gefühlt wie da, in diesem Licht, in deinen Armen. Fast musste ich weinen. Noch zwei letzte Schlucke von deinem kalten Kaffee, dann haben wir uns angezogen, haben versucht, alles von uns abzuklopfen. Die Socken ließen sich nur mühsam entrollen, mein BH-Bügel fühlte sich kalt an, ebenso mein T-Shirt, meine Jacke. Aber mir war jetzt wärmer, von der kräftiger werdenden Sonne und auch von allem anderen, also rollte ich meine Strickjacke bloß zusammen und hielt sie unter dem Arm, als wir den Boris-Vian-Park verließen, gleichzeitig mit dem Typen mit dem Kinderwagen, der sich wohl fragte, wo wir auf einmal herkamen, und ließ sie dann den Rest des Tages in Joans Auto. Erst als ich nach Hause kam, nach oben stürmte, gelangweilt zurückbrüllte, als meine Mutter gleich meckerte, erst da warf ich meine Jacke aufs Bett und sah dieses Ding, das von irgendwoher auf den Boden hüpfte. Ich hob es auf und wurde rot bei dem Gedanken daran, wie es in meine Kleider geraten war. Ich legte dieses Was-auch-immer in meine Schublade und später in diesen Karton. Jetzt kannst du meinetwegen selbst rot werden und zerknirscht sein. Wer weiß, irgendein Same, eine Frucht, eine Schote, ein Einhorn, das durchs Unterholz strich, während wir da zusammen lagen. Es in Wasser legen, das hätte ich auch tun können, ich hätte mich darum kümmern können, wer weiß, was vielleicht daraus gewachsen wäre, was geschehen wäre mit diesem Ding aus dem Park, wo ich dich geliebt habe, Ed, so sehr.

Lord Decham

Und hier ist der Mantel, den ich dir gekauft habe, richtig glücklich war ich, die acht Dollar dafür hinzublättern. »Mal sehen, was sich darin verstecken lässt«, hast du gesagt und mich an dich gezogen, gekichert haben wir, als du ihn um uns zwei herumgelegt und die Knöpfe geschlossen hast, du hast mich in diesem Kokon geküsst und hast versucht, so mit mir zur Kasse zu gehen. Wie ein Vaudeville-Comedian müssen wir gelaufen sein, ich habe dich geküsst und den Kopf in den Nacken gelegt, bis ich dachte, die Knöpfe müssten abspringen, und dann habe ich mich herausgeschält, um meine Handtasche zu öffnen und dich anzusehen, dich nur anzusehen, Ed.

So – verflucht – schön.

»Gehst du damit zur Schule?«

Du hast gelacht. »Kommt nicht in Frage.«

»Guck dir doch bloß mal dieses Muster an. Du kannst den Leuten ja sagen, ich hätte dich gezwungen.«

»Nach dem Zuckerklau will ich das Ding nicht mehr sehen.«

Hier ist er, Ed. Ich dich auch nicht.

Um dich nicht immer
anzustarren, fing ich an,
mit dem Zucker-
streuer zu spielen,
bis du deine Hand
auf meine legtest,
damit ich aufhörte.

Ein Teil des Zuckers ist herausgerieselt und liegt jetzt am Boden des Kartons. Alles überzuckert, also gerade das Gegenteil von meiner Stimmung. Aber Tatsache ist: Alles lief wie am Schnürchen. Wir bekamen unser Frühstück im *Schieflage*, Obst und Toast für mich, zwei Eier mit Speck, Würstchen, Rösti, einen kleinen Stapel Pfannkuchen und einen großen O-Saft für dich, Kaffee mit Extramilch und dreimal Zucker aus dem Streuer für uns beide. Wir haben ein bisschen geredet, und ich habe in den Rezepten geblättert und darauf gewartet, bis du fertig werden und dir den Mund abwischen würdest, was ich schließlich selbst tun musste. Hier und da spürte ich Laubstückchen und Gras auf meiner Haut, die sich durch die Kleidung in die Haut drückten, so wie ich das mal bei einer Töpferarbeit gemacht habe. Im Spiegel auf der Toilette entdeckte ich sogar etwas Erde an meinem Hals und wischte sie schnell ab, aber weil das billige Papierhandtuch so rau war, wollte ich nachsehen, ob es einen Kratzer auf der Haut hinterlassen hatte, und in dem Moment begegnete mir mein eigener Blick im Spiegel, und so stand ich einen Moment lang da und versuchte – wie alle Mädchen in allen Spiegeln überall auf der Welt – den Unterschied herauszufinden zwischen einer Liebenden und einer Schlampe. Doch der Spiegel hatte nur eine Antwort für mich parat: FÜR ALLE MITARBEITER GILT – HÄNDE WASCHEN! Also ging ich zurück an unseren Tisch. Die anderen Gäste ignorierten uns oder blickten neidvoll oder bewundernd oder entrüstet zu uns herüber, vielleicht waren aber auch außer uns keine da, ich weiß es nicht. Um dich nicht immer anzustarren, fing ich an, mit dem Zuckerstreuer zu spielen, bis du deine Hand auf meine legtest, damit ich aufhörte.

»Hat das nicht was von der Rückkehr an den Ort des Verbrechens?«

»Nur dass das Verbrechen noch nicht begangen wurde.«

»Trotzdem solltest du vielleicht nicht die Aufmerksamkeit auf den Zucker lenken, der gleich verschwinden soll.«

Ich hörte auf. »Ich bin noch Jungfrau.«

Du hast fast deinen Orangensaft verspritzt. »Okay.«

»Ich dachte bloß, ich sollte es dir vielleicht sagen.«

»Okay.«

»Bisher hatte ich dir ja nichts davon gesagt.«

»Hör zu, das ist ganz okay.« Du hast leicht gehustet. »Einige meiner besten Freunde sind noch Jungfrau.«

»Wirklich?«

»Hm – nein. Inzwischen vermutlich auch nicht mehr.«

»Alle meine Freunde sind noch Jungfrau«, sagte ich.

»Oh!«, sagtest du. »Jetzt weiß ich: Bill Haberly – Mist, das sollte doch niemand wissen.«

»Siehst du, die Tatsache, dass es so viel bedeutet –«

»Nein, nein, ich habe viele Mädchen kennengelernt, die noch Jungfrauen waren.«

»Danach waren sie dann keine mehr, soll das heißen.«

Du bist knallrot angelaufen. »Das habe ich nicht gesagt, das geht dich auch nichts an – warte mal, du wolltest mich nur aufziehen, stimmt's? Das sollte ein Witz sein?«

»Anscheinend war's nicht witzig.«

»Hör mal, ich kann über solche Sachen nicht so locker reden wie du.«

»Bist du überrascht?«

»Dass du darüber redest? Ja.«

»Nein, ich meine, dass ich –«

»Ja, irgendwie schon. Ich meine, du hattest doch letztes Jahr einen Freund, diesen John.«

»Joe.«

»Genau.«

»Das hast du gewusst?« Was ich eigentlich meinte, war: Heißt das, du hast mich damals schon wahrgenommen, Ed?

»Annette hat es mir gesagt. Deswegen war ich jetzt schon überrascht.«

»Tja, also nein. Wir haben nicht.«

»Okay, völlig okay.«

»Ich meine, wir wollten. Ich meine, er wollte. Wir beide. Aber ich war mir nicht sicher.«

»Ist ja gut.«

»Ja?«

»Ja. Was denkst du denn? Dass ich irgend so ein – Arsch bin?«

»Nein. Ich weiß nicht, es ist nur – es ist wieder genau wie damals.«

»Was?«

»Dass ich mir nicht sicher bin.«

»Mensch, wir müssen doch nicht.«

»Nein?«

»Nein«, hast du gesagt. »Wir sind ja auch noch, ich meine, ziemlich am Anfang. Findest du nicht?«

»Für mich fühlt es sich schon so an, aber du bist so anders. Mit deiner Clique und den Lagerfeuern und alldem.«

»Das beim Lagerfeuer, das ist alles nur Gerede. Das meiste jedenfalls.«

»Okay.«

»Warte mal, willst du damit sagen, das im Park oder, du weißt schon, gestern Abend – dass du das nicht gewollt hast?«

»Nein, nein.«

»Nein? Du wolltest das nicht?«

»Nein«, sagte ich. »Doch. Ich wollte einfach nur sagen, was ich dir gesagt habe.«

»Okay.«

»Weil ich dir bisher noch nichts davon gesagt hatte. Wie gesagt.«

»Okay«, sagtest du, doch dann war dir klar, dass das nicht ging. Du machtest einen neuen Versuch: »Danke.« Es klang wie eine Frage.

Fast hätte ich »Ich liebe dich« gesagt. Stattdessen schwieg ich, und du auch.

Die Kellnerin kam, um Kaffee nachzuschenken, und legte die Rechnung auf den Tisch. Wir teilten sie auf. Dann, mit dem Häufchen einzelner Bestellzettel zwischen uns, sahen wir einander an. Vielleicht hast du dich einfach nur satt und zufrieden gefühlt, aber ich war – glücklich. Dankbar war ich, vermute ich, leicht habe ich mich gefühlt. Sogar hübsch und mit dem frischen Kaffee in mir auch leicht zittrig. Wieder hätte ich es um ein Haar gesagt. Stattdessen –

»Jetzt.«

»Was?«

Ich beugte mich vor, bis ich deine Stirn warm an meiner spürte. »Der Zucker«, flüsterte ich. »Jetzt.«

Aber du hattest ihn schon eingesteckt, Ed.

Bei diesem Ding hier, Ed, hast du garantiert keine Ahnung, was zum Teufel das sein soll. »Das hat's ja noch nie gegeben!«, verkündete Joan, als wir in die Küche kamen. Aber ich könnte dir jetzt nicht erklären, *wie* sie es gesagt hat – einerseits erfreut, andererseits schwang auch ein kleines bisschen Misstrauen mit. Es duftete nach Zwiebeln, und Hawk Davies war auch wieder dabei. »Du fragst, ob du den Wagen haben kannst, und dann bist du zu einer Zeit wieder zurück, wo du normalerweise gerade aufstehst. Seid ihr Schmuggler, ihr zwei, oder was?«

Du hast nicht geantwortet, sondern den Zuckerstreuer auf die Arbeitsplatte befördert, gleich neben ein Geschirrtuch, auf dem Kreolen zum Trocknen oder Auskühlen lagen, jedenfalls sah es so aus.

»Und was ist das für ein Mantel?«, wollte Joan wissen. »Der sieht so …«

»Min hat ihn mir gekauft.«

»… elegant aus.«

»Lass gut sein, Schwesterchen! Und jetzt muss ich erst mal duschen. Bin gleich wieder da.«

»Dein Handtuch«, rief sie dir nach, während du schon nach oben poltertest, »liegt auf dem Boden, wo du es vor vier Stunden liegen gelassen hast, als du das letzte Mal geduscht und mich damit geweckt hast!«

»Du weißt, was du nicht bist«, hast du gähnend geantwortet.

Dann knallte eine Tür zu. Joan sah mich an und strich sich die Haare aus dem Gesicht. Oben ging das Wasser an. Da wäre ich also wieder, dachte ich.

»Und du, Min?«, fragte sie. »Möchtest du auch duschen?«

»Nein, danke, alles okay«, sagte ich.

Eine Spannung lag in der Küche, Ed, die ich nicht greifen konnte. Und mit der du mich allein gelassen hast.

»Wirklich?«

»Wenn er nach oben verschwindet, siehst du immer aus wie ein Kaninchen im Scheinwerferlicht. Komm, erzähl mir, was dir durch den Kopf geht.«

Ich lehnte mich an den Tresen. Zwiebelringe waren es, und Joan nahm einen nach dem anderen vom Tuch und tat sie in eine große Schüssel mit Nudeln, Basilikum und Tofu.

»Magst du einen Teller Vermicelli?«, fragte sie.

»Wir kommen gerade vom *Schieflage.*«

»Das sehe ich. Seid ihr nicht langsam aus dem Alter raus, in dem man im Café was mitgehen lässt?«

Ich hielt das Buch hoch und fing an zu erklären. Deine Schwester sah mir kauend über die Schulter, und weil ihre Finger feucht waren vom Limettensaft, legte sie einfach den Kopf schief, wenn ich umblättern sollte. Gesagt hat sie nichts, nur mit Stäbchen weiter ihren Lunch oder ihr Frühstück gegessen, also habe ich die ganze Zeit erzählt – von Lottie Carson, von *Greta in der Wildnis*, vom neunundachtzigsten Geburtstag. Sie machte große Augen, schloss sie manchmal ganz langsam, schwieg aber weiter, und so habe ich ihr alles erzählt, Ed, alles, bis auf unser zweimonatiges Jubiläum und das mit den fünfundfünfzig Dollar.

»Wow«, sagte sie schließlich.

»Cool, oder?«

»Ich sollte dir wirklich meine Filmbücher ausleihen«, sagte sie und stellte ihre Schale ins Spülbecken.

»Das wäre cool«, antwortete ich, »und Hawk Davies auch.«

»Deine Art zu denken gefällt mir«, sagte Joan, und dann sah sie mich ernst und erwartungsvoll an.

»Danke«, sagte ich mit fragendem Unterton.

»Und mein Bruder« – sie wies mit dem Kopf in Richtung Treppe –»will dir dabei helfen, dieses schicke Essen zum Geburtstag eines Filmstars zu machen?«

»Meinst du, es ist …«, sagte ich. »Ich weiß nicht.«

Sie griff sich zwei Aprikosen und gab mir eine. »Es ist was?«, fragte sie sanft. »Verrückt?«

»Möglich, meinte ich. Machbar.«

Sie seufzte. Die Aprikose war saftig, und ich legte mein Buch aufgeschlagen zur Seite (Lottie Carson lächelte uns an) und wischte mir die Hände ab.

»Es könnte kompliziert sein, Min.«

»Klar, vor allem der Iglu – Wahnsinn, oder? Ich meine, wo soll man überhaupt die –«

Das habe sie nicht gemeint, sagte sie, und ich hatte so ein merkwürdiges Gefühl in dieser Küche, dass ich den Aprikosenkern in den Müll warf und einfach immer, immer weiterredete. Ich hatte so ein Gefühl, konnte es aber nicht näher bestimmen. »Die Plätzchen sind wahrscheinlich leichter zu machen.«

Das Wasser hörte auf zu rauschen. Joan seufzte wieder und sah sich das Rezept an. »Stimmt, ziemlich simpel. Wo willst du diesen – wie heißt das Zeug – diesen Pensieri herkriegen?«

»Ich hab schon eine Idee«, sagte ich und sah achselzuckend

zur Decke hoch, wo du dich wohl gerade abtrocknetest. »Irgendwie klappt das, und zwar bald.«

»Wie wär's gleich heute Abend?«, sagte sie. »Hat Ed dir nichts gesagt? Heute Abend hat er nämlich keine Zeit, da haben wir so eine Familiensache.«

»Davon hat er«, antwortete ich, »nichts gesagt.«

Hawk Davies verstummte. »Tja«, sagte Joan langsam, »das sieht ihm mal wieder ähnlich, dass er dir nichts davon erzählt hat«, und ich wusste immer noch nicht, was eigentlich los war, nur, dass etwas in der Luft lag. Sie sah mich etwas befangen an, so als hätte ich irgendein falsches Wort benutzt und sie wisse nicht, wie sie es mir sagen solle, oder als wäre ich der große Basketballstar und ihr Bruder oben in seinem Zimmer ein jungfräuliches Mädchen. Etwas Beschützendes strahlte sie aus. Meine Hände fühlten sich feucht an, meine Augen heiß.

»Soll ich lieber gehen?«, brachte ich gerade noch hervor.

Joan atmete aus und legte mir eine Hand auf die Schulter. »So war das nicht gemeint, Min. Wir haben nur dieses Dings, heute Abend, diese Familiensache, wie ich schon sagte, und wir sollten uns schon mal langsam fertig machen.« Lauter als üblich räumte sie ein paar Teile in die Spülmaschine, schob mit dem Hausschuh die Tür zu und griff nach einem leuchtend blauen Schwamm. Sie hatte sich doch eben noch gewundert, fiel mir ein, dass wir so früh zurück waren. Und jetzt auf einmal war es fast schon zu spät. »Du bist sicher sowieso müde, oder? Du warst ja gestern fast so lange auf wie er.«

War es das, fragte ich mich? Dass ich dich zu lange wach gehalten hatte? Aber sie sagte nichts weiter.

»Ich will mich nur schnell verabschieden«, sagte ich, und sie sagte: »Sicher, sicher.« Ich rannte nach oben, auf dem Weg fiel mir auf, dass die Polster im Wohnzimmer wieder auf dem Sofa lagen. Die Tür zum Zimmer deiner Mom war zu, wie immer. Dann stand ich in deinem Zimmer, in dem ich immer nur minutenlang gewesen war: ein hässlicher Schrank, Basketballtypen an den Wänden, ein Bord mit Büchern, die Leute dir geschenkt hatten, die nicht wussten, dass du sie nie lesen würdest (oder es wussten, aber das Gegenteil hofften). Ein Winkelmesser und anderer öder Mathekram auf dem ebenfalls hässlichen Schreibtisch, der übersät war mit schmutzigen Tellern und irgendwelchem Mist. Aus dem Radio leise Stimmen, die Rollos noch unten, starker Schweißgeruch im Raum, der vor allem eklig war, aber nicht – was ist denn bloß los mit mir? – nicht nur eklig, nein.

Wie hingegossen hast du im Bett gelegen, zuerst habe ich geglaubt, das sei ein Scherz, du würdest dich einfach schlafend stellen, das Handtuch, in das du dich gewickelt hattest, war ein Stück hinuntergerutscht, dein Bein war angewinkelt, und ein Arm lag über deinem Gesicht, so als wolltest du ein Lächeln verbergen. Aber dann hast du angefangen zu schnarchen, wie niemand es könnte, der nicht wirklich schläft, und ich blieb einfach in der Tür stehen und sah dir beim Schlafen zu. Ich wartete, nur um dich so friedlich zu sehen, ich wäre so gern bei dir geblieben, um dich langsam aufzuwecken oder auch plötzlich zu erschrecken oder ewig lange neben dir zu schlafen oder ewig lange zu schlafen, während du schon wach bist und mich anschaust, egal, irgendwas mit ewig jedenfalls. Ich wollte dich küssen, dir durchs Haar wuscheln, mit drei Fingerspitzen über deine warme, glatte Hüfte gleiten, dich damit aufwecken oder dich sanft säuselnd dazu bringen, wieder einzuschlafen. Dich nackt sehen, so ganz entspannt, eine Decke über dich breiten – es gibt nicht genug Tinte und Papier, um all das aufzuschreiben, was ich gern mit dir getan hätte. Aber ich konnte nicht lange bleiben, also ging ich wieder hinunter zu Joan, die mit einem freundlichen Lächeln auf mich wartete. »Er schläft«, sagte ich.

»Du hast ihn müde gemacht mit deinen Abenteuern«, sagte sie, während sie mir den Zuckerstreuer und ein Buch reichte. »Bis bald, Min.«

»Ich konnte ihm jetzt keinen Zettel oder so hinlegen«, sagte ich.

»Umso besser«, sagte sie mit einem leisen Schnauben. »Er hasst lesen.«

»Aber sag ihm, er soll mich anrufen.«

»Mach ich.«

»Den Zucker kannst du behalten.«

»Nein, Min, nimm ihn mit. Sonst nehme ich ihn noch zum Backen, und du musst neuen klauen und landest noch in dem großen Haus. Und das ist dann alles meine Schuld.«

Darüber musste ich schmunzeln – *in dem großen Haus.* »Aber du würdest mir helfen auszubrechen, stimmt's? Du würdest Ed noch mal das Auto leihen, um mich rauszuholen. Oh, halt, meine Jacke ist noch im Auto.«

Wir gingen zusammen hinaus in den Nieselregen, und sie hat aufgeschlossen und mir die Jacke gereicht. Jetzt stand ich da, weit von zu Hause, mit einem Haufen Zeug auf dem Arm und niemandem, der mir tragen helfen konnte. »Bis dann, Min.«

»Tschüss«, sagte ich. Es war ein seltsames Gefühl, so bepackt im Regen zu stehen, während Joan schon eilig zur Küchentür zurücklief. »Danke für das Buch«, rief ich ihr nach. Aber was ich eigentlich sagen wollte, aus irgendeinem Grund, war: *Entschuldigung.*

Sie schloss die Tür hinter sich. Kurz darauf saß ich allein im Bus, all meine Habseligkeiten lagen auf dem Platz neben mir, so als wären sie mein ganzer Besitz. Das Kochbuch hatte jetzt, wo ich es mir allein ansah, nicht mehr diesen Charme, jetzt sah es vor allem teuer aus. In meiner Hand entdeckte ich, zusammengeknüllt, das Geschirrtuch, auf dem das Öl der Zwiebelringe dauerhafte Kreise hinterlassen hatte. Statt es beim nächsten Besuch Joan zurückzugeben, habe ich es behalten, weil – ich weiß selber nicht. Ich sehe sie noch vor mir, diese Dinger, die sie gemacht hat, während sie auf ihren Bruder wartete, jeder einzelne dieser Ringe knusprig, unverbrannt – machbar eben. Ihr stilvolles Leben, ihre Art, für die Menschen in ihrem Haus zu sorgen. Die Spuren auf dem Geschirrtuch, die ich auf dem ganzen Weg nach Hause anstarrte, wo ich ruhig und ausnahmsweise friedlich mit meiner Mutter bei Tee (Earl Grey) und Toast zusammensaß. Am liebsten hätte ich ein bisschen geweint, als ich das Tuch zusammenfaltete, um es in den Karton zu tun. Ich konnte mich nicht entscheiden, ob diese Ringe wie ein weit offener, lachender Mund aussahen, wie ein leuchtender Mond, wie eine aufsteigende Seifenblase oder, wie es mir jetzt vorkommt, wie lauter Nullen in einem Rechteck, geschrieben mit unsichtbarer Küchentinte. Ich dachte, es sei das eine, doch es war das andere, es war null null null, als ich da allein im Bus saß, während du schlafend in deinem Zimmer lagst, das ich verlassen musste, und deshalb ist es aus.

Und mein Regenschirm, den ich an dem Tag verloren habe, wo ist der? Ich weiß, dass ich ihn morgens noch hatte. Wenn du ihn hast, Ed, gib ihn mir zurück. Ohne ihn bin ich an Regentagen verloren, obwohl – jetzt haben wir Dezember, da könnte es eher schneien, und bei Schneesturm ist ein Regenschirm einfach lächerlich, so wie ein Sicherheitsgurt, wenn man nicht im Auto sitzt, wie ein Helm, wenn man nicht Rad fährt, wie ein Fisch ohne Fahrrad oder wie dieser Spruch heißt, wie die Behauptung, dass Kaffee schwarz sein muss oder dass eine Jungfrau einen Freund braucht. So vieles, was ich nie zurückbekommen werde.

PENSIERI

Inzwischen fragst du dich bestimmt, wie lange man eigentlich brauchen kann bis zu eurem Haus. Steuert Al den Lieferwagen vom Geschäft seines Vaters etwa bis nach Bolivien und zurück? So viele Seiten auf einer ganz normalen Fahrt, selbst bei starkem Verkehr? Die Antwort, Ed, lautet: *Leopardi.* Ich hab dich nie dahin mitgenommen, in mein allerliebstes Lieblingskaffee, das allerbeste, ein halb zerfallener italienischer Palast mit leuchtend roten Wänden, von denen die Farbe abblättert, mit schief und krumm aufgehängten Fotos dunkelhäutiger Männer mit pomadierter Haartolle, die ihre Geliebten wohlwollend angrinsen, mit einer Espressomaschine wie das schimmernde Schloss eines verrückten Wissenschaftlers, blitzblank und mit diversen Ausläufen, die erst nach unten und dann nach vorn gebogen sind, und einem kuppelförmigen Aufbau aus Metall, auf dem ein streng dreinschauender Messingadler hockt, so als hielte er auf seinem Horst Ausschau nach Beute. Diese ganze Maschine mit all ihren Schaltern und Dampfventilen sowie einem Stapel weißer quadratischer Tücher, mit denen die Angestellten höchst geschickt hantieren, ist nötig, um winzig kleine Tässchen Kaffee zu produzieren, der so dunkel und gehaltvoll ist wie die ersten drei Filme von Malero, in denen die Welt rechtwinklig und blinkend dargestellt wird. O Mann, wie ich diesen Kaffee liebe! Jetzt noch Extramilch und dreimal Zucker, dann kommt der Adler heruntergeflogen und reißt mir mit den Klauen den Hals auf, bevor ich auch nur einen Schluck getrunken habe. Aber weißt du was, Ed? Das ist es noch nicht, was den Zauber dieses Ortes ausmacht, den Charme des *Leopardi*, den ich empfinde, seit Al mich das erste Mal mit hierhergenommen hat. Wir waren in der Achten, und seine Cousine jobbte hier. Es ist die absolute Stille in diesem hohen Raum, meditatives Nachdenken wird von nichts anderem unterbrochen als von gewaltigen zischenden Dampfwolken und dem Klimpern der Münzen auf der Theke. Sie lassen dich da völlig in Ruhe, sie lassen dich leise reden oder lachen oder lesen oder diskutieren oder so, wo immer du dich hinsetzt. Sie räumen nicht den Tisch ab, solange du da sitzt, sie räuspern sich nicht vernehmlich, sie sagen kein Wort zu dir außer *prego,* bitte schön, wenn du selbst *grazie* sagst. Sie merken nichts – oder tun so –, wenn du gerade den letzten Schluck Kaffee geleert hast und auf einmal die Tasse auf den Tisch knallst, weil du gerade an irgendwas denken musstest, was dein Exfreund getan hat. Selbst wenn die Untertasse dabei zerspringt, sagen sie nichts. Bei *Leopardi* denken sie sich, du wirst schon Sorgen genug haben. Das könnten sie mal meiner Mutter beibringen, allen Müttern dieser Welt, wie man Menschen in Ruhe lässt. An einen besseren Ort hätte Al mich gar nicht bringen können, als wir eurem Haus immer näher kamen und dieser Brief noch längst nicht fertig war. Er hat den Karton hier hereingeschleppt, und keiner der *Leopardi*-Kellner mit ihren perfekt gestutzten Schnurrbärten und den langen Schürzen hat ein Wort darüber verloren, dass der große Karton auf dem Nebentisch stand, oder darüber, wie lange ich jetzt schon hier sitze und dir schreibe.

Das hier ist die Flasche mit dem Pensieri. Ich hab dir nie von *Leopardi* erzählt und auch nie davon, wie das war an dem

Abend, als ich den Pensieri besorgt habe, nur diese eine Flasche, während du deine – ha! – diese *Familiensache* hattest. Ich hab's dir nie erzählt, und du hast mich auch nie danach gefragt. Es gibt viel, was ich dir nie erzählt habe, Ed. Lass mich wenigstens etwas davon nachholen.

Es war später Nachmittag, genug Tee, genug Mom, als ich endlich den Boris-Vian-Park von mir abduschte und in meinem Zimmer saß, als wäre ich seit hundert Jahren nicht mehr dort gewesen, mein Rucksack stand seit Freitag offen am Boden, der Wimpel vom Spiel lag zusammengerollt auf meinem Schreibtisch. Noch in mein Handtuch gewickelt, hob ich ein paar Sachen auf, rieb an dem Kaffeefleck an meinem Kragen und hängte das tropfnasse Teil hoffnungsvoll in der Dusche auf, ich machte Musik an und stellte sie wieder ab, nichts hörte sich richtig an, ich wollte nur Hawk Davies, und den hatte ich nicht. Dann tat ich etwas, was mir peinlich war, ich nahm das Telefon und rief Al an, und während es läutete, ließ ich mich aufs Bett fallen und schlug *Wenn die Lichter ausgehen: Eine kurze illustrierte Geschichte des Films* auf.

»Hallo?«

»Sollte es einen Film geben, der mit mehr Fantasie und größerer Eleganz die zarten und die leidenschaftlichen Wahrheiten des menschlichen Herzens freilegt«, sagte ich, »dann muss diese Kritikerin in aller Demut zugeben, dass sie ihn erst noch entdecken muss.«

Als Seufzer drang knisternd an mein Ohr. »Hey, Min.«

»Zwei Paar Schuhe, ein Film, der bei Erscheinen von der Kritik schlicht ignoriert und zeitweise sogar vom Regisseur selbst als unbedeutend abgetan und verworfen wurde, ist wie eine Vulkan-

insel aus dem Meer langsam aufgetaucht und hat den ihm zustehenden Platz als bedeutender Meilenstein am Horizont der Filmgeschichte eingenommen.«

»Bitte sag mir, dass du das jetzt aus irgendwas vorliest – anderenfalls wäre das jetzt selbst für deine Verhältnisse ein bisschen übertrieben.«

»*Wenn die Lichter ausgehen: Eine kurze illustrierte Geschichte des Films*. Komm, wir sehen uns das heute Abend an.«

»Was?«

»*Zwei Paar Schuhe*. Ach bitte! Ich geh beim *Rampenlicht* vorbei und leihe ihn uns aus. Du musst nichts anderes tun als Popcorn machen und eine Hose anziehen.«

Al hatte mir einmal erzählt, dass er normalerweise, wenn er mit mir telefoniert, nur in Boxershorts durchs Zimmer läuft. Wir haben dann einmal – so früh am Morgen, dass er noch nicht richtig bei Verstand war – einen Deal gemacht: Ich würde nie jemandem davon erzählen, wenn ich ihn dafür bis ans Ende aller Tage gnadenlos damit aufziehen dürfe. »Min, ist dir eigentlich klar, wie spät es ist?«

»Halb fünf.«

»Viertel vor fünf«, sagte er. »Am Samstag. Du rufst mich an, um Pläne für den Samstagabend zu machen, wenn der Samstagabend schon angefangen hat.«

»Jetzt sei nicht gleich wieder so miesepetrig.«

»Ich mag es nun mal nicht, wenn du einfach unterstellst, dass ich nichts vorhabe. Es ist ja nicht so, als würde ich hier nur rumhängen und Trübsal blasen, während du mit deinem Freund rummachst.«

Al kann manchmal so sein. So pikiert (noch so ein Wort von unseren Wortschatzkärtchen). Aber ich kann damit umgehen.

»Al, *ich* bin diejenige, die nichts vorhat. Lass uns einen Film zusammen gucken, oder lass mich einfach mitgehen, egal, wo du heute noch hinwillst.«

»Was hat Ed gemacht?«

»Was?«

»Was hat er dir getan?«

Einen kurzen Moment lang wurde mir warm am ganzen Körper, als ich an die Trauerweide dachte. Ich habe Al noch nie gestanden, dass ich oft nur in ein Handtuch gewickelt bin, wenn ich mit ihm telefoniere. »Nichts, er hat nur irgend so eine Familiensache.«

»Du hast mir doch gesagt, du wärst das ganze Wochenende über beschäftigt.«

»Al, bitte. Ganz egal, was du vorhast, nimm mich mit. Monster-Truck-Show, Inventur bei deinem Dad, Knutschen mit Christine Edelman – ganz egal.«

Jetzt musste er doch lachen. Du hast Christine Edelman vermutlich noch nie bemerkt, sie ist mit uns im Literaturkurs und sieht aus wie eine Profiringerin.

»Ich hab Zeit«, gab Al zu. »Ich hab gar nichts vor. Ich bin mal wieder der Loser.«

»Du wolltest mich bloß zappeln lassen.«

»Wozu ist Freundschaft sonst gut?«, sagte er (unsere Version von *Wofür sind Freunde da*?).

»Prima, ich bring den Film mit.«

»Und ich schmuggel Christine zur Hintertür raus.«

»Pfui!«

»Was glaubst du denn, wieso ich hier in Boxershorts sitze?«

»Pfui!«

Von alldem hab ich dir nie erzählt, Ed. Du hast mich auch nie gefragt, was ich an dem Abend gemacht habe oder wie ich an den Pensieri gekommen bin. Ich habe dir auch nie erzählt, dass Al nicht bloß Popcorn gemacht hatte, sondern auch Lammkoteletts mit Polenta und Spargel vorbereitet hatte, für den Fall, dass ich noch nicht gegessen hatte (hatte ich auch nicht), und dass er einen Fleck hatte, einen ganz kleinen weißen Cremefleck dicht beim Ohr, so als hätte er sich eben erst rasiert. Ich hatte den Film dabei und gammelige Klamotten an.

»Hey«, sagte ich, als ich zur Tür reinkam. »Was hast du da aufgelegt?«

»Mark Clime«, sagte er. »*Live at the Blue Room*. Gehört meiner Mom.«

»Gefällt mir«, sagte ich. »Erinnert stark an – hab ich dir schon von dem Typen erzählt, den ich neulich gehört hab? Hawk Davies? Der ist echt klasse.«

Al sah mich mit einem seltsamen Lächeln an. »Ich weiß, Min, du hast es mir erzählt.«

»Ah ja, stimmt. Eds Schwester –«

»Joan.«

»Genau, Joan. Sie will mir die CD demnächst ausleihen. Dann brenne ich sie dir.«

»Okay. Und – wie war das Spiel?«

»Was für ein Spiel?«

»Basketball. Dein Freund spielt doch.«

»Ach so, ja, klar. Doch, ganz okay.«

»Wirklich?« Al war dabei, uns diesen Drink zu mixen, den wir beide so mögen. Dazu mixt er diesen italienischen Zitronenlikör, den in der runden Glasflasche, die wie eine Zitrone aussieht, in einem hohen Glas mit Minze, dazu kommt dann noch Eis und aus Italien importiertes Mineralwasser, das seine Eltern im Haus haben wie andere Leute Milch.

»Also – nein.« Dieser Drink schmeckt wirklich saulecker. Wir suchen immer noch nach einem Namen dafür und können uns nicht entscheiden. »Es war laut und langweilig. Dir darf ich das doch sagen, oder?«

»Du darfst mir alles sagen.«

»Also es war langweilig, aber Ed war nett, und sogar beim Lagerfeuer, und hinterher war's nett.«

»Hinterher?«

»Hm-m«, machte ich und trank einen langen Schluck, bei dem mir die Eiswürfel an die Nase schlugen. Plötzlich tauchte eine Frage in meinem Kopf auf. Für die aber kein Platz war, eine Frage, die mit dir zu tun hatte, Ed. *Du kannst mir alles sagen,* hatte Al gerade gesagt, und jetzt wartete er darauf, dass ich antwortete, während er völlig grundlos den beleuchteten Ofen aufmachte, um nach dem Essen zu sehen, dabei warteten Lamm und Spargel schon fix und fertig auf ihren Einsatz. Aber ich konnte die Frage nicht stellen. Ich war nicht wie diese japanischen Regisseure, die sich viel, viel Zeit nehmen für jede Einstellung, die eine Blume zeigten, einen Tropfen Wasser auf einer glatten schwarzen Tischplatte, ein vom Mond beleuchtetes Spinnennetz, das nichts mit dem Plot des Films zu tun hat – das Bild ist aus dem einzigen Grund da, dass es dem Regisseur gefiel, und zwar genau deswegen gefiel, weil es nicht hineinpasste. Meine Frage gehörte nicht in Als Küche, wo mein treuer Freund sich gerade die Hände an dem Geschirrtuch abwischte, das er sich wie immer in den Hosenbund geklemmt hatte, und so sah ich einfach auf seine Schuhe, schloss die Augen, so als lauschte ich verzückt der Musik, bis Al mich fragte, ob alles in Ordnung sei mit mir, und ich öffnete die Augen und strahlte strahlte strahlte ihn an, doch, natürlich, alles okay. Dann nahmen wir uns Teller und setzten uns, um den Film anzusehen.

Ein Mädchen lernt einen Jungen kennen, Ed, und alles verändert sich, sagt sie. Sie geht die Straße hinunter, und die Schaufenster der Läden sehen gleich aus, selbst dann noch, als wir schon lange auf die Spiegelbilder der flackernden Lichter geschaut haben. Autos fahren die Straße hinunter, schnell, langsam, schnell. Das Mädchen kauft sich einen Kaffee und sagt leise zu sich selbst, der Geschmack sei anders als sonst. Der Himmel sieht traurig aus, sagte sie, doch sie selbst ist nicht traurig. Es regnet, und sie trifft den Jungen wieder. Das Telefon läutet – es ist ein anderer Tag oder vielleicht auch derselbe, wer weiß das schon, denkt das Mädchen über ihrem Kaffee, wenn die ganze Welt eine andere ist? Sie holt sich wieder Kaffee, Autos fahren vorbei, spiegeln sich in den Fenstern. Die Welt, denkt sie, hat sich verändert.

»Min, ich kapier überhaupt nichts. Was soll das mit dem Schaufenster, das sie dauernd zeigen? Wann passiert denn endlich mal was?«

»Du magst den Film nicht«, sagte ich. »Wir müssen ihn nicht weitergucken.«

»Ich hab keine Meinung dazu.«

»Al.«

»Ich kapier ihn nur einfach nicht, das ist alles.«

»*Cinéma du moment,* nennt man das. Kino des Augenblicks. Dir gefällt der Film nicht.«

»Jetzt schieb's nicht auf mich, Min. Dir gefällt er nicht, und du würdest gern ausmachen, aber du bist dir unsicher, bloß weil irgend so ein Buch, *Wenn es dunkel …*«

»*Wenn die Lichter ausgehen*. Aber das ist nicht der Grund, weswegen ich mir unsicher bin.«

»Dann aus demselben Grund wie ich. Seit vierzig Minuten sehen wir jetzt diesem französischen Mädchen zu, das durch die Straßen läuft und sich irgendwas denkt. Guck mal, jetzt kommen wieder die Autos. Bist du sicher, dass das der richtige Film ist?«

»Zwei Paar Schuhe.«

»Ich kapier ihn nicht.«

»Du magst ihn nicht.«

»Ich hab keine Meinung dazu.«

Ich machte ihn aus, diesen bescheuerten Film. So waren wir, Ed – Al und ich. Du hast das nie verstanden, und ich hab dir auch nie davon erzählt. *Ein altes Ehepaar,* hat seine Mom uns mal genannt und nur gelacht, als Al antwortete: »Du musst es ja wissen, Mamma.« Ich hab ihm zugesehen (auch das habe ich dir nie erzählt, Ed), wie er die Teller aufeinandergestellt, die Musik wieder angemacht und mir noch ein Glas von diesem Zitronenzeug gemacht hat. Gleich stand meine Frage wieder im Raum, die Luft knisterte vor Spannung, obwohl Al gar nichts davon wusste. Ich weiß selbst nicht, wo diese Frage plötzlich herkam. In diesen Broschüren, die sie uns ständig hinterherwerfen, steht immer, redet mit euren Eltern, mit einem Priester, mit einem Lehrer, zu dem ihr Vertrauen habt, oder einem Freund. Aber für mich ist niemand auf der Liste akzeptabel, Eltern sind Teil des Problems, ein Lehrer würde bloß sagen *Es gibt Themen, über die darf ich nicht mit dir reden,* und die meisten Freunde würden es sofort begeistert ihren anderen Freunden weitersagen, so wie ein Priester es an Gott weitertratscht. Das heißt, du bist allein, und es bleibt nur ein einziger Mensch, mein Freund Al, bei dem ich mein Problem abladen kann. Also lädst du es bei ihm ab, es ist unfair, ich weiß, und auch peinlich, aus keinem anderen Grund als dem, der dich überhaupt dazu bringt, diese Frage zu stellen, und so habe ich meinen Freund Al gefragt (blöd, ich weiß), ob ich ihn etwas fragen kann.

»Klar.« Dabei klapperten die Teller.

»Es ist ziemlich persönlich.«

Er stellte das Wasser ab und sah mich von der Tür aus an, das Geschirrtuch über der Schulter. »Okay.«

»Ich meine, es geht nicht um meine Periode oder darum, dass ich von meinen Eltern geschlagen würde, aber persönlich ist es schon.«

»Oje, ja, das ist echt hart, wenn deine Eltern dich schlagen und du gerade deine Periode hast.«

»Al.«

»Min.«

»Es geht um Sex.«

Im Haus wurde es still, so still wie in jedem Raum, sobald das Wort Sex fällt, sogar die Jazzmusiker beugten sich vor, in der Hoffnung, durch die Lautsprecher etwas zu erlauschen, während sie weiterspielten.

»Bier«, sagte Al, offenbar selbst überrascht von seinem Entschluss. »Ich brauch jetzt eins, willst du auch? Meine Eltern haben ein paar Flaschen Scarpia's, die merken das gar nicht.«

»*Al,* du kennst mich doch. Ich und Bier!«

»Ich kenne dich, klar.« Er lehnte sich zum offenen Kühlschrank hinüber, griff sich eine Flasche, öffnete sie mit dem Handtuch und warf den Kronkorken ins Spülbecken – was sonst so gar nicht seine Art ist. Dann trank er einen großen Schluck.

»Wenn du nicht darüber reden magst«, sagte ich.

»Schon okay«, sagte er und setzte sich neben mich aufs Sofa. Das Scarpia's sprudelte, die Band spielte immer weiter.

»Ich hab sonst niemanden, den ich fragen kann.«

»Okay.«

»Wirklich nicht. Und wir sind doch Freunde.«

»Ja«, sagte er und trank noch einen Schluck.

»Also raste jetzt bitte nicht aus!«

»Okay.«

»Bestimmt nicht?«

»Okay, hab ich gesagt.«

»Irgendwen muss ich nämlich fragen.«

»Min, das hier kommt mir langsam vor wie dieser Film eben. Du sagst ununterbrochen dasselbe. Frag einfach, was du –«

»Bin ich«, fragte ich, »ist es okay, wenn man keine Jungfrau mehr ist?«

Al setzte sich kerzengerade auf und stellte das Bier auf dem Couchtisch ab. »Soll das heißen, du –?«

»Nein«, sagte ich, »ich bin's. Noch.«

»Das wäre nämlich ziemlich schnell.«

»Okay«, sagte ich. »Vielleicht hast du meine Frage damit schon beantwortet.«

»Min, ich meine ja nur.«

»Nein, nein, du hast ja recht.«

»Es sind doch erst ein paar *Wochen*, oder?«

»Ja. Aber ich hab ja auch nicht. Ehrlich. Also du würdest denken –«

»Ich würde das nicht bewerten, Min.«

»Sag das nicht. Eben hast du noch *schnell* gesagt.«

»Wär's ja auch.«

»Schnell ist eine Bewertung.«

»Nein, Min.« Al trank sein Bier leer, starrte aber weiter auf die Flasche. »Schnell ist ein Adjektiv.«

Wir sahen einander mit einem kleinen Lächeln an. »Was ich fragen will, ist wahrscheinlich –«

»Ich glaube, ich weiß, was du fragen willst, Min. Aber ich weiß nicht, Min.«

»Ob es okay ist, das meine ich.«

»Ob es okay ist, nicht mehr Jungfrau zu sein, *ja*. Die meisten Menschen sind es nicht mehr. Sonst gäbe es ja überhaupt keine Menschen.«

Ich zappelte mit dem Bein auf dem Sofa. Um diese Menschen ging es mir ja gar nicht, dachte ich, mir ging es nur um dich. »Wie findest du das denn?«, fragte ich. »Das will ich doch wissen. Du bist doch ein Junge.«

»Ja.«

»Also weißt du doch auch, wie du darüber denkst. Wenn ein Mädchen, du weißt schon, in einem Auto oder in einem Park mit jemandem rummacht.«

»Jesses, Min. Was für einem Park denn?«

»Nein, nein, nur so als Beispiel. Falls.«

»Okay, dann also: In was für einem Auto? Nämlich wenn es der neue M-3 –«

Ich knallte ihm ein Kissen an den Kopf. »Wie denken die Leute darüber?«

»Die Leute?«, fragte Al.

»*Al.* Irgendwelche Leute. Du weißt doch, was ich meine!«

»Unterschiedliche Leute denken unterschiedliche Dinge.«

»Ich weiß, aber – sagen wir mal, Jungs.«

»Manche Jungs fänden es gut, denke ich mal. Ich meine – logisch. *Sexy* würden sie es ja wohl finden, oder? Andere würden Schlimmeres denken. Und wieder andere würden vermutlich noch was anderes denken, vermute ich. Keine Ahnung, Min, das ist doch Blödsinn. Ich hab keine Meinung dazu.«

»Gar nicht blöd«, sagte ich. »Nicht für mich. Al. Was ich die ganze Zeit zu fragen versuche: Was ist mit dir?«

Al stand auf, so leise und vorsichtig, als wäre er voller Glassplitter. Oder als hielte er ein Baby. Ich war so dumm, blöd und bescheuert. Ich bin bescheuert, Ed, und das ist auch ein Grund, weswegen es aus ist mit uns. »Was soll mit mir sein?«, fragte er.

»Was du meinst, will ich wissen«, sagte ich, »und sag jetzt nicht, du hast keine Meinung.«

Al sah sich im Zimmer um. Die Musik wartete. »Ich glaube, Min, was ich meine, ist das: Wenn ich an Sex denke, dann möchte ich, dass es sich gut anfühlt. Nicht gut, sondern richtig. Dass man nicht nur rumvögelt, sondern glücklich dabei ist. Ich meine, man sollte es nicht nur tun, um es zu tun. Du solltest den Typen schon lieben.«

»Das tu ich«, sagte ich leise, »ich liebe den Typen.«

Einen Moment lang stand Al ganz still. Dann seufzte er ganz, ganz leise, etwa so, wie ein Keks zerkrümelt. »Das soll sich jetzt nicht anhören wie dieser Film, den wir uns ansehen mussten«, sagte er, »aber woher weißt du, Min, dass du nicht bloß …«

»Ich weiß, was du von ihm denkst«, sagte ich, »aber so ist er nicht.«

Al schüttelte heftig den Kopf. »Ich hab keine Meinung zu ihm. Ich wüsste nur gern, Min – wenn du darüber sprechen willst. Du hast gesagt, du liebst ihn.«

»Ja.«

»Und das hast du ihm gesagt?«

»Ich glaube, das weiß er.«

»Das heißt, du hast ihm nichts gesagt. Und er – hat er was gesagt?«

»Al – nein!«

»Aber wie kannst du dann, ich meine, woher weißt du dann, dass er …«

Ich hab's ihm erzählt. Dir habe ich nichts davon gesagt, aber ich habe Al von unserem Plan erzählt, von dem, was wir für unseren Star vorhatten. Ich hatte weder das Kochbuch dabei noch die Lobby Card, aber er hat sich alles angehört – angefangen bei dem geklauten Zucker über den Mantel, den ich dir gekauft hatte, bis hin zu den genialen Rezepten für die Geburtstagsparty. Al wollte nicht, dass ihm die Idee gefiel, er wollte nicht davon mitgerissen werden, aber er kam nicht dagegen an.

»Ich bin sicher, ich weiß, wo wir diese Eierdinger her bekommen könnten«, sagte er.

»Ich weiß, bei *Vintage Kitchen*«, sagte ich. »Daran habe ich auch schon gedacht. Was meinst du, wie viele man für so einen Iglu braucht?«

»Kann sein, dass es teuer wird«, sagte Al. »Du müsstest mir

das Rezept zeigen. Ich fass es nicht, dass du Ed Slaterton zu *Alles Tipptopp* mitgenommen hast. Ist denn nichts mehr heilig?«

»Wenn du nichts dagegen hättest, morgens so früh aufzustehen.«

»Jetzt schieb es nicht mir in die Schuhe. Wann genau soll diese Party noch mal stattfinden?«

»Am fünften Dezember, weil – kann ich dir das auch erzählen, Al? – das zufällig auch unser zweimonatiges Jubiläum ist, also Eds und meins.«

Al sah mich wieder an. »Davon hast du hoffentlich auch nichts gesagt, oder? Sag jetzt bitte Nein. So viel kann ich dir nämlich definitiv über Jungs verraten: Sie – *wir* – wollen so was nicht hören, jedenfalls nicht zu früh, zu schnell. Ein zweimonatiges Jubiläum – kein Wort darüber zu einem Jungen.«

»Ich hab's ihm gesagt, und er findet es toll.« *Zu blöd!*

Al sah mich lange an. »Muss wohl Liebe sein.«

»Muss wohl«, sagte ich. »Aber jetzt sag schon, Al, was meinst du?«

»Ich meine, dass ich die Party auf keinen Fall verpassen möchte. Glaubst du, sie kommt auch wirklich? Ich meine, *wenn* sie's ist. Vermutlich ist sie …«

»Wenn wir sie richtig einladen«, sagte ich, »und wenn sie's wirklich ist. Das Problem ist nur, Al: Es gibt bloß eine Möglichkeit, wie wir an diesen Pensieri kommen, Al. Nämlich über dich.«

»Was?«

»Für die Kekse. Ihr habt den doch garantiert im Laden, oder? Wie alles, was extravagant ist und aus Italien kommt.«

»Das heißt, alles an diesen Zuckerklau-Dingern muss geklaut sein, richtig?«

»Na ja …«

»Es ist nämlich völlig ausgeschlossen, dass mein Dad uns eine Flasche von dem Zeug gibt. Das ist aus irgendwelchen seltenen Babypflaumen und kostet über siebzig Dollar.«

»Hast du es mal probiert?«

»Wenn ich es je probiert hätte, Min«, sagte Al mit einem sanften Seufzen, »dann mit dir. Du bist die Einzige.«

»Das heißt, du besorgst mir das Zeug? Uns?«

Al sah auf seine Uhr. »Jetzt wäre eigentlich ein günstiger Moment. Wir können den Lieferwagen nehmen, ich hab die Schlüssel.«

»Kriegst du auch keinen Ärger?«

»Nee – ich mach jetzt immer die Inventur bei uns. Die merken das nie, kein Mensch kauft das Zeug.«

»Danke, Al.«

»Klar doch.«

»Nein«, sagte ich. »Ich meine es ganz wirklich: Danke! Für heute Abend, für alles.«

Al stieß wieder diesen speziellen Seufzer aus. »Wozu ist Freundschaft sonst gut?«

Ed, ich will dir sagen, wozu Freundschaft gut ist, denn wir beide, wir waren nie Freunde. Um zusammen loszubrausen in den späten Abend, dazu ist sie gut, bei heruntergelassenen Fenstern, die ausgeregnete Luft in den Gesichtern auf dem ganzen Weg bis zum Laden. Die guten Gespräche unterwegs und das Schweigen, als wir ankamen. Unser Scheingefecht (während wir in den Laden schlichen) darüber, welcher Film über Diebe der beste ist, und unser Jubel, als wir endlich die richtige Antwort hatten: *Kätzchen Kitty und die Katzenbande,* den wir in der zweiten Klasse zusammen gesehen und nie vergessen hatten, weder das grausam schlecht animierte Cape von Kätzchen Kitty noch die britische Aussprache des Bösewichts Doghouse Wiley, noch den Titelsong *Kitty-Katz, Kitty-Katz, mit dem weißen Latz, mit Umhang, Stiefeln, Federhut, auf Gangsterjagd, das macht sie gut*, den wir in den dunklen Gängen sangen, über den Schatten der seltsamen Flaschen im Regal, der importierten Behälter mit Öl und eingelegten Antipasti und so, der hochhausgroßen Pastaschachteln. Über uns baumelten Salami wie kopfüber an Balken hängende Fledermäuse, die grün-weiß-roten Neonstreifen der Uhr beleuchteten ein großes, verblichenes Babyfoto von Al an der Wand. Ich will dir sagen, wozu Freundschaft gut ist, Ed: Dafür, wie Al die Trittleiter herunterkam, sich so weit zu mir herüberbeugte, dass ich eine Sekunde lang glaubte, fürchtete, er würde mich küssen, und mir die kalte, eingestaubte Flasche in die Hand drückte.

»Danke, danke, danke.«

Er winkte ab, doch dann sagte er: »Kann ich dich was fragen?«

»Klar. Guck dir doch bloß mal dieses Etikett an!«

»Min, wieso haben wir früher nie so geredet?«

»Wie meinst du das?«

»Na ja, du warst ich weiß nicht wie lange mit Joe zusammen, und du hast mich nie gefragt, was Jungs über irgendwas denken.«

»Aber Joe war ja auch wie du. Wie wir.«

»Nein, das war er nicht. Auf jeden Fall nicht wie ich.«

»Ich dachte, du mochtest ihn.«

Al stellte die Leiter weg. »Min – Joe war ein manipulativer Idiot.«

»Wie bitte?«

»Genau.«

»Aber du hast mir nie …«

»Jetzt kann ich's dir ja sagen.«

»Du hast gesagt, du hast keine Meinung zu ihm. Als wir Schluss gemacht haben, da hast du das gesagt.«

»Ich weiß, was ich gesagt hab.«

»Weißt du dann auch, was du heute sagst? Ich hab dich heute Abend etwas gefragt, und jetzt weiß ich nicht, ob ich mich auf das verlassen kann, was du geantwortet hast.«

»Was?«

»Hör auf mit deinem dauernden *Was*!«, sagte ich. »Al, ich will wissen, was du von meinem Freund hältst. Und komm mir jetzt nicht damit, du hättest keine Meinung.«

»Dann frag mich auch nicht. Ich kenne ihn nämlich nicht.«

»Lüg mich nicht an. Du kannst ihn nicht leiden.«

»Ich kenne ihn nicht.«

»Weil er das Poster runtergerissen hat, deswegen, stimmt's? Mensch, Al, das war doch nur ein Poster, weiter nichts.«

»Min.«

»Oder die Sache mit der Jukebox im Käsestübchen, aber das kannst du ihm wirklich nicht vorwerfen, ihr wart nämlich – Lauren vor allem – richtig …«

»Min, *nein*.«

»Was dann?«

»Was was?«

»Was hältst du von ihm?«, fragte ich mit fester Stimme.

»Frag mich nicht.«

»Ich frag dich aber.«

Ich hab dir nie erzählt, Ed, was er gesagt hat. Er hat nicht gesagt, er habe keine Meinung. Er hatte eine.

Im selben Moment war der Abend gelaufen. Ich hab dir nie davon erzählt, und jetzt krieg ich's kaum noch auf die Reihe – wie ich getobt und dabei einen der Ständer mit Ware umgeworfen habe, wie Al auf einmal stur blieb, so wie er das manchmal ist, wenn er auf einmal beschließt, dass er dieses Mal – Dieses! Eine! Mal! – nicht nachgeben wird. Wie ich im Bus geheult habe, als ich merkte, dass der verdammte Bus auch noch der verkehrte war. Wie Al mir über den Parkplatz hinterhergebrüllt hat, ich solle mich nicht so blöd anstellen. Wie ich, blöd wie ich bin, türenknallend zu Hause reinkam und damit meine Mutter weckte. Wie Al, stumm vor Wut, bei offener Tür im jetzt beleuchteten Laden stand, um das Durcheinander wieder zu beseitigen. Nichts war wie in einem Film, nichts so, wie es mir gefällt. Wie ich meine blöde Mutter angeschrien habe, ich sei bei Al gewesen, aber darüber müsse sie sich nicht den verdammten Kopf zerbrechen, denn das sei das allerletzte Mal gewesen. Wie ich dann geschlafen habe. Und wieder geweint. Mich irgendwann ausgezogen und die Flasche erst vorsichtig in die Schublade gelegt habe, wo sie aber nicht reinpasste, weswegen ich den Karton aus dem Keller brauchte. Wie ich meiner Mutter heulend »Nichts!« zugebrüllt, die Kellertür zugeknallt und mir die Nase geputzt habe. Von alldem habe ich dir nie was erzählt. Wie ich den Inhalt der Schublade in den Karton geleert und dabei laut vor mich hin geschimpft habe. Dann wieder schlafen, wieder weinen, schlecht träumen. Und schließlich war Morgen, mein Telefon klingelte, und du warst dran, Ed.

»Min, ich hab schon mal versucht, dich anzurufen.«

»Was?«

»Gestern Abend. Aber ich – du bist nicht drangegangen, und irgendwann hab ich aufgelegt.«

»Ich war bei einem Freund.«

»Oh.«

Ich seufzte. »Oder vielleicht …«

»Joan ist heute nicht da.« Deine Stimme klang rau. »Sie bleibt den ganzen Tag weg, und meine Mom ist im Sanatorium. Kannst du rüberkommen? Ich will mit dir reden.«

Ich schwöre, ich stand schon bei dir in der Tür und sah dich an, bevor ich überhaupt aufgelegt hatte. Wie ein Wrack sahst du aus, unausgeschlafen, mit wütenden Augen. Ich stellte den Pensieri auf den Tisch, aber du hast ihn nicht einmal angesehen. Stattdessen hast du verschwitzt deine Runden gedreht, so als wärst du auf dem Spielfeld – Küche, Flur, Wohnzimmer, Küche. Es machte mich wahnsinnig, dich so zu sehen, jeder kurze Blick von dir eine Antwort, das Gegenargument, das ich brauchte – gegen Al, gegen meine Mutter, gegen die ganze Welt, all die Lügner, alle und jeden.

»Hör mal«, sagtest du, »ich wollte dir sagen, dass es mir leidtut, was Joan da gemacht hat. Ich war sprachlos, als ich aufwachte und du weg warst.«

Das hatte ich schon fast vergessen, mehr oder weniger jedenfalls. »Schon okay.«

Du hast mit der Hand gegen ein Bücherregal geschlagen. »Nein, das ist es nicht. Das hätte sie nicht tun dürfen, beschissen war das.«

»Ist schon in Ordnung, ihr hattet doch diese Familiensache.«

»Ha!«, machtest du, und ich musste einfach kichern. Du hast

mich überrascht angegrinst und es gleich noch einmal gesagt: »Ha!«

»Ha!«

»Ha! Willst du wissen, was Joan unter einer Familiensache versteht? Das heißt nichts weiter, als dass sie mit mir reden will. Dafür schickt sie meine Freunde weg. Ein Scheiß ist das, so eine Familiensache. Von meiner Mom hat sie das, aber bei ihr läuft das nicht, sie ist schließlich nicht meine Mom.« Aus irgendeinem Grund gucktest du auf einmal ganz ängstlich, diesen Blick kannte ich vom Training – wenn der Coach pfiff und du dachtest, du könntest Mist gebaut haben und Ärger kriegen.

»Schon okay«, sagte ich.

»Sie hätte ja wohl warten und später mit mir reden können. Aber das ging natürlich nicht, heute ist sie nämlich den ganzen Tag unterwegs. Mit *Andrea!* Aber *meine* Freundin, die schmeißt sie einfach mal raus, weil wir reden müssen, und zwar sofort!«

»Und worüber wollte sie mit dir reden?«

Du hast aufgehört herumzutigern und hast dich ganz plötzlich auf einen Stuhl in der Ecke fallen lassen. Dann bist du wieder aufgestanden, und das sah schon fast komisch aus, wie in einem Film mit Piko & Sohn, nur dass du mit niemandem den Hut getauscht hast. »Hör zu«, sagtest du, »ich möchte dir was sagen.«

»Okay.« Es konnte jetzt nur um deine Mutter gehen, entschied ich und lag damit wieder einmal daneben, Ed, so wie immer, blöd wie ich bin.

»Sie wollte sagen, ich würde dich … wir würden zu schnell voranpreschen. Du hast ihr von dieser Filmstargeschichte erzählt, und sie weiß, dass ich nicht so bin. Mit … mit den anderen Mädchen, mit denen ich sonst zusammen bin, also war, ich meine früher, das sei eine Sache, aber du seist so klug und, was weiß ich, *unerfahren*, hat sie gesagt, aber so hat sie das nicht gemeint, verstehst du?«

»Ja«, sagte ich, und der Magen hing mir bis zum Boden. Du lässt mich fallen, bloß weil deine Schwester das sagt?

»Okay, ich weiß, was sie sagen will, aber sie hat keine Ahnung, Min. Sie ist so ..., alle sind sie so dumm. Auch Christian und Todd, alle reden sie blödes Zeug. Du kämst aus einer anderen Welt, so als wärst du mit einem Raumschiff hier gelandet.«

Ich musste irgendwas sagen. »Ja«, sagte ich. »Und deshalb ...?«

»Deshalb können sie mich alle mal«, sagtest du. »Das kümmert mich einen Scheiß, was die sagen.«

Ich spürte ein Lächeln in meinem Gesicht. Ein Lächeln und Tränen.

»Min, ich weiß, dass ich dumm bin, was schwule Filme angeht, oh, Scheiße, tut mir leid, was das angeht auch. Nichts für ungut! Ha! Aber ich bin fest entschlossen, Min. Zu jeder Party, auf die du Lust hast. Keine Lagerfeuer mehr. Was immer du vorhast zu diesem neunundachtzigsten Geburtstag, ich mach mit, auch wenn ich den Namen dieser Frau nicht mehr weiß.«

»Lottie Carson.« Ich trat dicht an dich heran, aber du wehrtest ab, du warst noch nicht fertig.

»Sie werden sich das Maul zerreißen, glaubst du nicht? Ich weiß es, natürlich werden sie das. Deine Freunde doch auch, oder?«

»Ja«, sagte ich. Etwas in mir kochte, vor Wut oder vor irgendetwas anderem. Ich lief neben dir auf und ab und wartete nur darauf, dir in die wild gestikulierenden Arme zu fallen.

»Ja«, sagtest du mit einem breiten Grinsen. »Lass uns zusammenbleiben. Ich will bei dir sein. Sag Ja! Ja?«

»Ja.«

»Mir ist das nämlich alles egal – ob du Jungfrau bist, ob du anders bist oder der künstlerisch angehauchte Typ, ob du schräge Partys mit ungenießbarem Kuchen magst oder essbare Iglus. Hauptsache zusammen, Min.«

»Ja.«

»Obwohl alle sagen, genau das sei falsch.«

»Ja!«

»Denn, Min, hör mir jetzt zu: Ich liebe dich.«

Ich starrte dich mit offenem Mund an.

»Nein, du musst jetzt nichts … ich weiß, es ist verrückt, Joan findet mich völlig durchgeknallt, aber …«

»Ich liebe dich auch«, sagte ich.

»Du musst das nicht …«

»Aber ich wollte es, schon so lange«, sagte ich. »Aber wenn alle sagen …«

»Genau. Geht mir genauso. Aber ich meine es ernst.«

»Mir ist es auch egal, was die anderen über uns sagen, kein Wort interessiert mich davon.«

»Ich liebe dich«, sagtest du wieder, und damit hast du aufgehört zu reden, und wir sind auf dem Sofa übereinander hergefallen, lachend, hungrig, in einem langen, verzweifelten Kuss, und nach einer Weile rutschten wir auf den Boden, der ohne die Polster – autsch! – furchtbar hart war, und mussten wieder lachen. Wir haben uns weiter geküsst, aber unbequem war es schon auf dem Boden.

»Was ist mit den Polstern passiert?«

»Auch Joans Werk«, sagtest du. »Aber scheiß drauf, und scheiß auf Joan.«

Ich musste lachen.

»Was möchtest du jetzt machen, Min?«

»Den Pensieri probieren.«

Du hast mich überrascht angesehen. »Was?«

»Den Likör. Den für die Kekse«, sagte ich. »Ich hab ihn. Und ich möchte ihn probieren.« Ich hoffte, du würdest fragen, wo ich ihn herhatte, aber da kam nichts, und so habe ich dir nie davon erzählt.

»Den Likör für die Kekse«, sagtest du nur. »Okay, ja. Wo hast du ihn?«

Ich holte ihn, ohne Gläser, drehte nur am Verschluss, bis der fremdartige, satte Geschmack mir ins Gesicht schlug, ein bisschen wie Wein, aber mit etwas anderem vermischt, Kräutern oder Mineralien, ganz merkwürdig und irgendwie benebelnd. »Du zuerst«, sagte ich und hielt dir die Flasche hin. Erst hast du skeptisch in die Flasche geguckt, dann hast du mich angelächelt, einen langen Schluck getrunken und ihn sofort ausgespuckt, sodass dir alles übers T-Shirt lief.

»Teufel auch!«, hast du gebrüllt. »Was ist denn *das* für ein Zeug? Als ob jemand eine Gewürzfeige zermatscht hätte, so schmeckt das. Was ist denn da drin?«

Vor Lachen konnte ich nicht antworten. Du hast dir mit einem Grinsen das T-Shirt über den Kopf gezogen. »Nicht mal anfassen will ich das Zeug! Teufel auch, meine Jeans hat auch was abbekommen!« Du hast versucht, mir etwas direkt in meinen kreischenden Mund zu gießen, und natürlich lief einiges auf mein Top. Ich schnappte mir die Flasche und fuchtelte mit dem

Pensieri herum, als wäre er eine Handgranate, während du dich lächelnd daranmachtest, deine Jeans auszuziehen. Inzwischen war der klebrige Likör auf die Haut durchgesickert, also stellte ich die Flasche ab und zog mir mein Top aus, *ratsch,* ohne es erst aufzuknöpfen, und ein Knopf kullerte unter den Fernseher. Nur im BH und heftig atmend stand ich da und sah dir lachend zu, wie du dich abmühtest, ganz aus deinen Jeans zu gelangen. Ich habe *Ruf der Wildnis* auf der Kinoleinwand gesehen, Ed, und ich habe eine restaurierte Kopie von *Akrobaten* gesehen, aber nie habe ich etwas Schöneres gesehen als dich, wie du in eurem Wohnzimmer vor mir standest, erst wie ein kleiner Junge in der Unterhose, dann ganz nackt, mit einer langen Spur Pensieri auf der Brust, wie du mich vor Aufregung laut lachend angeschaut hast. Dieses schöne Bild habe ich tief in mir aufbewahrt, noch Stunden später sah ich es vor mir, als ich auf dem Weg nach Hause war, den Pensieri in der Tasche des Mantels, den ich dir gekauft hatte und den du mir zurückgegeben hattest, weil es draußen so kalt und ungemütlich geworden war. Fest eingewickelt in dieses Teil, das du nie mehr tragen solltest und das ich bis oben zugeknöpft hatte, damit man mein ruiniertes Top nicht sah, dachte ich auf dem ganzen Nachhauseweg nur an dein nacktes lachendes Gesicht. Nichts anderes kam auch nur nahe daran. Nicht einmal das, was du später mit mir gemacht hast, erhitzt und außer Atem, aber unbefangen, nachdem ich deine nächste Frage beantwortet hatte; so behutsam warst du mit deinen Fingern und deinem warmen Mund, der so nah war, dass ich nicht hätte sagen können, wo ich aufhörte und du anfingst, kein anderer Junge hätte das je bei mir geschafft, weil kein anderer mich je so süß und begeistert um Hilfe gebeten hat, und so unglaublich und atemberaubend das auch war – nicht einmal das konnte den Anblick toppen, wie du da lachend vor mir gestanden hast. Ich hab dir das nie erzählt, nicht einmal, nachdem ich *Ich liebe dich* zu dir gesagt hatte, so viele Male, immer wieder, den ganzen Tag lang, nie habe ich dir gesagt, wie schön es damals mit dir war, auch wenn alle Welt uns genau davor warnte, nie habe ich dir das gesagt, es war einfach zu gewaltig, um Worte dafür zu finden, bis jetzt, wo ich unter Tränen bei *Leopardi* sitze, mit meinem wiedergewonnenen Freund. Jetzt ist es etwas, das ich im Licht jenes wundervollen Morgens staunend betrachten kann, mit einem Lächeln für dich und für mich.

»Und nun, Min«, hast du mich – noch immer kurzatmig – gefragt, »was möchtest du jetzt tun?«, und bei dem Gedanken daran, was ich dir geantwortet habe, werde ich noch heute rot.

Perfekt
PERFEKT – DAS WAR EINMAL

Unauslöschlich ist das Wort, das sie in dem Buch immer benutzen, in *Wenn die Lichter ausgehen: Eine kurze illustrierte Geschichte des Films,* unauslöschliche Bilder, der Ausdruck kommt ständig vor. Die Messingmaske des Herrschers in *Reich der Rache,* die mit dem Gesicht nach oben im Wasserstrudel treibt, bevor sie langsam in der schwarzen Tiefe versinkt. Oder Patricia Ocampos trauriger, verächtlicher Blick in *Die letzten Tage von El Paso,* als die Postkutsche sich in Bewegung setzt. Oder Paolo Arnold, der die Sphinx aus dem Gestein meißelt und wütende Schreie gen Himmel richtet. Auch Bette Madsens Beine gelten als unauslöschliches Bild, vor allem der Spagat, den sie in diesen unglaublichen Strümpfen in *Zum Brüllen komisch!* hinlegt, ebenso die Kinder in *Der Körper ist eine Maschine (Le corps est une machine),* die unbekümmert spielen, während auf der anderen Seite des Zauns der Mörder verblutet, die fliegenden Untertassen in *Die Fliegenden Untertassen,* auch sie unauslöschlich. Was nichts weiter heißen soll, als dass einem die Bilder im Kopf bleiben. Bisher kannte ich den Ausdruck nur im Zusammenhang mit Tinte.

Ich hab so ein inneres Bild von mir, aus der leeren Konzertmuschel in den Bluebell Gardens, ich sehe mich vor mir, in Jeans und dem grünen Top, das dir angeblich gefällt, das du aber heute vermutlich nicht unter anderen Tops herausfinden könntest, dazu meine schwarzen China-Schläppchen, die mir fast von den Füßen fallen, der Pullover, den ich mir lässig um die Hüften gebunden habe, weil mir vom langen Fußweg von der Bushaltestelle so heiß geworden ist, und der schon auf Halbmast hängt. Ich sitze genau da, wo sie am Nationalfeiertag immer die Märsche spielen und wo Folk-Sänger, die vor ewigen Zeiten mal cool waren, gegen Ungerechtigkeit singen, wo aber außerhalb der Saison nichts zu sehen ist als kalter grauer Beton, altes Laub und ab und an mal ein aufgeregt vorbeihuschendes Eichhörnchen. Da habe ich gesessen, mit V-förmig ausgestreckten Beinen, und die Pistazien gefuttert, die deine Schwester gewürzt und für dich in diese elegante Blechdose gefüllt hat. Dieses Bild wird nie verblassen. Es ist nichts, was ich gesehen habe – nichts, was ich auf irgendeine Weise hätte sehen können –, denn wir waren zusammen da, aber wenn ich dieses Bild vor mir sehe, bist du nie mit darin. In diesem unauslöschlichen Bild sitze ich allein da, esse Pistazien und reihe die leeren Schalen in perfekten Halbkreisen auf, die immer kleiner werden, wie Klammern in Klammern. Wirklich, denn du warst die ganze Zeit damit beschäftigt, nachzusehen, ob Stromanschlüsse da waren.

»Hier«, hast du glücklich hinter einem Stapel von Plastikplanen gerufen. »Eine ganze Reihe von Steckdosen gibt's hier.«

»Und ist auch Strom drauf?«

»Soll ich vielleicht die Finger reinstecken? Bestimmt ist Strom drauf. Wer sollte den denn abschalten? Genug für Beleuchtung und Musik. Joans alter Ghettoblaster müsste uns reichen. Der ist hässlich, aber laut.«

»Und was für Licht?«

»Wir haben Lichterketten, für Weihnachten, die sind auf unserem chaotischen Dachboden nur immer so schlecht zu finden. Kommt man an eure besser dran?«

Ich sah ihn an und wartete.

»Oh – stimmt ja.«

»Eben.«

»Ihr feiert kein Weihnachten.«

»Wir feiern kein Weihnachten.«

»Aber vielleicht Chanukkah-Lichter«, hast du gefragt und warst mit ein paar großen Schritten bei mir. »So was gibt's. Ich meine, Chanukkah ist doch das Lichterfest, oder?«

»Woher weißt du das?«

»Nachgelesen. Ich interessiere mich für jüdische Gebräuche.«

»Mach mal halblang!«

»Annette hat's mir gesagt«, hast du zugegeben und dabei mit gerunzelter Stirn eine Pistazie geknackt. »Aber die hat es irgendwo gelesen.«

»Also, wir haben keine. Aber ich kann dir helfen, sie auf eurem Dachboden zu suchen. Allzu weihnachtlich sind sie hoffentlich nicht, oder?«

»Ein paar weiße sind auch dabei.«

»Perfekt«, sagte ich und streckte meine Beine länger aus. Du schautest auf mich runter und kautest zufrieden.

»Wirklich?«

»Ja.«

»Aber du hast gelacht.«

»Ich hab nicht gelacht!«

»Aber dran gedacht hast du nicht«, sagtest du und machtest ein paar Bewegungen auf der Bühne, athletisch und hübsch anzusehen. Der Ort passte einfach perfekt, Bluebell Gardens, schon ein bisschen zerfallen, aber total idyllisch, so wie *Küsse am Bühneneingang* oder *Und nun die Trompeten*. Unten im Publikumsbereich standen Stühle, es gab eine Tanzfläche und auch ein Podium, auf dem wir das Essen aufbauen könnten. Etwas abseits der Bühne und des Sitzbereichs würden, ernst und stumm, die wunderschönen Statuen Wache halten. Soldaten und Politiker, Komponisten und irische Einwanderer stehen ringsherum. Manche zornig zu Pferde, andere stolz, mit einem Stab in der Hand. Eine Schildkröte mit einer Weltkugel auf dem Rücken und auch ein paar moderne Sachen – ein großes schwarzes Dreieck, drei übereinandergestellte geometrische Figuren, die nachts sicher ganz schön gruselig wirken. Ein Indianerhäuptling, Krankenschwestern aus dem Bürgerkrieg, ein Mann, der irgendwas entdeckt hat, man weiß nur nicht, was, weil die Gedenktafel von Efeu überwuchert ist, in der einen Hand hält er ein Reagenzglas, auf das die Vögel gekackt haben, in der anderen eine Art Klemmbrett. Zwei Frauen in langen Gewändern repräsentieren die Künste und die Natur, die beiden sind ein Geschenk unserer Schwesterstadt irgendwo in Norwegen. Selbst wenn wir sonst keine Gäste hätten, so wäre doch ein wunderbar glamouröses Publikum anwesend – der Kommodore, die Ballerina und der Drache, der für das Jahr des Drachen, 1916, steht. Als Kind war ich ein paarmal zum Picknick hier, aber mein Dad – ich hab seine Stimme noch im Ohr, unauslöschlich – fand es immer zu laut. Doch ohne das ganze Spektakel war es der absolut perfekte Ort für Lottie Carsons neunundachtzigsten Geburtstag.

»Ob hier abends Polizei unterwegs ist?«, überlegte ich laut.

»Nein.«

»Woher weißt du das?«

»Amy und ich waren oft hier. Sie wohnte in der Lapp Street, nur eine Straße entfernt. Von ihrer Terrasse aus konnte man die Löwen sehen.«

»Amy?«

»Amy Simon. Eine von den Sophomores. Sie ist weggezogen, ihr Vater wurde versetzt. Ein richtiges Arschloch war das, wahnsinnig streng und paranoid. Deshalb haben wir uns immer hierhergeschlichen.«

»Das heißt, ich bin nicht das erste Mädchen, das sich für dich im Park nackt ausgezogen hat?« Bei dem Gedanken musste ich lächeln. Nach und nach sammelte ich die Pistazienschalen ein und ließ sie in diese Blechdose fallen.

Einen Moment lang hast du zur Decke der Konzertmuschel hochgesehen (genial bei Regen, hattest du mir gesagt). An alles hattest du gedacht, ganz allein hattest du dir über die Party Gedanken gemacht. »Doch, bist du«, sagtest du dann. »Die Einzige. Allerdings nicht die Einzige, bei der ich's versucht habe.«

Ich lachte und warf noch mehr Schalen in die Dose. »Das kann ich dir wohl kaum übel nehmen.«

»Noch nie«, sagtest du, »noch nie ist ein Mädchen außer dir nicht ausgerastet, wenn ich ein anderes Mädchen auch nur erwähnt habe.«

»Ich bin anders, ich weiß«, sagte ich. Langsam langweilte mich dieses Thema.

»Das meine ich nicht«, hast du gesagt. »Ich meine, ich liebe dich.«

Jedes Mal, wenn du das sagtest, meintest du es auch wirklich. Es war nicht wie in einer Filmfortsetzung im Kino, bei der Hollywood einfach wieder dieselben Schauspieler anheuert und hofft, dass es noch einmal funktioniert. Es war eher wie ein Remake, bei dem ein neuer Regisseur und eine neue Mannschaft etwas von Grund auf Neues zu schaffen versuchen.

»Ich liebe dich auch.«

»Ich kann es nicht glauben, dass du das wirklich willst.«

»Was?«, fragte ich. »Dich?«

»Nein, ich meine, wie du diese Party planst. Ich schlage dir diesen Park vor, zeige ihn dir einfach nur, und du reagierst, als hätte ich irgendwas Tolles gemacht.«

»Hast du ja auch. Das hier *ist* auch toll.«

»Meine Freunde und ich, wir kaufen den Mädchen normalerweise irgendwelche blöden Sachen.«

»Ich weiß, ich hab so was schon gesehen.«

»Stoffbärchen, Süßigkeiten, sogar Zeitschriften. Du musst mir nicht sagen, dass das blöd ist, wir finden es alle bescheuert, jeder von uns, aber es ist nun mal so üblich. Und was macht ihr so? Gedichte schreiben oder so was, hab ich recht? Also, ein Gedicht schreib ich dir garantiert nicht.«

Joe hat mir tatsächlich Gedichte geschrieben. Einmal sogar ein Sonett. Die habe ich ihm alle zurückgegeben, in einem Umschlag. »Ich weiß. Aber das hier, Ed, das gefällt mir. Einfach genial.«

»Und Blumen kann ich dir auch nicht kaufen – wir haben uns ja noch nicht mal richtig gestritten.«

»Außerdem habe ich dir gesagt, du sollst mir nie Blumen kaufen«, und ich sehe dich noch vor mir, wie du da auf der Bühne standest und lächelnd die Augen verdreht hast. Und ich habe zurückgelächelt, ich Idiotin, die keine Blumen wollte, und ausgerechnet in einem Blumenladen ist uns dann alles vor die Füße gefallen, weswegen der Boden dieses Kartons voller toter Rosenblätter ist, so wie bei diesen kleinen Altären am Straßenrand, wo es einen Unfall gegeben hat.

»Müssen wir los?« Wir hatten beide geschwänzt, aber ich schrieb anschließend eine Klausur. »Ein bisschen Zeit haben wir noch.«

»Oho«, sagtest du, »was könnten meine Freundin und ich in einem Park …«

»Nichts«, unterbrach ich dich. »Erstens ist es zu kalt.«

Du hast dich zu mir runtergebeugt und mir einen längeren Kuss gegeben. »Und zweitens?«

»Ehrlich gesagt fällt mir nur der eine Grund ein.«

Deine Hände wanderten über meinen Körper. »*Soo* kalt ist es gar nicht«, hast du gesagt. »Und wir müssten ja nicht alles ausziehen.«

»Ed …«

»Ich meine, wir müssten ja nur so ein bisschen …«

Ich wand mich aus deinen Armen und sammelte die allerletzten Schalen ein. »Meine Klausur«, sagte ich.

»Okay, okay.«

»Aber danke, dass du mit mir hergekommen bist. Du hattest wirklich recht.«

»Ich hab's dir doch gesagt – der ideale Ort.«

»Also, wir haben Essen für die Party, wir haben …«

»Getränke. Trevor sagt, er besorgt alles. Aber nicht bloß Champagner, das ist zu du-weißt-schon-was, das verbotene Wort.«

»Okay. Und Trevor benimmt sich bei der Party auch nicht daneben?«

»Oh, garantiert, aber nicht völlig.«

»Okay, also Essen, Getränke, Musik, Beleuchtung. Alles außer der Gästeliste und den Einladungen.«

»Alles außer«, wiederholtest du mit einem winzigen Grinsen. Ich warf dir eine Pistazienschale an den Kopf und stand auf, um sie wieder aufzuheben. Warum, wusste ich selbst nicht, nicht in dem Moment. Es gab keinen Grund, sie aufzubewahren, so ein völlig uninteressantes Nichts, selbst jetzt sehen diese Schalen nach nichts Bedeutenderem aus. Aber von allem anderen ist nichts mehr da. Ich meine, *ich liebe dich* ist vorbei und auch dein kleiner Tanz auf der Bühne, genau wie unsere geniale Planung für die Party. Selbst von der Party, wenn wir sie je tatsächlich veranstaltet hätten, wären keine Spuren mehr übrig. Joan hätte ihre Musik zurück, die Lichterketten wären wieder auf eurem Dachboden, die Speisen wären verdaut und die Getränke ausgekotzt. Und Lottie Carson (müde von dem wundervollen Fest, aber so dankbar, dass sie uns *Liebchen* nannte) wäre sehr spät am Abend im Auto von uns nach Hause gebracht und höflich am Arm durch ihren Skulpturengarten bis zur Haustür begleitet worden. Alles wäre vorbei, unauslöschlich zwar, aber unsichtbar, vielleicht nicht wirklich alles, aber *alles außer*. Das komme in meine Schülerakte, sagte Mr. Nelson, eine Viertelstunde Verspätung bei einer Klausur, aber auch das ist vorbei, zusammen mit meinem B– für den Aufsatz, durch den ich mich wirklich nur so durchgemogelt habe, und dem Grund, weswegen ich zu spät kam: Ich war zu dir gegangen, hatte dich am Hals geküsst und meine Hand fest an deinen Körper gelegt und gemurmelt, *alles außer* fühle sich für dich anscheinend ziemlich gut an. Wir haben nicht viel gemacht, so wie du versprochen hattest, nur ein bisschen, und auch dieses bisschen ist vorbei, diese kurzen zwanzig Minuten waren im Nu verflogen. Wohin? Dorthin, wo die Schauspieler sind, wenn ein Film vorüber ist und wir blinzelnd in die Lichter über den Ausgängen starren, dorthin – wo immer das ist –, wo unsere alten Lieben sind, wenn sie mit ihren Arschlöchern von einem Dad wegziehen oder einfach wegsehen, wenn man ihnen im Schulflur über den Weg läuft. Und verflogen ist auch das Gefühl, das jenen Nachmittag so absolut perfekt machte, das damit zu tun hatte, dass du dir Gedanken über mich gemacht hattest, dass du dich an diesen Park erinnert und mich vor Mathe abgefangen hattest, um mich zu überreden, die Stunde zu schwänzen und mir etwas anzusehen, wovon ich begeistert sein würde, davon warst du überzeugt – auch das war einmal.

Aber die hier sind noch da, Ed. Sieh sie dir an, die einmal so leicht waren und mir jetzt so schwer auf dem Herzen liegen, wenn ich die Dose öffne und sie schüttle mit diesen Händen, die schon wehtun vom vielen Schreiben. Unauslöschlich sind sie geworden, Ed, weil alles andere verschwunden ist. Also nimm du sie nun. Behalte sie, vielleicht geht es mir ja dann besser.

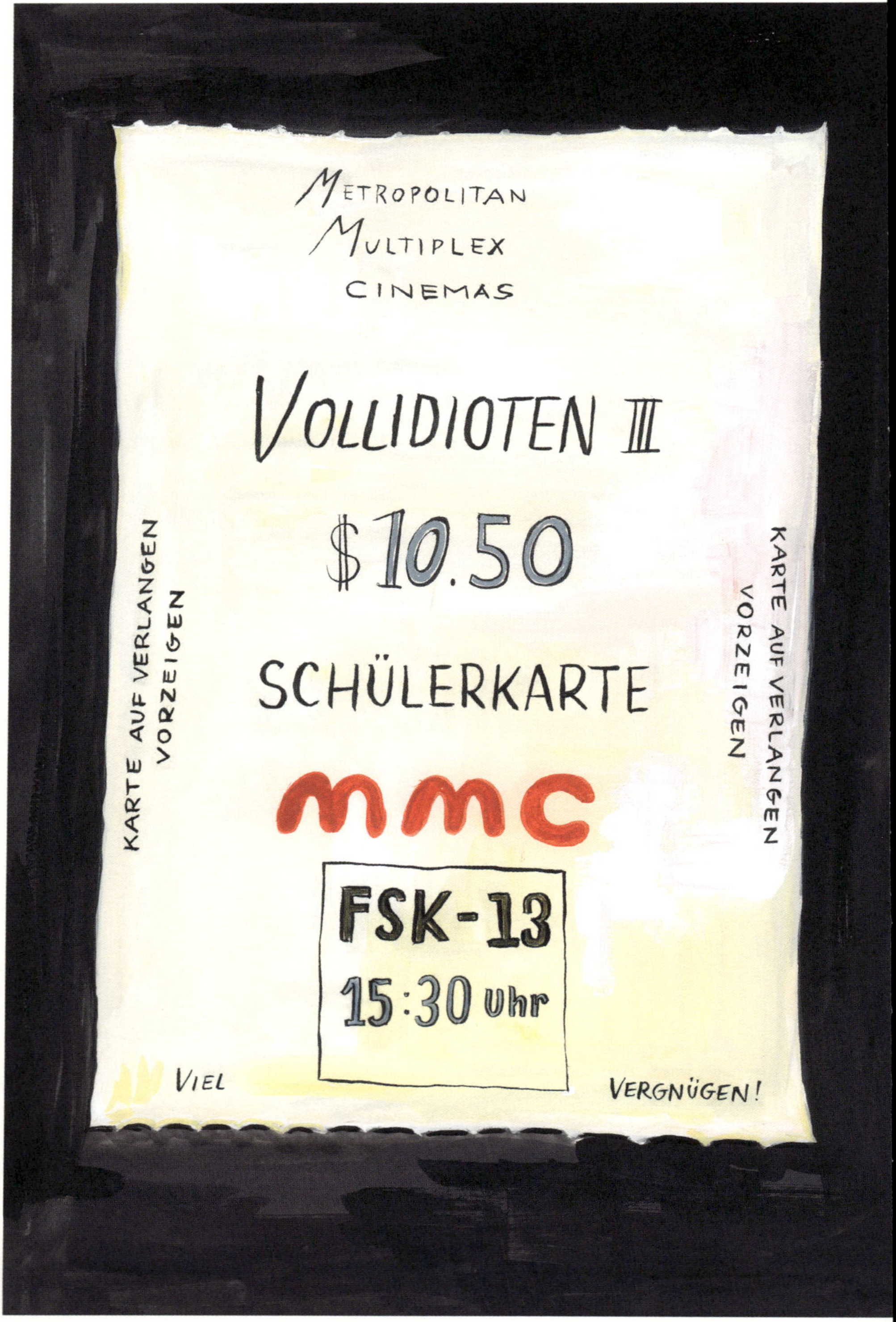
METROPOLITAN
MULTIPLEX
CINEMAS
VOLLIDIOTEN III
$10.50
SCHÜLERKARTE
mmc
FSK-13
15:30 Uhr
KARTE AUF VERLANGEN VORZEIGEN
KARTE AUF VERLANGEN VORZEIGEN
VIEL VERGNÜGEN!

In *Urteil unter Tränen* gibt es diese Szene, in der Karl Braughton als Staatsanwalt den Rosenstrauß hinunterwirft und die Kamera ganz, ganz langsam erst an den Blüten und dann an den Stängeln entlangfährt, an Blättern und Dornen, bis hinunter zum Band, das die Rosen zusammenhält – angeblich blassblau, aber es ist ein Schwarz-Weiß-Film –, und der Strauß fällt von den Bücherstapeln auf dem Schreibtisch des Anwalts aufs Parkett und rutscht von dort ganz, ganz langsam bis zum Zeugenstand. Während dies geschieht, hören wir die ganze Zeit die sich vor Empörung überschlagende, hysterische Stimme von Amelia Hardwick, die anklagt, die sich rechtfertigt, bis schließlich das Auge der Kamera auf das Gesicht der Frau gerichtet ist, und auf einmal sehen wir die Scham, die entsetzliche tiefe Scham im Moment, als sie erkennt, dass es wahr sein muss: Sie ist tatsächlich eine Mörderin. Sie war an jenem stillen Nachmittag in der Laube. Ihr Gedächtnisverlust ist real, nicht Teil eines abgekarteten Spiels ihrer Schwiegermutter. Und dann, als ihr klar wird, was dieses Beweismaterial bedeutet, da bricht sie in den hilflosen Schrei aus, mit dem der Film endet, und dieser Schrei ist wie ein fallender Vorhang.

Was *Vollidioten III* angeht, leide *ich* an totalem Gedächtnisverlust. Wenn Karl Braughton, wie üblich die Finger hinter die Hosenträger geklemmt, zu mir sagte: »Min Green, können Sie schwören, dass Sie keine einzige Szene der Filmreihe *Vollidioten* gesehen haben?«, dann würde ich zuerst in die ernsten Gesichter der Geschworenen blicken, dann auf Sidney Juno – der in dem Film nicht mitspielt, aber so großartig ist, dass ich ihn einfach hineinschmuggle –, und ich würde sagen Ja, Ja würde ich sagen, weil diese Filme so verdammt bescheuert sind, dass es mich in den Zähnen juckt, sie zu zerreißen. Aber hier sind die Kinokarten, aus den Tiefen meines Schranks, aus diesem Karton der Trauer knallen sie mir ins Gesicht. Nun kannst du zusehen, wie ich zu leugnen versuche und um Gnade winsle.

Al hat die Karten gerade gesehen und ungläubig *»Vollidioten III?!«* gesagt. Am liebsten würde ich ihm eine scheuern, aber dafür ist unser Verhältnis im Moment noch zu heikel.

Du wolltest den Film sehen, Ed, das werde ich ihm sagen, also sind wir gegangen. Ich habe mich so oft in dem dünn besetzten Kinosaal umgeschaut, bis du irgendwann gesagt hast, ob ich vielleicht eine Burka wollte, damit mich auch bloß keiner hier sieht, bei meinem ersten *Vollidioten*-Film, keiner meiner *du-weißt-schon-was* Freunde. (Wetten, du sagst dieses »verbotene« Wort jetzt andauernd, Ed? Schwul schwul schwul.) In Wirklichkeit hatte ich mich gar nicht nach meinen Freunden umgeschaut, ich wollte bloß wissen, ob außer mir noch irgendeine andere Frau da war. Und tatsächlich: Eine war da. Die begleitete eine ganze Geburtstagsgesellschaft von Elfjährigen. Daran erinnere ich mich noch, aber der Film ist komplett dem Gedächtnisverlust anheimgefallen, und zwar wegen dem, was du zu mir gesagt hast, gerade als das Licht ausging und diese katastrophale Parade von Werbefilmchen für Autos und Abendgymnasien und so begann, die das Carnelian im Leben nicht zeigen würde, das Metro jedoch hemmungslos (obwohl ich zugeben muss, dass die Werbung für Burly Soda unter rein ästhetischen Aspekten ziemlich cool ist). Das gefechtsbereite Fahrzeug flackerte auf deinem Gesicht, als du dich zu mir umdrehtest und sagtest: »Erinnere mich nachher beim Essen daran, dass ich was mit dir besprechen sollte.«

»Was denn?«

»Erinnere mich beim Essen daran.«

»Nein, jetzt sag schon.«

»Na ja, nächstes Wochenende steht was Unvermeidliches an, und wir sollten mal überlegen, wie wir das regeln.«

Mir war, als hätte mir jemand mit einer riesigen Metallschaufel den Kopf zertrümmert. Plötzlich perplex und platt wie eine Scheibe Fleisch in einem Burger saß ich da in diesem Kino voller Jungs. *Unvermeidlich?* Was? Dass wir Sex haben würden? Unser verfluchtes erstes Mal – unvermeidlich? So als käme ich nicht drum herum, und zwar gleich am nächsten Wochenende? Du hast den Arm um mich gelegt, und ich habe darauf geachtet, die Beine zusammenzuhalten, obwohl mein Knie, das auf deiner Seite, furchtbar zitterte. *Wie wir das regeln?* Ich war zu wütend, um einen klaren Gedanken zu fassen, aber auch zu – zu fügsam, zu verliebt, zu … irgendwas, um antworten zu können. *Vollidioten III* fing an, und ich habe nichts davon mitbekommen. Keine einzige Szene, meine Herren Geschworenen, nicht *eine* Einstellung. Wenn ich geschmollt hätte, hättest du das nur auf den Film geschoben, also habe ich stillgehalten und versucht, mein Hirn ruhigzustellen, einfach an nichts zu denken. Ich hab versucht, so zu tun, als hätte ich nicht schon so ein Gefühl gehabt, als hätte ich nicht gewusst, dass du mir irgendwann so kommen würdest, eines Tages, schließlich warst du Ed Slaterton, und als solcher hattest du ja wohl ein Recht auf den unvermeidlichen Sex. Aber dieser Film mit seinen ununterbrochenen Zoten und diesen Witzen, bei denen sich einem die Faust in der Tasche ballt, dieser Film ist wie ausradiert und vergessen. Und was mir erst jetzt klar wird, während Al auf diese Kinokarten starrt, als hätte er meinen Mitgliedsausweis vom Ku Klux Klan gefunden: Ich bin gar nicht mehr die mit dem Gedächtnisverlust. Das war ich mal, aber jetzt – jede Wette – bist du derjenige, der das alles vergessen hat, die Vorstellung im Metro, halb vier, du hast bezahlt, glaube ich. Und alles andere, Ed, auch.

»Du hast *was* gedacht?«, sagtest du. Wir saßen im *Schieflage,* waren also zurückgekehrt an den Ort des Zuckerklaus. Du hast bestellt, was Jungs außer Mittag- und Abendessen oder Riesenportionen Kino-Popcorn so essen, dieses Mal ein Club-Sandwich mit Pommes, während ich nur Tee getrunken und mir zum x-ten Mal vorgenommen habe, unbedingt ein paar Beutel einer gescheiten Teesorte einzustecken, bevor ich in einen Diner gehe. »Du hast allen Ernstes geglaubt, das würde ich bringen? Dir unmittelbar bevor der Film losgeht, mal eben mitzuteilen, dass du am nächsten Wochenende« – er lehnte sich vor, weil der Rest die Bedienung und die übrigen Gäste wirklich nichts anging – »deine Jungfräulichkeit loswirst? So nach dem Motto: Übrigens, Liebling …? Für was für einen Armleuchter hältst du mich eigentlich?«

»Für die Sorte, die noch Armleuchter sagt.«

»Und so hast du die ganze Zeit im Kino gesessen? Kein Wunder, dass dir der Film nicht gefallen hat.«

Ich badete in einem tiefen Gefühl der Erleichterung, so als wäre ich in einen genialen Pool gesprungen und würde den stillen Moment vor dem Schwimmen genießen. »Jep. Nur deswegen hat mir *Vollidioten III: Achtung, unter dir!* nicht gefallen.«

»Also, ich würde sofort noch mal reingehen.«

»Hör bloß auf!«

»Doch, ehrlich! Extra für dich, damit du dich konzentrieren kannst.«

»Das ist total süß von dir. Aber nein, danke.«

»Vielleicht solltest du erst mal gucken, was dein geliebtes Filmbuch schreibt – ob es womöglich cool ist, ihn zu mögen.«

»Vielleicht solltest du erst mal bei deinem geliebten Coach nachhören, ob der Film für die Kondition gut ist.«

»Unser Coach liebt solche Filme. Am Ende der letzten Spielzeit hat er die ganze Mannschaft zu *Vollidioten II* eingeladen.«

Ich starrte dich nur ungläubig an. Al hatte nicht angerufen, nicht einmal, nachdem ich ihn angerufen und gleich wieder aufgelegt hatte, als er sich meldete. Unmöglich, mit ihm über diese Geschichte zu quatschen. Auch in Zukunft nicht. »Das Traurige ist, dass ich keine Ahnung habe, ob du Witze machst oder nicht.«

»Also echt, heute kapierst du definitiv gar nichts. *Unvermeidlich* – Teufel auch! Ich hab dir doch schon mal gesagt, dass es so was wie einen Zeitplan nicht gibt. Das ist kein Wettrennen.«

»Okay, aber was hast du dann gemeint? Was steht nächstes Wochenende an?«

»Halloween, du Dummchen.«

»Wie bitte?«

»Na ja, du wirst doch sicher so feiern wollen, wie deine Clique das immer macht, mit diesem pseudointellektuellen Gehabe, eben so richtig – aber das darf ich ja nicht sagen. Du weißt schon.«

»Das ist bloß eine Party, weiter nichts.«

»Bei uns auch.«

»Ja, auf dem Footballplatz, und jedes Jahr fliegen hinterher drei Schüler von der Schule.«

Du hast erst genickt und gelächelt und dann traurig seufzend auf deinen leeren Teller geguckt, so als würdest du dir am liebsten die gleiche Portion noch einmal reinziehen. »Andy vermisse ich immer noch.«

Ich seufzte ebenfalls, und du pflanztest deinen Zahnstocher mit Fähnchen exakt auf der Grenze zwischen uns auf. Wer kann schon sagen, wieso die Welt sich auf diese Weise und nicht anders entwickelt hat, aber nach all den Jahren schändlicher alkoholisierter Ausschweifungen bei Highschool-Events hat jedenfalls der Verein *Bürger-für-was-weiß-ich-noch-mal* endlich beschlossen, sämtliche Highschool-Events zu einem einzigen Morast schändlicher Ausschweifungen an Halloween zusammenzufassen, und zwar auf wechselnden Footballplätzen, und dieses Mal eben auf dem der Hellman High. *Die ganze Stadt feiert Halloween* nennt sich das. Sämtliche Mannschaften aller Schulen, bis auf die Schwimmer, treten in ihren Trikots auf der Tribüne um irgendwelche blöden Gutscheinpreise gegeneinander an, wobei das Ganze regelmäßig ausartet, Mädchen ihre Tops ausziehen und der komplette Parkplatz irgendwann ein einziger See aus ausgekotztem Bier ist. Die zahllosen Fässchen in den diversen Kofferräumen sind offenbar unsichtbar für die angeblich wachhabenden Trainer, die jedes Jahr im selben Outfit als dicklicher Superman erscheinen, mit Schaumstoffmuskeln, die im Scheinwerferlicht wie krebsartige Wucherungen aussehen. Jedenfalls soweit ich das von den Fotos im Jahrbuch sagen kann, denn hingegangen war ich noch nie, schließlich galt mein Treueeid immer der anderen Fraktion, dem anderen Morast schändlicher alkoholisierter Ausschweifungen an Halloween, zu dem alle Theater- und Kunst-AGs aller Highschools das Geld zusammenlegen, das sie im Laufe des Jahres mit dem Verkauf von Süßigkeiten in den Pausen ihrer Aufführungen von *Kein Wort zu Mami!* und

Sommerwolken und *Meine Stadt, deine Stadt* und *Schockschwerenot!* in den Aulen und Mehrzweckhallen der ganzen Stadt verdient haben, um eine Halle zu mieten. Dafür werden dann sämtliche blöden Schülerbeiräte sämtlicher blöder Schulen gezwungen, abwechselnd in einem Raum zusammenzusitzen oder sich per Mail zu zoffen über Motto und Deko und Plakate, ganz zu schweigen von den höchst elaborierten Kostümen mit Federn und raffinierter Mechanik und passenden Dialogen, die auf einer behelfsmäßigen Bühne aufgeführt werden, nur um diese blöden Gutscheinpreise in dem Wettbewerb zu gewinnen, der regelmäßig in eine improvisierte, wollüstige Tanzerei ausartet, wenn wie jedes Jahr *Die Schleierschädel* die Bühne übernehmen, bis in einem Wirbel aus Trockeneis und Diskokugel die Sonne implodiert, dann spielt die Band *Snarl at Me, Sweetheart,* und der Sänger sieht sich in der Halle um (während die Kamera seinen schweifenden Blick aufnimmt), bis er eine Naive im Engelskostüm entdeckt, die er nach seinem Auftritt durch eine Wolke von Nelkenzigarettenrauch hindurch zu seinem Leichenwagen führen wird. Ich war es leid, wirklich Spaß gemacht hat es mir nie, aber natürlich bin ich hingegangen, so wie du zu eurer großen Halloween-Fete gegangen bist. Jeder nach seinem Geschmack.

»Wo feiert deine Clique dieses Jahr?«, hast du mich gefragt.

»In der Skandinavienhalle.«

»Und das Motto?«

»Rein Böse. Und ihr – habt ihr überhaupt ein Motto?«

»Nö.« Wir grinsten uns beide finster an. Du fandest es vermutlich schlimmer, eins zu haben, während ich es schlimmer fand, keins zu haben, aber wenigstens fanden wir beide, dass es so oder so eine ziemlich lahme Angelegenheit sei.

»Ticken deine Leutchen aus, wenn du nicht …«

»Ich muss hin«, sagte ich. »Meine Freunde hassen mich jetzt schon, deshalb muss ich hin. Aber wenn du bei eurer Fete nicht da bist, das fällt doch nicht weiter auf, oder?«

»Min, die Mannschaft hat schon ihre Kostüme.«

»War nur Spaß«, log ich unglücklich. »Als was geht ihr?«

»Als Sträflingskolonne.«

»Ist das nicht rassistisch?«

»Ich glaube, Sträflingskolonnen nehmen jeden, Min. Als was gehst du?«

»Weiß nicht. Ich lass mir immer erst in letzter Minute was einfallen. Letztes Jahr bin ich als Gelbe Seiten gegangen, aber das war keine so tolle Idee. Alle dachten, das sollte Altpapier sein, auf das die Hunde gepinkelt hatten.«

Du hast in dein Eiswasser gelacht und zwei Sachen aus der Hosentasche gezogen, einen Stift und dann noch etwas, das ich total süß fand für jemanden wie dich. »Wir machen jetzt einen Plan.«

»Wir könnten unseren Freunden sagen, wir sind krank. Das Carnelian zeigt an Halloween immer einen Horror-Marathon.«

»Darauf fallen die nicht rein. Nein, ich meinte einen richtigen Plan.« Du hast drei Servietten aus dem Ständer gezogen und flach ausgebreitet. Noch eine Grenzziehung. Du hast dir wie so oft auf die Unterlippe gebissen und angefangen, eine Skizze zu machen, ruckzuck und richtig akkurat, allerdings habe ich vorsichtshalber deinen Teller beiseitegeschoben, damit du Bewegungsfreiheit hattest. Ich konnte gar nicht aufhören, dich anzulächeln, und vergaß darüber ganz, auf die Serviette zu gucken, bis du mich dabei erwischt und mich mit dem Stift angestoßen hast.

»Also pass auf, das hier ist die Schule.«

»Du bist richtig süß, wenn du so was machst.«

»Min.«

»Ist echt wahr. Machst du das oft?«

»Das hast du doch neulich schon gesehen. Als ich die Skizzen für die Party gemacht habe.«

»Du hast Skizzen für die Party gemacht?«

»Ups, das warst du ja gar nicht. Ich hab versucht zu berechnen, wie wir die Lichterketten aufhängen müssen. Das war, ups, äh, stimmt, das war in PoWi, dann war das wohl Annette, die neben mir saß. Doch, ich mache das oft, dabei kann ich besser denken. Du weißt ja, wie das ist mit mir und Mathe und so.«

»Und du weißt, dass ich dich liebe«, sagte ich. »Okay, also hier ist die Schule. Warte mal, wo ist die Sporthalle?«

»Die fehlt hier, die ist jetzt mal uninteressant.«

»Okay, und das hier ist die Wiese.«

»Das ist keine Wiese, das ist das Footballfeld!«

»Gras, auf dem Leute sitzen und abhängen können, ist eine Wiese.«

»Auch wenn wir hier was geklaut haben, ist das hier noch lange keine Bank.«

Langsam wurdest du besser in dieser Art der Unterhaltung, diesem Pingpong-Dialog, der in der Filmreihe *Der alte Hut* so genial ist. Ich wuschelte dir durchs Haar. »Okay, also das da ist dein geliebtes Footballfeld. Als Nächstes zeichnest du jetzt zig kostümierte Besoffene da rein.«

»Die sehen wir noch früh genug. So, und ganz hier oben ist die Skandinavienhalle, ungefähr hier.«

»Die liegt gleich beim Friedhof, das ist nämlich ganz …«

»Okay, also hier«, sagtest du und zeichnetest mit schnellen Strichen erst den Park ordentlich ein, dann die Straßen dazwischen. Genial.

»Benutzt du das Teil da immer?«

»Das hier? Ja. Und jetzt lass uns nicht anfangen, uns gegenseitig als Nerds zu beschimpfen. Bei dem Spiel gewinne ich auf jeden Fall.«

»Ich nicht. Mir gefällt das.«

Du hast die Augen verdreht und mir nicht geglaubt, aber es war die reine Wahrheit, Ed. Ich fand das toll, wie dein mathematisches Gehirn dir half, aus dieser Serviette einen Lageplan zu machen. »So«, sagtest du und zogst einen letzten Strich. »Also, zum Laufen eindeutig zu weit, seh ich das recht?«

»Von wo?«

»Zwischen beiden. Ich meine, wir müssen ja wohl zu beiden Feiern gehen, oder?«

Ich beugte mich über unsere Schule und küsste dich.

»Laufen können wir nicht«, sagtest du. Du dachtest so angestrengt nach, dass du meinen Kuss nur mit einem kurzen Lächeln quittiertest. »Also nehmen wir den Bus. Aber der Bus fährt hier lang, irgendwo hier vorbei und dann außen rum.« Genauso musst du als kleiner Junge ausgesehen haben, dachte ich; ich sollte unbedingt Joan nach alten Fotos von dir fragen. Den Rest, also die weitere Busstrecke, hast du nur noch lose skizziert, sodass die halbe Karte total exakt war und die andere Hälfte nur flüchtig mit Tinte markiert. So wie ich dich einerseits zu kennen glaubte und andererseits wirklich kannte.

»Sieht auch nicht gut aus. Das mit dem Bus funktioniert schon mal nicht.«

»Was ist denn mit der anderen Linie, der Nummer sowieso, die hier drüben irgendwo langfährt?«

»Stimmt, die Sechs, glaube ich. Hier lang und dann da.«

Wir betrachteten den Plan. »Meinst du, deine Schwester …?«

»Ausgeschlossen. Wenn es sein kann, dass irgendjemand trinkt, gibt sie mir nie das Auto. Das ist schon mal sicher.«

»Klar«, sagte ich. So gerade wie die Striche auf dem Papier würde kein Mensch in der Nacht laufen. »Hey, die Sechs endet doch hier, an diesem Ende der Dexter Street, oder?«

»Stimmt. Das weiß ich noch aus der Zeit, als ich mit Marjorie zusammen war.«

»Die wohnt da draußen?«

»Nein, aber sie hatte hier irgendwo Ballettstunden, in so einem ganz merkwürdigen Haus.«

»Also«, sagte ich, nahm deinen Stift und strichelte eine Linie, »wir gehen erst zu deiner Fete und schleichen uns dann hier raus. Da denkt sowieso jeder, wir gehen bloß knutschen.«

»Machen wir ja auch«, sagtest du und holtest dir deinen Stift zurück, um die Stelle mit einem X zu markieren. Ich lief rot an und sagte lieber nichts dazu.

»Dann nehmen wir *hier* den Bus und steigen *hier* aus und stärken uns erst mal im *Café Tasse*. Tassen kann ich nicht zeichnen. Dann gehen wir die acht Blocks oder wie viele das sind zu Fuß – Strich, Strich, Strich, Strich, Strich – und steigen *hier* in die Nummer Sechs und hier wieder aus. *Voilà!*«

Kein *Voilà* von dir – du hast mich nur mit zusammengekniffenen Augen angesehen. Meine gestrichelte Linie verläuft mitten durch deinen ordentlichen Plan. »Über den Friedhof? Nachts?«

»Keine Angst«, sagte ich, »du bist in Sicherheit, zusammen

mit dem Co-Kapitän des Basketballteams – oh, halt, das ist ja umgekehrt.«

»Um Sicherheit ging's mir nicht«, sagtest du. »Ach, vergiss es«, und da fiel mir ein, weswegen der Friedhof so berühmt ist oder eher berüchtigt, also weswegen kein Mensch da abends hingeht. Jede Stadt hat wahrscheinlich so einen Ort, einen Park oder einen Platz, wo Männer im Dunkeln hingehen, um es sich gegenseitig heimlich zu besorgen.

»Wir machen die Augen fest zu«, sagte ich, »damit das Schwulsein nicht ansteckt.«

»Wenn *ich* nicht *schwul* sagen darf, dann darfst du's auch nicht.«

»Natürlich darfst du schwul sagen«, sagte ich, »aber nur, wenn es auch tatsächlich ums Schwulsein geht. Woher weißt du das übrigens, das mit dem Friedhof?«

»Erst sagst du mir, woher du das weißt.«

»Weil ich Al fast jeden Abend da absetze«, sagte ich, aber der Witz blieb mir fast in der Kehle stecken.

Du hast die Hände vors Gesicht geschlagen, so als wolltest du sagen: *Total durchgeknallt, meine Freundin.* »Richtig«, versuchtest du tapfer, »ich sehe ihn da manchmal, wenn ich da einen Boxenstopp einlege, um mir Erleichterung zu verschaffen nach unserem *Alles außer.*«

»Kannst du mal damit aufhören!«, sagte ich. »Du magst unser *Alles außer* doch genauso.«

Du hast mich angegrinst. »Stimmt. Ähm – wo wir gerade davon sprechen, ich wollte noch …«

»Ja?«

»Meine Schwester …«

»Pfui! Du wolltest noch deine Schwester …?«

»Lass das. Ich wollte sagen, sie haut ab.«

»Was?«

»Nur übers Wochenende. Nicht das nächste, also nicht an Halloween, sondern das drauf.«

»Und?«

»Und meine Mom ist dann noch nicht zurück. Also haben wir das ganze Haus für uns. Du könntest also, du weißt schon …«

»Ja, ja, ich weiß schon.«

»Bei mir übernachten, mehr wollte ich nicht sagen, Min.«

»Du hast auch gesagt, es gibt keinen Zeitplan. Vorhin erst.«

»Stimmte ja auch. Ich meine, stimmt. Ich wollte bloß …«

»Ich will meine Jungfräulichkeit nicht in deinem Bett verlieren«, sagte ich.

Du seufztest in Richtung Serviette. »Wie meinst du das – nicht in meinem Bett oder nicht mit mir?«

»Nicht in deinem Bett«, sagte ich. »Und auch nicht im Auto und auch nicht im Park. Sondern – ich weiß, du lachst jetzt – an einem außergewöhnlichen Ort.«

Du hast nicht gelacht, Ed, so viel muss ich dir lassen. »Außergewöhnlich.«

»Außergewöhnlich«, wiederholte ich.

»Okay«, sagtest du, und dann hast du gelächelt. »Tommy und Amber haben ihre im Lagerhaus von Ambers Dad verloren.«

»Ed.«

»Doch, wirklich! Zwischen zwei Kühlschränken!«

»So hatte ich das nicht …«

»Ich weiß, ich weiß. Keine Sorge, Min. Es ist nicht *unvermeidlich*, auch wenn du mich für so einen Armleuchter gehalten hast.

Ich will, dass du … ich finde das richtige Wort nicht …« Du hast wieder geseufzt. »Glücklich. Ich will, dass du glücklich bist. Und genau deswegen nehmen wir zwei Busse und gehen an Halloween nachts an so einen schwulen Ort.«

Dieses *schwul* ließ ich dir durchgehen, ich war mir selbst nicht sicher, ob es okay war oder nicht. »Wir werden unseren Spaß haben«, log ich.

»Vielleicht an dem Wochenende drauf«, sagtest du schüchtern, und in dem Moment wollte ich es, in dem Moment war da ein Gefühl wie Heißhunger in meinem Mund und in meinem Schoß. Ich muss die Leere mit irgendwas anderem füllen, dachte ich, aber womit, das wusste ich nicht.

»Vielleicht«, sagte ich schließlich.

»Kompliziert«, sagtest du, und dabei sahst du erst die Serviette an und dann mich. Du wolltest mich knacken, das hatte ich begriffen, du wolltest mich über die Grenze zu dir hinüberziehen, damit wir heimlich, unbemerkt vom Rest der Welt miteinander ein Fest feiern könnten. »Aber«, sagtest du, »nein, ohne Aber: Ich liebe dich.«

Kaffee, dachte ich, das ist es. »Trinken wir darauf.«

Du warst sofort einverstanden. »Leben spendendes Gebräu!« Mit einem Mal warst du wieder voller Energie und Begeisterung. Du hast auf die Bedienung gewartet und dabei angefangen, unseren Plan zu zerknüllen.

»He, warte.«

»Was denn?«

»Mach unseren Plan doch nicht kaputt. Ich will ihn behalten.«

»Wir erinnern uns auch ohne Plan.«

»Ich will ihn trotzdem.«

»Aber du gehst nicht hin«, sagtest du, »und erzählst Al oder sonst wem, dass ich solche – schon gut, ich sag's nicht – Skizzen mache.«

»Ich werde Al nichts davon erzählen«, versprach ich traurig. »Ich will ihn nur für mich.«

»Nur für dich?«, sagtest du. »Okay.« Du hast dich einen Moment vorgebeugt, während ich den Kaffee bestellt und so getan habe, als bemerkte ich die Blicke nicht, die die Kellnerin dir zuwarf. Du hast mir den Plan gereicht, aber ich hatte mir schon geschnappt, was ich wollte (schon wieder ein Diebstahl im *Schieflage!*), und dich plappernd abgelenkt, bis unser Kaffee kam und du vergessen hast, dass dir was fehlte. Aber du hast mir auch ein Schnippchen geschlagen, was die Rückseite der Serviette angeht, die ich zu spät bemerkt habe, nicht als ich nach Hause kam, nicht, als ich sie in den Karton fallen ließ, erst später, verweint und mit gebrochenem Herzen, als es schon nicht mehr wahr war. So wie wir, erst als die Kellnerin uns den Kaffee und die Rechnung auf den Tisch knallte und davonstakste, merkten, dass kein Zucker auf dem Tisch stand; aber auch da war es zu spät.

Ich liebe dich, Min Green

Eine Närrin, das bin ich!

Das hier, das habe ich dir geklaut. Hier hast du's zurück. Ich fand es so süß, dass du das hier mit dir herumschleppst, weil es dir hilft, deine Gedanken zu sortieren. So süß, dass das hier immer in deiner Tasche steckte, mein verdammter Exfreund. Ich bin auch kein Armleuchter. Aber eine Närrin, das bin ich.

Und auch das hier hast du nie gesehen. Mit diesem Ding in der Hand habe ich ganz allein im Eisenwarenladen *Green Mountain* gestanden, still und einsam, und habe versucht, Al herbeizuzaubern, damit er mir Dinge erklärte, die nur er wissen konnte. Ist das wirklich eine Feile, so eine, wie sie sie in *Ausbruch im Morgengrauen* oder *Flucht im Mondlicht* benutzen, um abzuhauen, während die Hunde hinter ihnen her sind und sich vor den Scheinwerfern der Stacheldrahtzaun abzeichnet? Al und ich hatten die Filme in einer Doppelvorstellung im Rahmen der Gefängnisthemenwoche des Carnelian gesehen, die genialerweise von Meyers' Dokumentarfilm über Internate gekrönt wurde. Das Kino war an dem Tag so gut wie leer, und wen außer Al hätte ich auch fragen können? Die Angestellten vom *Green Mountain* mit ihren Westen und Kappen schon mal nicht. *Ist diese Feile auch ofenfest?* Ich habe mir uns vorgestellt, also uns beide, dich und mich, bei einem unfreiwilligen Doppelselbstmord durch Eisenvergiftung infolge der Überraschung, die ich für uns geplant hatte. Ich hätte Al so gern angerufen und ihm gesagt: »Ich weiß, dass wir beide so wütend aufeinander sind, vielleicht für immer und ewig, aber könntest du mir vielleicht eine einzige Frage beantworten zum Thema Metall und Kochen?«, doch natürlich hab ich's nicht getan. Joan, dachte ich, vielleicht könnte ich Joan fragen, und in dem Moment kam sie um die Ecke.

»Hey, Min.«

»Annette, hi.«

»Was machst du denn hier?«

»Halloween-Einkäufe«, antwortete ich und hielt die Feile hoch.

»Wow, ich auch«, sagte sie. »Ich brauch Ketten. Kommst du mit?«

Wir gingen zusammen in den Gang, in dem rollenweise glitzernde Ketten hingen, die man vom Meter kaufen konnte. Annette musterte alle so gründlich, als handelte es sich um echten Schmuck, und hielt sich die billigen Ketten immer wieder prüfend an den nackten Arm. »Als was willst du gehen?«, fragte ich sie.

»Ich will mal testen, wie die sich auf der Haut anfühlen. Ich weiß noch nicht genau, als was ich genau gehe, auf jeden Fall irgendwas mit Mittelalter, ich mach das zusammen mit einem Freund. Aber irgendwie sexy soll es auch sein.«

Irgendwie sexy, klar, das hatte ich mir schon gedacht. Die Mädels, die mit Sportlern zusammen sind, kommen immer in nuttigen Kostümen – als nuttige Hexe, nuttige Katze, nuttige Nutte.

»Was meinst du – kann ich die ohne BH drunter tragen?«

Um ein Haar hätte ich aufgeschrien. »Echt jetzt?«

»Ich würde die Kette fest um mich rumwickeln, wie so ein Schlauch-Top. Ich hab ja oben rum nicht so viel.«

»Nach der Fete hast du vermutlich lauter blaue Flecken«, sagte ich.

Sie drehte sich um und starrte mich an. »Willst du mir Angst machen?«

»Was? Quatsch.«

»War nur Spaß, Min. Ed hat mir erzählt, dass sonst er immer derjenige ist, der deine Witze nicht kapiert. Teufel auch, wie er sagen würde.«

»Teufel auch«, echote ich dümmlich.

»Und wofür soll das Ding da sein?«

»Ich weiß es noch nicht genau«, sagte ich. »Ich hatte nur gedacht, weil Ed als Gefangener geht.«

»Die Sträflingskolonne, ja.«

»Hast du mal alte Filme gesehen, in denen die treue Ehefrau eine Feile in einen Kuchen einbackt? Mit der er dann die Gitterstäbe durchsägt, oder so? Und die Frau wartet dann am Hinterausgang mit laufendem Motor?«

Annette betrachtete die Feile skeptisch. »Du gehst *als Eds Frau* an Halloween?«

Sie lächelte, aber ich fühlte mich, als hätte sie mir eins mit dem Vorschlaghammer übergezogen. Dieser Blick unter dem Glitzerlidschatten machte, dass ich mich auf einmal so schludrig fühlte, so bescheuert in meinen Gammelhosen und ausgelatschten Schuhen. »Nein«, sagte ich, »ich wollte ihm nur einen Kuchen backen, um ihn an Halloween in Stimmung zu bringen.«

»Soweit ich mich erinnere, ist er immer in Stimmung«, sagte Annette mit einem kleinen Lächeln.

»Du weißt, wie ich das meine.«

»Klar. Also, als was gehst du nun wirklich?«

»Als Leiter.«

»Als was??«

»Als Gefängnisleiter.«

»Ach so, cool.«

»Ziemlich lahm, ich weiß, aber ich hab so einen Mantel von meinem Dad, der passt gut.«

»Cool«, sagte sie wieder und wickelte die Kette, für die sie sich entschieden hatte, von der Rolle.

»Ich könnte so was nicht, ich meine, ich bin nicht der Typ für, na ja, so ein sexy Kostüm.«

Sie schwieg und betrachtete mich, vermutlich zum ersten Mal überhaupt. »Und ob, Min. Es ist bloß …«, und dann biss sie sich auf die Unterlippe, so als wollte sie *Ach, egal* sagen.

»Was?«

»Na ja, du bist … Ich weiß, du findest das blöd.«

»Was?«

»Hm.«

»Der künstlerisch angehauchte Typ, das wolltest du doch sagen, stimmt's?«

»Ich sage nur, was Ed immer sagt. Du bist einfach anders, du hast solche Mätzchen nicht nötig.« Dabei hielt sie verächtlich die Kette hoch. »Du hast doch eine gute Figur, du bist schön und alles. Aber du hast eben auch noch was anderes, und deshalb sind alle eifersüchtig auf dich, Min.«

»Die sind doch nicht eifersüchtig.«

»O doch«, sagte sie fast sauer zu den Ketten. »Allerdings.«

»Also, *wenn* sie eifersüchtig sind, dann nicht auf mich, sondern nur, weil ich mit Ed Slaterton zusammen bin«, sagte ich.

»Schon«, sagte sie, »aber du bist die, die ihn bekommen hat.« Sie wies mit dem Kopf auf meine Feile. »Geh am Samstagabend besser nicht unbewaffnet los. Alle Mädels werden als Vampir-Cleopatras kommen und versuchen, ihn dir mit Zähnen und Klauen zu entreißen.«

Sie lachte, und ich beschloss mitzulachen. *Das soll ein Witz sein,* sagte ich mir. Laut sagte ich: »Zickenkrieg. Die Jungs gucken bestimmt begeistert zu, wenn Mädchen auf Mädchen losgehen.«

»Wir könnten Eintritt kassieren«, sagte sie und tat so, als streckte sie die Klauen nach mir aus. »Bist du so weit?«

Ich hatte wirklich beschlossen, diese dämliche Feile nicht zu kaufen. Doch dann ging ich mit dem Ding in der Hand hinter Annette her, die fröhlich mit dem Kassierer quatschte, der ihr die gewünschte Länge von der Kettenrolle abschnitt und ihr noch Rabatt gab. Mein Kassierer gab mir das Wechselgeld und die Quittung.

»Magst du noch was trinken gehen, einen Saft oder so?«

»Nein, danke«, sagte ich, während ich hinter ihr her aus dem Laden ging. »Ich muss mal nach Hause und mich um mein Kostüm kümmern.«

»Du bist jetzt nicht sauer, oder? Weil ich das gesagt habe wegen Samstag? Das sollte ein Witz sein.«

»Nein«, antwortete ich.

»Mehr oder weniger jedenfalls«, sagte sie lächelnd und nahm die Tüte mit der Kette in die andere Hand. »Ich meine – jede weiß, er gehört zu dir.«

»Außer Jillian.«

»Jillian ist eine Zicke«, sagte sie, etwas zu heftig.

»Oho.«

»Das ist eine lange Geschichte, Min. Aber mach dir wegen der keine Gedanken.«

Ich schaute traurig auf die Autos auf der nassen Straße. Es hatte geregnet, meine jüdische Lockenmähne stand sofort wie eine scheußliche Schadstoffwolke um meinen Kopf ab, und es sah weiter nach Regen aus. Ungeschützt fühlte ich mich, wie ich so vor dem *Green Mountain* stand, gefährdet wie eine Streichholzflamme, wie ein Baby-Irgendwas mitten im Straßenverkehr, ohne Mutter oder Halsband oder auch nur einen Pappkarton als Zuhause. »Ich mach mir um alle Gedanken«, sagte ich. Warum nicht ehrlich antworten? »*Anders,* alle sagen sie, ich sei anders. Jetzt gehört er zu mir, aber du hast recht, eine andere kann ihn mir auch wieder wegnehmen. Für alle, die er sonst kennt, bin ich eine Außenseiterin.«

Sie machte sich erst gar nicht die Mühe, mir zu widersprechen. »Aber«, sagte sie, »er liebt dich.«

»Und ich liebe ihn«, sagte ich, obwohl ich viel lieber *Danke* gesagt hätte. Blöd, wie ich war, ich Närrin mit dieser Feile in der Tüte, dachte ich tatsächlich, sie meine es nur gut, passe auf mich auf.

»Wer kennt schon die gewundenen Wege der Liebe«, zitierte sie, *»gleich denen einer Schlange im Garten unserer unbeschwerten Seele.«*

»Woher ist das?«

»Alice Sallford«, sagte sie. »Literaturkurs zehnte Klasse. Ich dachte immer, du bist die Intellektuelle von uns beiden.«

»Ich bin nicht intellektuell.«

»Jedenfalls bist du was Besonderes«, sagte sie und umarmte mich flüchtig, dabei rasselten ihre Ketten. Natürlich setzte der Regen wieder ein. Annette flitzte von Markise zu Markise und winkte mir noch einmal zu, bevor sie verschwand. Schön war sie, schön in ihrem Outfit, schön auch bei Regen. Die Tüte mit der Feile schlug mir ans Bein. Es war eine bescheuerte Idee, kein

Mensch hätte kapiert, was das sollte, wenn ich es wirklich durchgezogen hätte. Nicht einmal du, Ed, dachte ich, während ich ihr nachschaute. Und deswegen ist es aus. Hier hast du sie, Ed, wie konntest du nur?

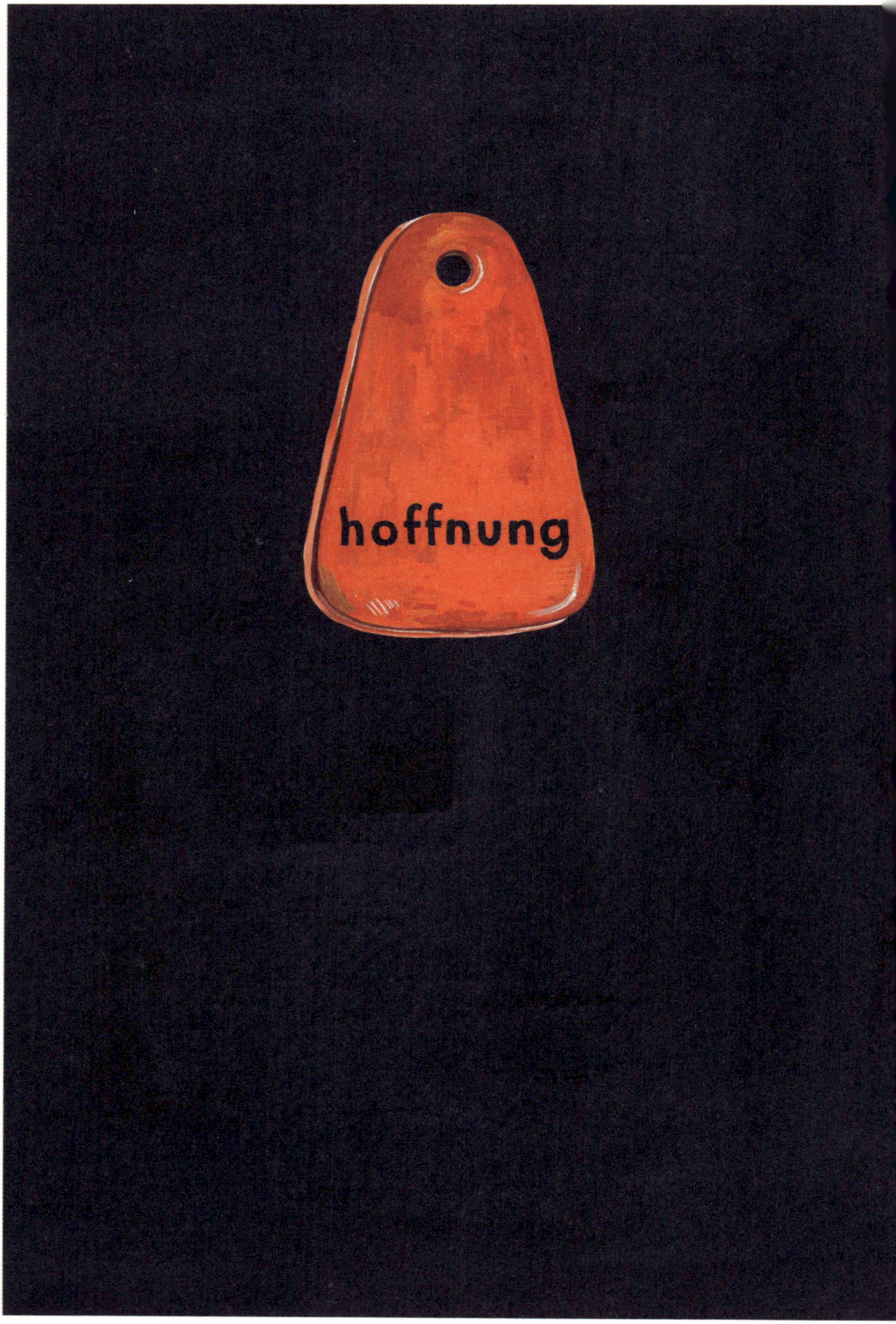
hoffnung

Das hier ist nicht von dir. Es steckte in einem Umschlag, den jemand mit Tesa an meinen Spind geklebt hatte. Nicht mal mein Name stand drauf. Erst dachte ich, es sei von dir, aber es fiel mir einfach in die Hand, kein Briefchen dabei. Ich fühlte Als Zorn, seinen Trotz, seinen ehrenhaften, gottverdammten Zorn, als ich das hier in meiner Hand hielt. Meine Freikarte, die ich mir damit verdient hatte, dass ich mit ihm die Poster aufgehängt hatte. Gottverdammter Unterausschuss. Er hätte mich zwingen können, mir eine Karte zu kaufen, aber nein, hier war sie, mit einem Kreuz im Kästchen neben dem Wort Freikarte. Sie gehört dir nicht, aber ich gebe sie dir trotzdem zurück, weil alles deine Schuld ist. Statt normaler Karten lassen die Theater-AGs immer solche originellen Anhänger machen, die man am Hals tragen kann, die extremen Goths peinlicherweise sogar das ganze Jahr lang, um jedem zu zeigen, dass sie auf dem alternativen Halloweenball waren. Ich hab meine noch nie umbehalten, sie landeten immer in irgendeiner Schublade oder so. HOFFNUNG. Das ist wirklich ein Witz. Eine Erinnerung an die Nacht, die Halloween-Nacht unter dem Motto »Rein böse«, in der wir – geben wir's doch zu – hätten Schluss machen sollen.

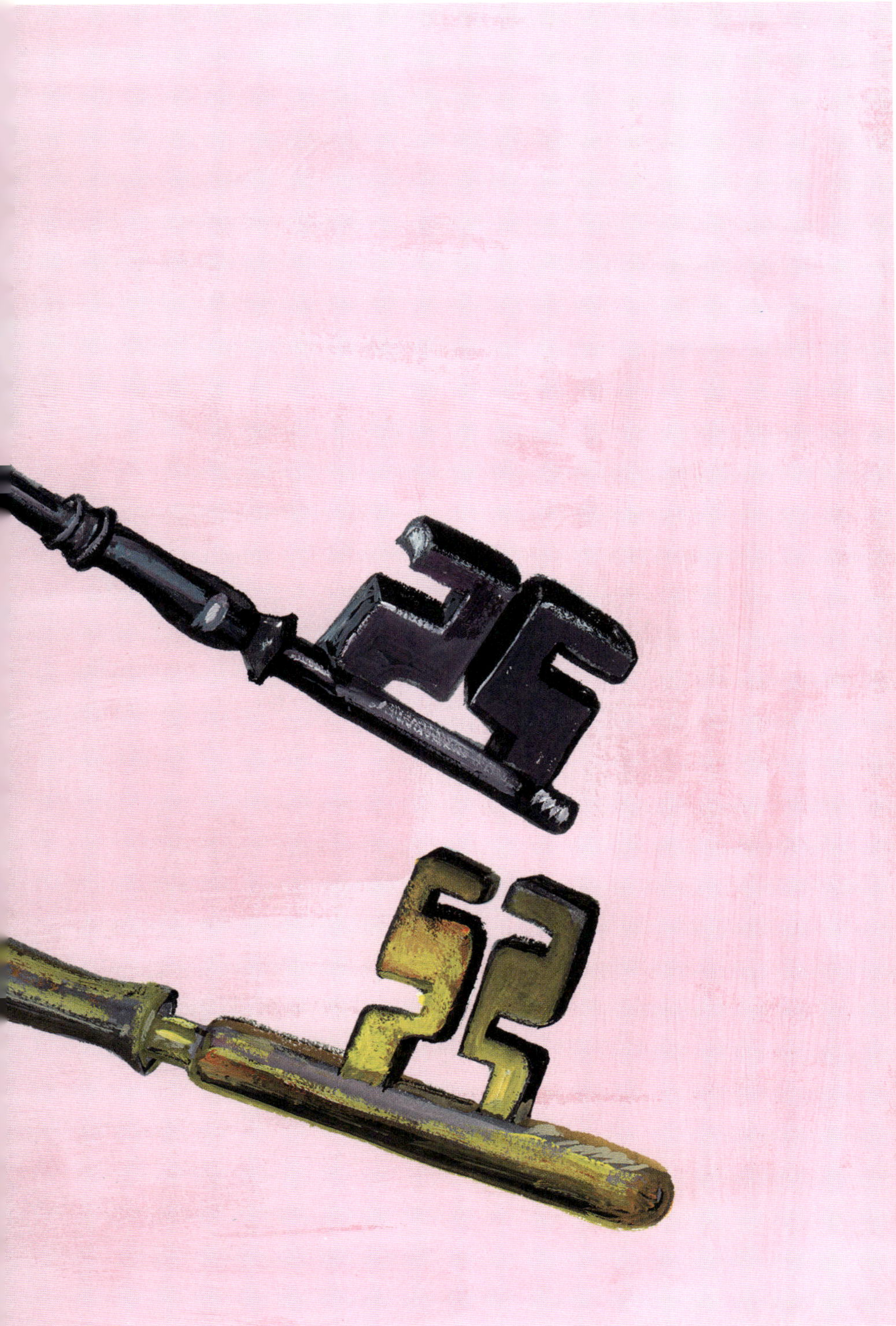

Warum ist es dann also aus mit uns? Wenn ich jetzt daran denke, so richtig darüber nachdenke, dann fällt mir als Erstes ein, wie müde ich war an diesem Halloween-Samstag, weil ich so früh aufgestanden war, um heimlich noch einmal zu *Alles Tipptopp* zu gehen, um diese beiden hier zu kaufen, die ich dir nie gegeben habe. Später stand ich dann gähnend vor unserem Haus, färbte mit Spray eine alte Kappe aus dem Secondhand-Laden ein, die ich in meinem ersten Highschool-Jahr getragen hatte, und musterte sie mit zusammengekniffenen Augen, um zu sehen, ob das Grau auch zu Dads altem Mantel passte. Aus meinem offenen Fenster schwebte die Musik von Hawk Davies und hüllte mich komplett ein, diese coole Stelle von *Take Another Train,* in dem Davies gerade ein Solo hinschmettert und man im Hintergrund schwach irgendjemandes Entzückensschrei hört: *Yeah Hawk yeah,* während ich grinsend mein Gesicht in die klare Luft hielt. Es würde heute nicht regnen. Du und ich würden erst zu eurer Fete und dann zu unserem Ball gehen, und das wäre in Ordnung so – sogar außergewöhnlich. Etwas anderes kam mir nicht in den Sinn. Ich sehe noch vor mir, wie glücklich ich war, und ich kann sagen, nicht nur ich – wir beide waren glücklich. Vermutlich suche ich etwas, woran ich mich festhalten kann, egal was.

»Schön, dich so froh zu sehen«, sagte meine Mom. Sie brachte mir dampfend heißen Earl-Grey-Tee heraus. Dabei hatte ich mich innerlich schon dafür gewappnet, dass sie monieren würde, der Jazz sei zu laut, ich solle mal an die Nachbarn denken.

»Danke«, sagte ich und meinte den Tee.

»Auch wenn du's im Mantel deines Vaters bist«, sagte sie. Das hatte sie sich dieses Jahr angewöhnt, diese ständigen Sticheleien über Dad. »Ich werde versuchen, ihn heute Abend komplett zu ruinieren, extra für dich, Mom.«

Sie lachte ein bisschen. »Und zwar wie?«

»Hm – ich werde Drogen drüberkippen und mich im Schlamm wälzen.«

»Wann lerne ich den Jungen mal kennen?«

»Mom.«

»Ich möchte ihn ja nur kennenlernen.«

»Taxieren möchtest du ihn.«

Jetzt probierte sie es mit der alten Masche. »Ich liebe dich, Min. Du bist meine einzige Tochter.«

»Was willst du wissen?«, fragte ich. »Er ist groß, er ist schlank, er ist höflich. Oder ist er am Telefon etwa nicht höflich?«

»Doch.«

»Und er ist der Kapitän der Basketballmannschaft.«

»Co-Kapitän.«

»Das heißt, es gibt noch einen anderen Kapitän.«

»Ich weiß, was das heißt, Min. Ich frage mich nur – was habt ihr beide gemein?«

Statt ihr die Augen auszukratzen, habe ich an meinem Tee genippt. »Themenbezogene Halloween-Kostüme.«

»Das hast du mir schon erzählt. Die ganze Mannschaft geht als Sträflinge, und du spielst mit.«

»Es geht mir nicht darum, *mitzuspielen.*«

»Ich weiß, dass er beliebt ist, Min. Das weiß ich von Jordans Mutter. Ich will nur nicht, dass du dich wie ein Hündchen an der Leine herumführen lässt.«

»Hündchen? Ich bin schließlich der Gefangenenwärter. Ich werde *die* herumführen.« Was natürlich nicht stimmte, aber das ging sie verdammt noch mal nichts an.

»Okay, okay«, sagte meine Mutter. »Das Kostüm macht jedenfalls Fortschritte. Und was ist mit denen da?«

»Schlüssel. Wärter haben doch immer Schlüssel.« Eine idiotische Sekunde lang gefiel es mir, sie einzuweihen. »Ich dachte, ich trage sie am Gürtel, und wenn das Fest zu Ende ist, schenke ich sie Ed.«

Mom riss die Augen auf.

»Du willst Ed diese Schlüssel schenken?«

»Wieso nicht? Ich hab sie doch bezahlt.«

»Aber, Min, Liebes«, sagte sie und legte mir eine Hand auf die Schulter. Es juckte mich in den Fingern, die Spraydose auf ihr Gesicht zu richten, damit sie ganz grau wird, aber plötzlich ist mir aufgefallen: Das war sie schon. Was allerdings keine Überraschung war. »Wäre das nicht ein bisschen zu – du weißt schon?«

»Was?«

»Symbolisch?«

»Wie?«

»Ich meine …«

»*Pfui*. Du meinst, ein kleiner dreckiger Witz? Schlüssel ins Schlüsselloch?«

»Also, die Leute werden sich schon ihr Teil denken …«

»Mom, du bist ekelhaft, niemand denkt so. Ehrlich.«

»Min«, sagte sie leise, und dabei glitten ihre Augen wie Suchscheinwerfer über mich, »schläfst du mit diesem Jungen?«

Dieser Junge. Hündchen. Du bist meine Tochter. Es kam mir vor wie verdorbenes Essen, mit dem ich zwangsernährt wurde, ich konnte es einfach nicht bei mir behalten. Ihre Finger jagten immer noch über meine Schulter, wie eine kleine Schulschere, stumpf, ineffektiv, nutzlos. »Das«, sagte ich, »geht dich nichts an. Absolut gar nichts.«

»Du bist meine Tochter. Ich liebe dich.«

Ich trat drei Schritte zurück, um sie anzusehen, wie sie dastand, die Hände in die Seiten gestemmt. Am Boden, auf Zeitungspapier, der Hut, den ich aufsetzen wollte. Weißt du eigentlich, Ed, dass es wie ein verdammter Schlag in die Magengrube ist, dass meine Mutter am Ende recht behalten hat? Ich muss irgendwas gebrüllt haben, und sie muss irgendwas zurückgebrüllt haben und zurück ins Haus gestampft sein, ganz sicher, aber davon weiß ich nichts mehr. Das Einzige, woran ich mich erinnere, ist, dass die Musik aufhörte, die sie zur Strafe ausgestellt hat. Der Soundtrack zu meinem Tag fehlte plötzlich. Die kann mich mal, dachte ich. *Yeah Hawk yeah.* Ich war sowieso fertig.

Aber am Ende habe ich dir die Schlüssel doch nicht gegeben. Der Tag zog sich dahin, ich machte ein paar Hausaufgaben, döste, vermisste Al, überlegte, ob ich Al anrufen sollte, habe Al nicht angerufen, habe mich angezogen und bin aus dem Haus, als es dämmerte, nicht ohne meine Mutter noch mit einem Blick zu durchbohren, die dabei war, Bonbons in eine Schale zu füllen, die sie nach und nach selbst essen würde, während sie dasaß und darauf wartete, dass Kinder an der Tür läuteten. An der Straßenecke zielte ein Junge, bei dem ich früher manchmal Babysitterin war, gerade mit Eiern auf Autos. Als er mich sah, zeigte er mir den Finger. Die Welt wird immer schlechter, ging mir durch den Kopf, so wie in *Die Tore des Schlafs,* einem Remake von *Rip van Winkle,* aus dem Al und ich vor dem Ende rausgegangen sind – jedes Mal, wenn der Held aufwachte, war sein Leben noch ein Stück deprimierender: die Frau tot, die Söhne Trinker, die Umweltverschmutzung in der Stadt noch schlimmer, die Herrscher noch korrupter, der Krieg nicht endend und immer blutiger. Al schlug einen neuen Titel für den Film vor: *Sie sind gut drauf? Keine Sorge, das lässt sich ändern.*

Schon als sich ein alter Mann im Bus ganz ernsthaft bei mir für den guten Service bedankte, hätte ich wissen müssen, dass mein Kostüm wieder mal ein Totalflop sein würde, aber erst als ich unter dem Bogengang aus orangeroten und schwarzen Ballons hindurchging, um nach dir zu suchen, traf mich der Schlag mit voller Härte. Ausgeteilt hat ihn ausgerechnet Jillian Beach. »Oh Gott«, sagte sie. Schon leicht angeheitert stand sie da in rot-weiß gestreiften Shorts und einem BH aus blauen Schals. Der Abend war kalt, und sie hatte schon jetzt eine Gänsehaut, sodass sie wie ein Stachelschwein aussah. Annette hat recht, dachte ich, vor der muss ich keine Angst haben.

»Was ist?«

»Du bist ja wirklich so was von durchgeknallt, Min! Ein jüdisches Mädchen, das sich als Hitler verkleidet?«

»Ich bin nicht Hitler.«

»Du fliegst. Du fliegst von der Schule.«

»Ich bin eine Gefängniswärterin, Jillian. Was bist du?«

»Barbara Ross.«

»Wer?«

»Die hat unsere Fahne erfunden.«

»*Betsy* Ross, Jillian. Wir sehen uns später, okay?«

»Ed ist nicht hier«, antwortete sie.

»Schon okay«, sagte ich, bemühte mich aber erst gar nicht, überzeugend zu klingen. Ein Nazi, der zu früh zu einer Party im Freien erscheint. Ein Grüppchen Freshmen machte einen Bogen um mich, sie flüsterten sich gegenseitig etwas in ihre Mauseöhrchen. In einer Ecke putzte sich ein Haufen Draculas noch heraus. Und natürlich lief schon dieser Song, den ich so hasste. Die Trainer nippten an Kaffeebechern und schwitzten in ihren Umhängen. Gerettet hat mich dann (wer hätte es gedacht?) Trevor, der mit einem Fuß in Gips auf mich zuhumpelte.

»Hey, Min. Oder sollte ich lieber *Wachtmeister Green* sagen?«

Besser ein Polizist als Hitler. »Hey, Trevor. Als was gehst du?«

»Als ein Typ, der sich gestern den Fuß gebrochen hat und deshalb bei den Sträflingen nicht mitmachen kann.«

»Du würdest aber auch alles machen, damit du um den Auftritt auf der Bühne herumkommst.«

Er hat laut gelacht und von irgendwoher ein Bier hervorgezaubert. »Du bist echt witzig«, sagte er, so als hätte je jemand etwas anderes behauptet. Er trank einen Schluck, dann hielt er mir die Flasche hin. Mir war klar, dass er das mit jedem Mädchen, mit jedem Menschen überhaupt machte und dass ihm noch nie jemand die Flasche unberührt zurückgegeben hatte.

»Danke, ich brauch nichts.«

»Ach, stimmt«, sagte er, »du magst ja kein Bier.«

»Das hat Ed dir gesagt.«

»Ja, wieso – sollte ich das nicht wissen?«

»Nein, nein, schon gut.« Ich sah mich wieder nach dir um.

»Nämlich, er erzählt mir sowieso alles.«

»Ach ja?«, fragte ich, und dann gab ich die Suche auf und sah ihm in die Augen. Er war blau, wie immer, oder vielleicht war er auch nie blau. Mir wurde klar, dass ich den Unterschied gar nicht erkennen könnte, dafür kannte ich ihn viel zu wenig.

»Ist so«, sagte er. »Slatertons Freundinnen müssen das lernen oder die Fliege machen.«

»Die Fliege machen?«

»Genau, die Fliege machen«, sagte er mit einem etwas schiefen Nicken. Selbst im besoffenen Zustand (*falls* er besoffen war) brachte er solche Ausdrücke immer noch locker genug rüber. »Wir reden nämlich eine Menge, Ed und ich.«

»Und, was sagt er so?«

»Dass er dich liebt«, antwortete Trevor spontan. Es schien ihm auch gar nicht peinlich zu sein. »Dass du den Test bei seiner Schwester bestanden hast. Dass du nichts gegen seinen Mathe-Tick hast. Dass ihr eine verrückte Party für einen Filmstar plant und dass ich den verdammten Champagner besorgen muss, sonst tritt er mich in den Arsch. Und dass er nicht mehr *schwul* sagen darf – darf ich das wenigstens noch sagen?«

»Klar«, sagte ich, »du bist ja nicht mein Freund.«

»Gott sei Dank«, sagte er, und dann (und da hast du das vermutlich her!) schob er noch hinterher: »Nichts für ungut.«

»Kein Problem.«

»Ich meine ja nur – mit uns beiden würde das wohl nicht gut gehen.«

»Mach dir da keine Gedanken.«

»Wir sind einfach, ich meine, ich mag Mädchen, mit denen man Spaß hat und die mich nicht umzukrempeln versuchen, mich nicht in irgendwelche verdammten Filme schleppen oder in Läden, die in aller Herrgottsfrühe aufmachen, verstehst du?«

»Ja«, antwortete ich, »und dich würde ich auch nicht dahin mitnehmen.«

»Ich will mir einfach, du weißt schon, ein lustiges Leben machen. Am Wochenende Spaß haben und unter der Woche beim Training schwitzen.«

»Schon kapiert.«

Er legte mir einen Arm um die Schultern wie ein jovialer Onkel. »Ich mag dich«, sagte er, »egal, was die anderen sagen.«

»Danke«, sagte ich steif, »ich mag dich auch.«

»Nee«, sagte er, »das nicht, aber du lässt es nicht raushängen. Ich hoffe, ihr bleibt lange zusammen, ehrlich. Und wenn nicht, dann geht's hoffentlich ohne großes Drama und so 'nen Scheiß ab.«

»Hm, danke.«

»Also, jetzt sei nicht gleich verschnupft«, sagte er, leerte sein Bier und machte das nächste auf. »Ich wollte bloß sagen, ihr beide, ihr seid wie diese zwei Planeten, die zusammengekracht sind, als Kind habe ich das mal im Fernsehen gesehen, in diesem Film über irgendwelche blauen Leute und diese irren roten Typen.«

»Planeten auf Kollisionskurs«, sagte ich. »Ein Film von Frank Cranio. Am Ende sind sie alle violett.«

»Genau!«, brüllte er, und seine Augen irrten hin und her, so verwundert und erfreut war er. »Das ist das erste Mal, dass ich jemanden treffe, der das weiß.«

»Das Carnelian zeigt im Dezember ein paar Filme von Cranio«, sagte ich. »Wir könnten ein Double-Date machen, mit Ed und deiner aktuellen …«

»Im Leben nicht!«, sagte er ganz freundlich. »Das Kino ist doch schwul.«

»Und das sagst ausgerechnet du«, meinte ich. »Wolltest du nicht gestern noch mit den anderen Jungs auf der Bühne tanzen, aneinandergekettet?«

»Ich doch nicht!«, sagte er und hob seinen Gipsfuß hoch. Wir brachen beide in wildes Gelächter aus, und ich lehnte mich sogar leicht an ihn. Im selben Moment bist du mit deiner Sträflingskolonne aufgetaucht, alle in gestreiften Pyjamas und mit schwarzen Plastikringen um die Knöchel. Dein Gesicht unter dem dünnen Hütchen war gerötet, deine Miene misstrauisch. »He, was soll das, Trev«, sagtest du viel zu laut und zerrtest mich weg.

»Sachte, sachte«, sagte Trev und hielt sein Bier gut fest. »Wir blödeln bloß rum, Ed. Sie hat auf dich gewartet.«

»Und was hast du gemacht, du Arsch?«, hast du ihn angefahren. »Sie für mich warm gehalten?«

»Hey, Ed, schön dich zu sehen. Happy Halloween!«, sagte ich betont freundlich. Diese Version von dir kannte ich noch nicht, diesen idiotisch rumbrüllenden Typen mit dem glasigen Blick und der Hand, die wie eine Klaue auf meiner Schulter lag. Noch nie hatte ich dich so erlebt, wirklich nicht, andererseits – so lange kannte ich dich ja auch noch nicht.

»Mann«, sagte Trevor mit einem Grinsen, dem man ansah, dass gleich die Pointe folgen würde. »Komm mir nicht damit. Du weißt doch, einem wie mir ist *alles außer* zu wenig.«

Jetzt grölte die ganze Sträflingskolonne. Die Tränen schossen mir so schnell in die Augen, als hätte ich sie alle für diesen Moment aufgespart. Ich wünschte, ich wäre tatsächlich Hitler gewesen. Ich hätte sie alle umgebracht, einen wie den anderen.

»Min!«, hast du gerufen, deine Wut war jetzt in Panik umgeschlagen. Du hast sogar ein paar Schritte auf mich zugemacht. Aber du warst ja an deine Gang angekettet, und die anderen ließen nicht zu, dass du hinter mir herkamst und alles wieder gutmachtest. Nicht, dass du das gekonnt hättest. Aber du hast es getan.

»Es tut ihm leid!«, grölte einer der bescheuerten Jungs und lachte. »Wir haben alle beim Proben ein paar Kurze gekippt, danach ist Slaterton immer so ein Arsch.«

»Sag bloß!«, rief Trevor, neidisch und entzückt zugleich. »Es gibt Kurze? Wo wo wo?«

Du hast mich noch hilflos angesehen, als um uns herum auf einmal das Spektakel losging, wie in der Massenpanik in *Wenn der letzte Zug fährt* kam ich mir vor. Die Trainer eröffneten die Party mit einem feisten, plumpen Tanz zu *I'm the Biggest Man*. Zur Hölle mit euch allen, dachte ich, aber genau da waren wir sowieso schon, jede Ecke ein Albtraum voll gruseliger Gestalten, Gekreisch, grell aufblitzende Lichter, noch mehr Gekreisch, alles viel schlimmer als beim Lagerfeuer, weil es nicht mal irgendwas Fantastisches zum Anschauen gab, bloß Gesichter mit öligem Make-up, Gummimasken wie platt gefahrene Frösche auf den Köpfen der Jungs, die nuttigen Kostüme der Mädchen mit viel nackter, schweißglänzender Haut, dazu das donnernde *Dong, dong* von Trommeln, die irgendwer hereintrug, schrille Pfiffe von Flöten, die manche Leute an neonfarbenen Bändern wie Henkerschlingen um den Hals trugen, und schließlich die rhythmischen Sprechgesänge, die nach und nach die Menge erfassten, als eine Schule nach der anderen einsetzte, jede Mannschaft ihren eigenen Namen ins Feld führte – *Adler! Biber! Tiger! Ma-*

rodeure! –, Silben aufeinanderprallten, als ob sich am Himmel die Maskottchen bis aufs Blut bekämpften. Dann hob jedes Team seinen Kapitän auf die betrunkenen Schultern, und die Schulen brüllten die Namen ihrer konkurrierenden Helden, *McGinn! Thomas! Flinty!* und, alles übertönend, *Slaterton! Slaterton! Slaterton!*, die Sträflinge stampften auf die Bühne und legten zu *Love Locked Up* von Andronika (die aus den Lautsprechern so rüberkam, als hasste sie diesen Scheiß ebenso) mit ihren gefaketen Schwuchtelbewegungen los. Beim Gejohle der Menge wurde mir erst klar, dass du sogar an anderen Schulen berühmt warst. Deine komplette angekettete Gang fasste sich in widerlicher Geschlossenheit in die Schlafanzughose und an den Schritt und zog jeweils eine Whiskeyflasche hervor, genau zu der Textzeile »Drink every drop«, und auch wenn die Trainer sich noch so um eine missbilligende Miene bemühten, die Leute rasten vor Begeisterung, das Gekreische sprengte die Skala auf dem Applausometer, den Natalie Duffin und Jillian gameshowmäßig herumtrugen, und ihr habt gewonnen, triumphierend hieltet ihr eure Gutscheine hoch, bliest Küsse ins Publikum, verbeugtet euch umständlich (wegen der verhedderten Hosenbeine), und dann stürmte Annette die Bühne, in Ketten und silbernen Stiefeln und mit einer riesigen Theateraxt, und küsste die gesamte Gang, *muah, muah, muah,* dich ein kleines bisschen länger, bevor sie ihre Waffe hob, die Ketten durchtrennte und euch befreite, sodass ihr jubelnd und besoffen von der Bühne gesprungen und in der Menge verschwunden seid, aus der du erst nach achtunddreißig Minuten endlich wieder bei mir auftauchtest, strahlend schön, hinreißend, sexy, ein Sieger durch und durch, für immer.

Ich habe dich so gehasst.

Mein Gesicht muss vor Hass geglüht haben wie das von Amanda Truewell in *Tanz des Vergessens*, in der Szene, als Oliver Shepard unerwartet mit seiner nichtsahnenden Frau den Nachtclub betritt. Kochend vor Wut und rasend verletzt wurde ich von der Menge mitgerissen und fand mich bald neben dem Torpfosten eingeklemmt, zusammen mit einem Typen aus meinem Jahrgang, den ich flüchtig kannte und der mir ausführlich vom Weißweinproblem der neuen Frau seines Dads erzählte. Ich hatte so eine Wut, ich wusste, sie würde sich bald irgendwie Luft machen. Auch wenn ich wie erstarrt und verloren dastand – in mir rumorte es fürchterlich. Derweil tobte die Fete immer weiter, die Stimmung kochte über, die Leute wirbelten in ihren Kostümen herum, und endlich, mitten in dem allerschlimmsten Song, zu dem die Menge *Hey! Hey! Get down I say!* mitgrölte, bist du wieder aufgetaucht, völlig außer dir, mit verschwitztem Haar und das Pyjamaoberteil halb aufgeknöpft. »Ich muss dir was sagen«, sagtest du, noch bevor ich mich entscheiden konnte, welche der vernichtenden Drehbuchsätze, an denen ich die ganze Zeit gefeilt hatte, ich dir zuerst entgegenschleudern würde. Du hast beide Arme nach vorn ausgestreckt, die Hände (mit einem Schmutzstreifen auf der einen) abwehrend hochgehalten, so als wolltest du einen Felsen aufhalten, den ich gleich auf dich zurollen würde. Ich trat zurück, du bliebst, wo du warst, behauptetest die Stellung auf dem brüllend lauten Schlachtfeld, und dann fingst du an, an den Fingern abzuzählen, du hast gezählt, wie oft du sagtest, was du sagtest, an beiden Händen zweimal und dann das Ganze fast noch einmal. Es war das Einzige, was du sagen konntest, es war genial.

Es tut mir leid.

Es tut mir leid.
Es tut mir leid.
Es tut mir leid.
Es tut mir leid.
Es tut mir leid.
Es tut mir leid.
Es tut mir leid.
Es tut mir leid.
Es tut mir leid.
Es tut mir leid.
Es tut mir leid.
Es tut mir leid.
Es tut mir leid.
Es tut mir leid.
Es tut mir leid.
Es tut mir leid.
Es tut mir leid.
Es tut mir leid.
Es tut mir leid.
Es tut mir leid.
Es tut mir leid.
Es tut mir leid.
Es tut mir leid.
Es tut mir leid.
Es tut mir leid.

»Sechsundzwanzig«, sagtest du, bevor ich noch fragen konnte. Alle standen um uns herum, oder jedenfalls waren sie um uns herum wie lauter, schlechter Surf-Rock. Insgesamt war die Menge jetzt leiser, ein paar Aufschreie, ein paar Buhrufe. »Sechsundzwanzig«, sagtest du wieder, dieses Mal in Richtung der Menge, und tatest einen Schritt auf mich zu.

»Untersteh dich!«, sagte ich, obwohl ich unentschlossen war.

»Sechsundzwanzig«, sagtest du. »Ein Mal für jeden Tag, seit wir zusammen sind, Min.« Jemand johlte, jemand anders brachte ihn zum Schweigen.

»Und ich hoffe, eines Tages werde ich wieder etwas Blödes machen und es dann eine Million mal sagen müssen, denn bis dahin werde ich genau so viele Tage mit dir zusammen sein, Min. Mit dir.«

Ich erlaubte dir einen weiteren Schritt. Der Typ aus meinem Jahrgang merkte auf einmal, dass er noch immer mit offenem Mund dastand, klappte den Mund wieder zu und verdrückte sich. Ich spürte ein Zittern in der Schulter, in der Kniekehle. Ich schüttelte den Kopf, schaufelte meine Wut in ein flaches Grab, wo sie so lange liegen sollte, bis ich sie für irgendeine unerwartete Wendung im Drehbuch wieder brauchen konnte und ausbuddeln würde. Aber ich konnte den Blick nicht von dir wenden, deiner Schönheit, deiner Art, dich zu bewegen und mit mir zu reden.

»Egal was«, sagtest du – eine umfassende Antwort auf eine nicht gemachte Bemerkung. »Egal was, Min. Alles, alles. Wenn *Willows* noch offen hätte, hätten sie gleich keine Blumen mehr. Ich würde den ganzen Laden leer kaufen, bis auf den letzten Stängel.«

»Ich bin so sauer auf dich«, brachte ich endlich hervor. Wie viele gibt es, wie viele Filme, in denen der Mann oder die Schauspielerin, sich öffentlich entschuldigt? Ich kann sie nicht ansehen.

»Ich weiß«, sagtest du.

»Ich bin immer noch sauer.«

Aber da standest du schon vor mir. Hast die Hände gehoben und an meine Wangen gelegt. Ich weiß nicht, was ich getan hätte, wenn du mich geküsst hättest, Ed, aber du warst klug genug, das nicht zu tun. Du hast mich einfach nur gehalten, deine warmen Hände auf meinem tränennassen Gesicht. »Ich weiß. Und das geschieht mir nur recht.«

»Wirklich sauer. Das war so gemein, was du getan hast.«

»Okay.« Die Menge war immer noch da, verlor aber bereits das Interesse.

»Nein, nicht okay«, sagte ich. Einen anderen Pfeil hatte ich nicht im Köcher. »Es war wirklich gemein.«

»Ja. Es tut mir leid. Es tut mir leid.«

»Sag's jetzt nicht wieder sechsundzwanzigmal. Ein einziges Mal reicht.«

»Wirklich?«

»Ich weiß nicht.«

»Egal was, Min. Egal was. Aber du musst es mir sagen.«

»Ich will dir gar nichts sagen.«

»Okay, aber, Min, bitte!«

»Nichts ist okay.«

»Okay, aber was kann – wie können wir neu anfangen?«

»Ich weiß nicht, ob ich das will.«

Du hast geblinzelt, viele Male. Deine Hand an meiner Wange

zitterte auf einmal. Mir ging der Gedanke durch den Kopf, dass der Dreck von deiner Hand nun an meinem Gesicht hing. Und dass mir das egal war. Nichts war okay, Ed, aber vielleicht …

»Wie, Min? Egal was. Was kann ich machen, was kann ich … wie kann ich dich dazu bringen, dass du neu anfangen willst?«

Ich konnte es nicht. Nein, dachte ich, jetzt bloß nicht weinen, während du das sagst. Andererseits – du weinst ja sowieso schon, und er ist schuld daran. Min, dachte ich, das ist Liebe, ganz einfach. »Kaffee«, sagte ich und weinte dabei. »Kaffee, Extramilch und dreimal Zucker«, und du bist auf und davon mit mir, quer übers Footballfeld, beide Arme um mich gelegt, ohne dich von irgendwem zu verabschieden, durch die kalte Nacht zum Bus, wo wir dicht aneinandergekauert saßen, du wieder mein Gesicht gehalten hast, mir lauter süße Dinge gesagt hast, die fast vom Brummen des Motors verschluckt wurden. Dann bist du ins *Café Tasse* hineinmarschiert, hast beide Türen mit Schwung aufgestoßen und lauthals verkündet, dass du zur Strafe dafür, dass du deine große Liebe, Min Green, schlecht behandelt hast, einen großen Kaffee kaufen möchtest, einen großen Kaffee mit Extramilch und dreimal Zucker, und zwar auch für die gesamte Kundschaft dieses großartigen Etablissements, wobei die Kundschaft aus einem einzigen erschrockenen alten Mann hinter einer Zeitung bestand, der bereits seinen Kaffee vor sich stehen hatte. Du hast darauf bestanden, dass der Mann als Zeuge zur Kenntnis nahm, was du feierlich versprochen hast, nie wieder auch nur einen Tropfen Schnaps über deine Lippen kommen zu lassen. Und dann hast du mir von der Toilette diesen Anhänger mitgebracht und gesagt, guck mal, der Anhänger hier,

THE
BLUE RHINO
Sonntag
14 UHR
CARL
HAIG
TRIO

wie cool, da müssen wir unbedingt hin, weißt du, wer da spielt, Carl Haig, der war mal Schlagzeuger bei Hawk Davies, diesem Typen, den ihr so gut findet, Joanie und du. Wie eine festgenagelte Fügung des Schicksals hing dieses Ding an der Pinnwand neben den Toiletten, wo du dir die Haare glatt gestrichen und deine Pyjamajacke zugeknöpft hast, sodass du wieder einigermaßen ordentlich und nüchtern aussahst, und ich sollte mit dir dahin, bitte, weil du mich liebtest.

»Vielleicht.«

»O Min, bitte, sag nicht vielleicht.«

Der Kaffee lief durch mich hindurch, und ich sagte: »Okay, ja.« Es war mir peinlich, als wir in die Linie Sechs stiegen, dass ich immer noch behauptete, sauer zu sein wegen etwas, was schon zwei Busse vorher passiert war. Uns gegenüber saßen kleine Kinder in Halloween-Kostümen, zusammen mit ihrem Dad, der hektisch auf seinem Telefon herumtippte. Wildfremde Menschen, dachte ich. Wenn ich immer noch sauer wäre, dann wäre ich jetzt allein, Samstagabend, an Halloween, allein im Bus. »Ja – okay? Aber sauer bin ich immer noch.«

»Darfst du ja auch sein«, sagtest du. Doch dein Lächeln dabei gefiel mir nicht.

»Immer noch.«

»Das hast du schon gesagt, Min. Und mir tut's immer noch leid, und das war's.«

»Ich weiß.«

»Nein, ich meine, unsere Haltestelle. Wir müssen raus.«

Der stille Friedhof hieß uns kühl und dunkel willkommen, an diesem bescheuerten schlimmen Abend, der Ball stand ja noch an, das wussten wir. Das schattenhafte Gras knackte unter unseren schweren Schritten. »Bist du sicher, dass du noch hinwillst?«

»Ja«, sagte ich. »Meine Freunde – sieh mal, ich bin schließlich auch zu deiner Fete gegangen.«

»Okay«.

»Und deshalb musst du dich auch durch meine durchquälen. *Egal was,* hast du gesagt.«

»Ist ja gut.«

»Und wenn ich *quälen* sage, dann meine ich das auch so. Denn ich bin immer noch ...«

»Ich weiß, Min.«

Ich gab dir meine Hand. Ein kleines bisschen weniger schrecklich fühlte ich mich, allein davon, dass wir da herumliefen, in dieser Stille. Seitlich raschelte etwas, aber ich fühlte mich sicher, zwischen den matten Lichtern auf den Gräbern, den Steinkreuzen und dem toten Laub. Fast schon okay.

»Weißt du was«, sagtest du, und dein Atem fühlte sich feucht an, »ich hab noch mal über diesen Ort für die Party nachgedacht.«

»Was meinst du denn?«

»Lottie Carson.«

Es war das erste Mal, dass du dich an ihren Namen erinnert hast. »Der ist doch gut.«

»Mir ist aufgegangen, dass es vielleicht kein guter Ort ist für jemanden, der neunundachtzig wird. Vermutlich wäre sie gekränkt.«

»Auch wieder wahr«, sagte ich. Scheinwerferlicht von der Straße drang zwischen den Bäumen hindurch, die Grabsteine standen still wie Rehe in dem grellen Licht. Ich konnte die Lebensdaten lesen, mal war die Lebensspanne lang, mal nicht lang genug. »Vielleicht wird sie hier beerdigt«, sagte ich. »Dann müssen wir sie besuchen, ihr Blumen bringen, aufpassen, dass keine Kondome auf ihrem Grab liegen.«

Du hast fester nach meiner Hand gefasst, und wir sind weitergegangen. Bestimmt hast du da an deine Mom gedacht, Ed, daran, wo sie einmal enden wird und wann. Damals musst du irgendwas von dem, was du gesagt hast, ernst gemeint haben. Das hoffe ich jedenfalls.

»Vielleicht werden *wir* mal hier beerdigt«, sagtest du, »und unsere Kinder kommen uns besuchen und bringen uns Blumen.«

»Zusammen«, flüsterte ich, ich konnte gar nicht anders. »Zusammen, genau hier.«

Das war's, dieser wunderschöne Moment dort, der mich zu dir zurückgeführt hat. Wir blieben noch kurz da stehen, dann gingen wir weiter. Im dichten Gras hörten wir auf, uns an den Händen zu halten, aber wir waren weiter zusammen, auf dem Weg in den Rest dieser Nacht.

Die Scandinavian Hall sah einfach beschissen aus, so beschissen wie immer, mit ein paar halbherzig flatternden Girlanden. Der Wasserspeier an der Tür, der säuselnd immer den gleichen grün angestrahlten Dampf ausstieß, erinnerte an einen besoffenen Onkel. Wir gingen zusammen hinein, doch niemand bemerkte uns, die erste Prügelei schien schon im Gange, vielleicht war aber auch nur ein Tisch umgestoßen worden, und du bist mit einem verlegenen Lächeln davongestürmt in Richtung Klos. Irgendjemandes ruinierter Mantel lag auf einem Tisch. Mit zusammengekniffenen Augen ging ich weiter, vorbei an Al, der traurig in seinem Kostüm dasaß, das einen blutbespritzten Clown darstellte und *Das Reine Böse* darstellen sollte, zusammen mit Maria und Jordan, die sich als Republikaner verkleidet hatten, mit Ölflecken und Ansteckflaggen. Ich hab dir nie erzählt, was da in der Garderobe passiert ist. Aber jetzt erzähl ich's dir, da war nämlich nichts. In der Garderobe stand der Früchtepunsch in einer großen Schüssel mit der Aufschrift HOFFNUNG, aber wenn die Aufpasser gerade nicht hinsahen, drehte der Junge mit der Schöpfkelle den Drehtisch einfach herum, und hinter dem Vorhang erschien eine identische Schüssel mit dem aufgepeppten Zeug. Und der Typ mit der Schöpfkelle war Joe.

»Hey, Min.«

»Oh – hi.«

»Als was gehst du? Sieht aus wie Hitler, aber das kann's ja wohl nicht sein.«

Ich seufzte. »Als Gefängniswärter. Ich hab meine Kappe verloren. Und du?«

»Als meine Mom. Hab bloß die Perücke verloren.«

»Oh.«

»Allerdings. Punsch? Den echten?«

»Ja«, sagte ich. Ich war sowieso schon total aufgedreht vom Kaffee und diesem Achterbahnabend. Ich setzte mich, und Joe goss mir ein.

»Na, wie ist dein Halloween? Amüsierst du dich?«

»Nie.«

»Darauf trinken wir.«

Wir stießen mit unseren Plastikbechern an, was eher frustrierend war.

»Und, wie läuft's so?«

»Was?«

»Mit Ed Slaterton, hab ich vermutlich gemeint.«

»Dachte ich mir doch«, sagte ich.

»Na ja, ihr seid nun mal das Thema Nummer eins.«

»Gib mir noch was von dem Punsch«, sagte ich.

Joe tat mir den Gefallen. Das war das Problem. »So toll also, wie?«, sagte er.

»Wie meinst du das?«

»So toll, dass du anfängst zu trinken.«

»Sieht so aus.« Ich trank einen Schluck und gestikulierte dramatisch. »Ich bin eine Basketballwitwe.«

»Ist es *so* schlimm?«

»Nein, nein. Aber manchmal schon. Es ist eben anders.«

»Na ja, ich nehme an, du gibst nicht gleich beim ersten Anzeichen von Problemen auf«, sagte er, aber als ich ihn fragend ansah, wich er meinem Blick aus.

»Und ob«, sagte ich zu ihm, was für meine Verhältnisse einer Entschuldigung schon ziemlich nah kam. »Und was ist mit dir? Ich hab gehört, du und Gretchen Synnit …?«

»Quatsch!«, sagte Joe. »Das war bloß auf einer Abschlussparty von der Theater-AG. Jetzt bin ich mit Mrs. Grosso zusammen.«

»Oh, nett. Allerdings glaube ich, die meisten Sportlehrerinnen sind Lesben.«

»Echt?«

»Na ja«, sagte ich, »ich hab jedenfalls mit jeder gepennt.«

»Genau deswegen bin ich ja mit Grosso zusammen«, sagte Joe. »Um dir näher zu sein.«

»Hör auf. Du willst ja wohl nicht behaupten, dass du mich vermisst.«

»So konkret nicht«, sagte er. »Aber wir hatten doch gesagt, wir wollten Freunde bleiben.«

»Sind wir ja auch«, sagte ich. »Schließlich führen wir gerade eine höchst delikate Unterhaltung. Wenn das nicht Freundschaft ist …«

»Wie wär's – wollen wir tanzen?«, fragte er und kam leicht schwankend hoch. Der ist schon ziemlich blau, dachte ich, aber wieso eigentlich nicht? Vielleicht wäre Tanzen jetzt genau das Richtige, ein Ventil für meine Wut. Scheiße noch mal, warum nicht? Wieso nicht aus dem Grabe auferstehen und ein bisschen Terror machen, statt für immer tot und begraben auf dem Friedhof liegen zu bleiben? Schließlich war Halloween, und aus den Lautsprechern dröhnte gerade *Culture the Vulture*, als Joe mich auf die Tanzfläche der Scandinavian Hall führte und schon unterwegs abrockte, er steht total auf dieses Stück, damals haben wir immer die lange Version davon gehört, mit geteiltem Kopfhörer, auf dem Boden in seinem Zimmer, und dabei lag meine Hand unter seinem Hemd auf seinem glatten Bauch, was ihn wahnsinnig machte, das wusste ich. Ich tat etwas Leichtsinniges, das war meine Rache, ich knöpfte zum ersten Mal mein Kostüm auf und zeigte nicht nur das Futter von Dads Mantel, sondern auch, was ich drunter hatte und was eigentlich nur für dich gedacht war, Ed: nichts außer meinem allerbesten BH. Lust auf Provokation, ein Gefühl von Schwindel in meinem Kopf (zwei Becher Punsch machten sich bemerkbar), dazu der aufgeknöpfte Mantel. Joes Atem an meiner Haut, Schweiß, der mir den Nacken hinunterlief, und der Rhythmus der zweiten Strophe dieses Songs. Und du natürlich, verlegen und schuldbewusst standest du da und wartetest, dass der Song zu Ende ging. Und auch Al, der so tat, als würde er nicht herüberstarren, es aber natürlich trotzdem tat, während ich tanzte und so tat, als merkte ich nichts. Joe bog mich so weit hintenüber, dass mein BH aufzuspringen drohte und ich eine fleischige Katastrophe fürchtete. Und während der Song laut und frei weiterdröhnte, spürte ich mein Herz, das wild und mutig schlug, meine endlich freien Beine, meine Arme hoch in der herrlichen Luft, die funkelnden Lichter in meinen Augen, meine vom Mitsingen geöffneten Lippen und mein von allen Gedanken leer gefegtes Hirn. Mach, dass es aufhört, war mein Gefühl, mach's fertig, tritt es in den Arsch mit den spitzesten Stilettos, zerfetz es, zerfleisch es, alles, den Ball und die Fete, diese ganze auf mich einhämmernde Parade, scheiß drauf und lass es hinter dir. Mach es anders, anders als die, für die alle dich halten. Ich habe getanzt, und dann hatte ich's hinter mir, jedes Fitzelchen, quer über die Tanzfläche bin ich, ohne noch einen Blick zurück, weder zu Joe, der jetzt allein dastand, noch zu Al oder Lauren, Maria, Jordan, zu niemandem, egal wem. Nur dich hatte ich im Blick, das Einzige, was ich behalten wollte. Es war schon spät, der Song ging zu Ende, das letzte Wort war *Madness,* und sein Echo hallte noch nach – *ness-ness-ness* –, und dann stand ich vor dir und sah dir in die Augen, die mich verwundert und gierig ansahen. Ich wusste, wer du warst, Ed Slaterton, ich öffnete die Lippen und küsste dich, zum ersten Mal an diesem Abend, ging auf dich los und ergab mich gleichzeitig, vollständig, lass uns hier abhauen, ich bin so weit, ich bin fertig, lass uns nicht Schluss machen, nein, nein. Bring mich heim, mein Freund, mein Liebster.

Am nächsten Nachmittag trafen wir uns vor dem *Blue Rhino*, die Sonne stach, und ich schäumte über wie das Zeug, das sie uns später servierten. Ich war ein bisschen zu spät, weil der Club so schwer zu finden war, ich musste kehrtmachen, bog aber an der falschen Ecke ab, fühlte mich wie ausgedörrt, meine Beine bewegten sich wie ein Getriebe, in das Sand geraten ist, der Alkohol hallte in meinem Körper nach wie ein verhasster Ohrwurm. Als wir hineingingen, war ich mir nicht so sicher, wie ich es finden sollte – die Decke war so hoch, dass jeder Ton als Echo zurückkam und auf meinen schmerzenden Kopf einhämmerte, und die Espressomaschine fauchte die ganze Zeit wie eine Wildkatze. Aber die Stühle waren aus kühlem Metall, mit Polstern an den Rückenlehnen, und sobald ich saß, fühlte ich mich versöhnt und verwöhnt. Bleich und mitgenommen sahst du aus, als du uns was zu trinken geordert hast, und dann kam dieses fantastische Getränk. Woher kanntest du das? Woher kam dieses glorreiche Zeug? Ich hab dich nie gefragt, woher du es kanntest oder ob überhaupt, und jetzt werde ich es nie erfahren. Ehrlich gesagt, habe ich so ein Gefühl, dass das *Blue Rhino*, wenn ich mich mühsam noch einmal dahin durchschlüge, gar nicht mehr existierte. Ich sehe die Szene direkt vor mir: Eine verkohlte Tür vielleicht oder auch eine schmutzverkrustete Backsteinmauer, der jeder ansehen musste, dass sie schon von alters her dort stand und dieser ganze Nachmittag in seiner Sicherheit und Geborgenheit nichts weiter war als ein zurückgenommener Wunsch, ein Traum. Wie in dieser tieftraurigen Szene in *See der Seelen,* in der Ivan Kristeva alle Geister der Vergangenheit – so heißen sie zumindest in den Untertiteln – wieder aufsucht und wir begreifen müssen, dass sein Glück nichts war als ein Phantom, das nun für immer verschwunden ist, Karten eines Zauberkünstlers, die wieder im Ärmel verschwunden sind, und nur die drei Spielkarten – Herz Sieben, Herz Neun und die Herz Dame – beweisen, dass er die verängstigte, abgesetzte Prinzessin, die nun, zerknittert und von Spinnweben bedeckt, vor dem verblüfften Blick unseres Helden hockt, am Karren des fliegenden Händlers je getroffen hat. Es war ein geheimer Ort, eine geheime Stunde, als du neben mir saßest. Unauffindbar. Aus der Welt.

Carl Haig, mit Sonnenbrille und in Schale geschmissen – in einem altmodischen Jackett –, musste von einem Mädchen, das ich für seine Tochter hielt, zu seinem Schlagzeug geführt werden, so unsicher war er auf den Beinen. Selbst von unserem Platz in der Ecke aus sah man, wie gealtert und rau seine Hände waren. Ein kurzer Applaus, und schon begann er, sich einzuspielen, probierte herum, schlug mal hier auf die Drums und mal da aufs Becken, um zu sehen, was funktionierte und woran er noch arbeiten musste. Die Tochter trank Wasser aus einem großen Glas, und ein Typ mit geflochtenem Bart kam auf die Bühne und stellte seinen großen Bass auf, gerade in dem Moment, als klar wurde, dass Carl seinen Beat gefunden hatte.

Der Bass spielte ein paar tastende Noten, die Becken klirrten einen Moment an der Decke entlang, und dann waren die beiden richtig in Fahrt. Ich lehnte meinen schmerzenden Kopf an deinen Arm, und einen Moment lang saßen wir still so da, während die Musik uns mitnahm. Dann fiel das Licht aufs Wasser, was mich daran erinnerte, dass ich ja auch ein Glas vor mir stehen hatte. Ich trank einen Schluck, erst fühlte es sich kalt und bitzelnd in meiner Kehle an, doch gleich darauf breitete sich ein wohliges Gefühl von Dankbarkeit in meinem Körper aus, es war wie eine Auferstehung, im selben Moment stellte das Mädchen sein Glas ab, kniete sich hin, als wollte es sich die Schuhe zubinden, richtete sich dann mit einer großen goldenen Posaune in der Hand zu voller Größe auf und spielte eine eigenartige, wunderschöne, volltönende Melodie, die lange nachhallte und in meinen Ohren flimmerte wie das Wasser in meinem Magen, und zum ersten Mal seit dem Beginn dieses Halloween atmete ich tief durch. Jede Erinnerung an Feten und Bälle war mit einem Mal ausgelöscht. Ich sehe es noch vor mir, Ed, wie ich mich enger an dich kuschelte, spüre noch, wie dein Kopf sich im Takt zu den Klängen im Raum bewegte, deine Körperwärme sandte Signale an mich aus, durchs Hemd hindurch, und es fühlte sich gut an, gut und stark und sicher und richtig. Wir kuschelten uns aneinander und tranken mehr Wasser, es fühlte sich an, als wäre eine Extraportion Sauerstoff darin enthalten, als würden wir mineralisiert und gleichzeitig gefiltert. Regelrecht gereinigt. Ich reckte mich, um dir etwas ins Ohr flüstern zu können, und im selben Moment flüstertest du dasselbe, so als hätten wir das geprobt, als wären wir eine Combo, abseits der lauten Welt, eine gepunktete Linie, die auf Schleichwegen wegführte vom Würgegriff der Schule und allem sonstigen Druck, ungebunden und im steten Rhythmus, an einem Ort, den sonst niemand je finden könnte.

Ich liebe dich, haben wir gesagt, was sonst.

Es war einfach ein langes Lied, falls man das Lied nennen kann, im Grunde waren es ja nur einige leise, ruhige Töne, die sich in der Luft ausbreiteten, ein Festmahl aus Musik, und irgendwann war es aus, wir klatschten und gingen hinaus, meine leere Flasche steckte in der Tasche des Mantels, den wir gekauft hatten, um Zucker zu klauen, und den du mir zurückgegeben hattest und den ich dir jetzt zurückgebe, zusammen mit allem anderen. Ich stand mit dir vor der Tür, und schon da hatte ich das Gefühl, dass das *Blue Rhino* verblasste, und wenn ich jetzt nichts sagte über meine Gefühle in dem Moment, dann wäre alles mit einem Mal wie weggeblasen und wir wären wieder nichts weiter als zwei Highschool-Schüler. Also sagte ich es.

»Ich will dir meine Schlüssel schenken.«

Du lächeltest mich an, doch dann hast du die Stirn gerunzelt. »Was?«

»Ich hab gesagt, ich …«

»Wovon redest du überhaupt? Was soll das heißen?«

Ich hasste meine verdammte Mutter. »Es heißt einfach nur …«

»Es hört sich so an, als sollte ich bei dir einziehen, aber, Min …«

»Ed …«

»Wir gehen noch zur Schule. Wir wohnen bei unseren Müttern – hast du das vergessen?«

Also musste ich es laut aussprechen, und das war echt blöd, echt demütigend. Ich musste dir erklären, was ich meinte, ganz schnell, ganz leise, und als du begriffen hast, kam dein Lächeln zurück. Du hast meine Hand genommen und gesagt, du würdest dich darum kümmern, das hast du gesagt, Ed, um alles. Du wüsstest bereits einen außergewöhnlichen Ort, hast du gesagt, und ich habe dir geglaubt. Ich habe dir geglaubt, weil – denk doch nur mal an dieses Wasser, abgefüllt an einem Ort, dessen Name wie erfunden klingt, mit Bildern auf dem Etikett wie aus alter Zeit, dieser Geschmack nach nichts und gleichzeitig nach einer besseren Art von nichts. Was heißt das? Woher kommt so etwas? Wie findet man es je wieder, genau das Richtige im richtigen Moment? Vermutlich nie. Jetzt ist die Flasche leer und ohne Wert. Ich weiß nicht einmal, wieso ich sie aufgehoben habe, und ich will sie auch nicht mehr haben. Und deswegen ist es aus mit uns, Ed, wegen einer Kleinigkeit, die verschwunden ist oder die ich vielleicht auch nie wirklich in meinen Händen hatte.

Eier FORMER
« für eckige Eier »
Eier FORMER
?#!ǒ
AUTSCH!
Eier FORMER
» für eckige Eier «

Der Eierformer – was hast du eigentlich mit den übrigen gemacht? Bei *Vintage Kitchen* hatten sie sieben Stück, die wir kichernd alle aufgekauft haben, und obwohl du gerade vom Training kamst und völlig verschwitzt warst, hast du es geschafft, dem Verkäufer, einem spießigen Typen mit Quadratschädel und Schnurrbart, der uns bestimmt für high hielt, ganz charmant einen gewaltigen Rabatt abzuschwätzen. Mit sieben Eierformern in der Tasche kam ich mir übrigens selbst wie high vor. Ich packte sie aus, machte ein bisschen Small Talk mit Joan, die gerade im Aufbruch und ziemlich schweigsam war (ich hätte kapieren müssen, auch da wieder), und baute auf eurem Toaster eine Pyramide aus Eierformern, während du geduscht hast. Offenbar hast du gesehen, wie sie rückwärts aus eurer Einfahrt gefahren ist, denn du kamst nur in dein Handtuch gewickelt herunter.

Hinterher (als ich einen blauen Fleck an der Hüfte hatte von einem der Türknöpfe an eurem Küchenschrank) haben wir uns fest vorgenommen, die Dinger am nächsten Tag aber ganz bestimmt auszuprobieren, doch erst mal musste ich nach Hause. Meine Kleider fühlten sich so zerknittert und ausgeleiert an, dass meine Mutter bestimmt auf einen Blick sehen würde, dass ich sie zwischendurch aushatte. Unser letztes *Alles außer*. In meinem Zimmer schmiss ich meine ungeliebten Hausaufgaben aufs Bett – du kannst dir denken, an welcher Stelle Bio in dem Monat für mich rangierte – und entdeckte dabei noch einen übersehenen

Eierformer in meiner Tasche. Ich stellte ihn auf meine Kommode, wo ich ihn vergaß, bis es aus war zwischen uns und die Henne auf der Packung sich mit ihrer Comic-Klage über ihr eckiges Ei über mich lustig machte. So wie sie sich auf den Hintern guckt, ist das bestimmt immer noch dieselbe uralte Verpackung, die genauso schon Will Ringer gesehen hat, als er von diesem »raffinierten Apparätchen« sprach, auf S. 58 in *Echte Rezepte aus Tinseltown*. Was die Henne sagt, ist mehr oder weniger die Kurzform meines langen Briefes an dich: *?#!* Autsch!*

Als Lauren sieben war, sah sie einmal solche Symbole in einer Sprechblase, aber ihre superchristlichen Eltern waren zu gottesfürchtig, um ihr zu erklären, dass diese Zeichen für Schimpfwörter standen, weswegen Lauren im ersten Highschool-Jahr aus Jux gern Sachen wie »Sternchen, Ausrufezeichen noch mal« oder so sagte. Beim Gedanken an Lauren fiel mir auch gleich die Sache mit dem Alibi wieder ein. Also rief ich sie an, zum ersten Mal seit ewigen Zeiten, worauf sie mich natürlich sofort hinwies.

»Ich weiß, ich weiß«, sagte ich. »Ich war beschäftigt.«

»Allerdings, das war ja nicht zu übersehen. Zum Beispiel auf dem Ball.«

»Hör auf.«

»Ist doch wahr, Mensch! Erst kreuzt du da mit deinem Basketball-Superstar auf, und dann tanzt du mit deinem Ex. Ich wäre ja nie drauf gekommen, dass die Tussis aus der Soap, die wir letztes Jahr dauernd geglotzt haben, dich so nachhaltig beeindruckt haben.«

»Wir haben doch bloß getanzt.«

»*Bloß getanzt!* Was *bloß* dazu führte, dass Gretchen gleich nach Hause gegangen ist. Ganz zu schweigen von dem Drama mit Al.

Ehrlich, Min, ich wünschte, ihr zwei würdet euch einen Kuss geben und wieder versöhnen.«

»Er weiß, wo er mich findet.«

»Klar«, sagte sie bissig. »Beim Basketballtraining.«

»Mein Freund spielt nun mal Basketball.«

»Und klaut sich Geld aus meinem Portemonnaie.«

»Lauren«, sagte ich. Lauren und ihre alttestamentarische Unversöhnlichkeit! Vielleicht war sie nicht die Richtige für meine Frage.

»Ich will ja nur, dass ihr wieder Freunde seid. Wie willst du diese Filmstar-Party machen, wenn wir nicht eingeladen sind?«

»Du wirst ja eingeladen«, sagte ich.

»Teile und herrsche – o nein! Fang nicht damit an. Al oder keiner. Ruf ihn an, Min.«

»Ich denk drüber nach.«

»Denk nicht nur drüber nach. Ruf ihn an.«

»Okay, okay.«

»Es macht ihn fertig. Es wirft ihn total aus der Bahn. Bonnie Cruz hat ihn gefragt, ob er mit ihr weggeht, und er hat gesagt, er hat den Kopf nicht frei, um drüber nachzudenken. Dabei hat er kein einziges Date mehr gehabt seit ...«

»Ich weiß, seit diesem Mädel in LA.«

Lauren schwieg einen Moment. »Das Thema kommt auch irgendwann dran«, sagte sie und klang wie eine Lehrerin in der zweiten Klasse, die über Algebra spricht. »Ich nehme mal an, du hast heute Abend angerufen, damit ich dir ein schlechtes Gewissen mache, stimmt's? Das war schon alles, oder? Ich meine, was anderes kann's gar nicht sein.«

»Na ja, eigentlich wollte ich dich auch singen hören.«

Lauren konnte wunderbar eine Frau nachmachen, die sie mit zehn auf einem Ferienlager ihrer Kirchengemeinde gehört hatte. *»Jesus, du bist meine Wonne…«*

»Schon gut, schon gut, Erbarmen. Ich wollte dich um einen Gefallen bitten.«

»… meines Lebens Licht und Sonne …«

»Lauren!«

»Versprich mir, dass du Al anrufst.«

»Ja!«

»Schwöre.«

»Ich schwöre bei der Petrusstatue deiner Mutter.«

»Du musst bei etwas schwören, was *dir* heilig ist!«

Am liebsten hätte ich deinen Namen gesagt. Oder den von Hawk Davies. »Ich schwöre bei *Abgang im Aufzug*.«

»Okay. Gute Wahl übrigens. Also, was brauchst du?«

»Ich brauche«, sagte ich, »ich brauche eine Einladung zu dir. Zum Übernachten. Am kommenden Wochenende.«

»Klar«, sagte sie. Und dann: »Oh.«

»Eben.«

»Das heißt, du kommst aber nicht.«

»Eben.«

»Aber deine Mom …«

»Sie wird annehmen, dass ich bei dir bin.«

»Über Nacht«, sagte Lauren. Dann war es still, als wäre die Leitung tot.

»Du machst es, ja?«

»Hört sich eher so an, als ob du es machst«, sagte sie.

»Lauren.«

»Und noch eins: Wenn ich erwischt werde …«

»Wirst du nicht«, fiel ich ihr ins Wort.

»Das sagst ausgerechnet du, Frau Gefängniswärterin!«

»Du hast dich auch schon mal aus dem Haus geschlichen. Mit *mir.* Deine Eltern gehen früh schlafen, und morgens gehen sie zur Kirche, bevor normale Menschen aufstehen.«

»Und wenn deine misstrauische Mom anruft, weil sie im letzten Moment Verdacht geschöpft hat und deine verdächtige Geschichte überprüfen will …«

»Das wird sie nicht.«

»Wo finde ich dich, wenn ich dich ganz schnell anrufen muss, damit du bei ihr anrufst, damit ich Idiotin meine Haut retten kann?«

»Sie würde mich auf dem Handy anrufen.«

»Und wenn sie schlau wie ein Fuchs ist, Min? Was dann? Wo finde ich dich dann?«

»Dann rufst du mich an.«

»Min, du willst, dass ich mich wie eine Freundin verhalte, und das tu ich auch. Aber dann sag deiner Freundin auch, was los ist.«

»Hm …«

»Halleluja will ich singen …«

»Sternchen Ausrufezeichen«, antwortete ich, und dann sagte ich es ihr.

»Oh«, sagte sie, langsam und mit leicht bebender Stimme, so als täte ihr etwas weh. Autsch. Als würde sie jemanden im Stich lassen. Als würde sie sich auf die Zunge beißen. Als würde sie ein viereckiges Ei aus sich herauspressen. »O Min«, sagte sie schließlich, »ich hoffe nur, du weißt, was du tust.«

Der Stift gibt langsam den Geist auf. Ich werde ihn bei *Leopardi* liegen lassen, wenn ich fertig bin – oder doch nicht, warum sollte ich meinen verdammten Müll bei ihnen abladen? Also werde ich ihn in den Karton werfen, wenn ich mit dir fertig bin, so wie in Filmen Räuber, denen die Munition ausgegangen ist, ihre Knarre wegwerfen. Diese letzten blassen Seiten werden ungefähr wie dieses Foto aussehen, ein verschwommenes, fast vergessenes Relikt eines altmodischen Zaubers, der ein Bild von etwas Unklarem, beinahe Legendärem eingefangen hat. Vermutlich hat außer uns nie jemand so ein Ding gemacht, egal, was die Stars behaupten, und auch von unserem ist nur noch diese schwache Spur übrig, an die ich dich nun erinnere, mit letzter Tinte. Es ist, als hätten wir nie irgendetwas miteinander gehabt.

Wir sind ein paar Haltestellen früher ausgestiegen und haben eingekauft – Eier und billigen Kaviar und diese englischen Gurken und eine große, feste Zitrone. Du hast mir die Geschichte erzählt, wie Joan vor Jahren einmal aus Versehen jede Menge Gurken gekauft hat, als sie Zucchinibrot backen wollte, was mich daran erinnerte, dass ich dich einladen sollte – dich *und deinen kompletten Haushalt* (O-Ton Mom) –, mit uns Thanksgiving zu feiern. Was Mom sonst noch alles gesagt hatte (wie schwer doch sicher die Feiertage für euch seien), behielt ich für mich, aber ich sagte, Joan könne doch kommen, um mit uns zu kochen. Und ich sagte dir, irgendwann müsse es doch passieren, dass wir mal alle zusammen in einem Raum säßen – du und deine Mom und ich und meine Mom. Ich sagte, vielleicht wäre es ja gar nicht so übel, es könnte ja sogar ganz nett werden. Wir redeten darüber, welche Speisen zu Thanksgiving unbedingt immer auf dieselbe Weise hergestellt werden müssten, die traditionellen eben, und mit welchen man herumexperimentieren dürfe, um sie noch zu verbessern. Wir konnten uns in kaum einem Punkt einigen, und dieses Mal hatte ich ein komisches Gefühl dabei.

Vielleicht, hast du gesagt.

Als wir bei dir zu Hause ankamen, hast du geduscht, und ich habe Wasser aufgesetzt. Ich habe die Eier ganz vorsichtig ins Wasser gelassen, so wie ich es von Joan gelernt hatte, als wir die burmesische Suppe gekocht haben, aber Joan war nicht da, um mich dafür zu loben. Es war also ganz still, oben lief kein Wasser mehr, Hawk Davies spielte auch nicht, ich wusste schließlich, dass du ihn nicht mochtest, und immerhin warst du mir zuliebe schon mit ins Konzert im *Blue Rhino* gegangen. Also legte ich nichts auf und wartete nur, dass die Eier gar wurden. Als du runterkamst, warst du vollständig angezogen, gabst mir einen Kuss auf den Kopf und machtest dich gleich daran, die Gurken zu hobeln. Ich liebte dich immer noch, auch wenn dieses Gefühl mich – nein, nicht traurig, aber vielleicht doch melancholisch machte, aus irgendeinem Grund, den ich nicht mal konkret nennen konnte. Ich versuchte, mich selbst ein bisschen aufzumuntern, indem ich begeistert aus dem Kochbuch vorlas, aber im Grunde waren die Anweisungen völlig überflüssig, die Sache war total unkompliziert. Wir lächelten, als wir die Eier in die Eierformer stopften, aber gelacht haben wir nicht. Wir haben die Dinger in den Kühlschrank geräumt, und dann konnten wir nur noch warten. Wir legten uns aufs Sofa. Der Fernseher lief, aber das Programm rauschte nur so an uns vorbei. Nach einer Weile sind wir aufgestanden, haben die zweite Ladung Eier in den Kühlschrank geschafft und uns wieder hingesetzt. Der ganze Nachmittag war ein einziger Durchhänger. In meinem Bauch fand ein Faustkampf statt, selbst als du mich umarmtest und aufs Ohr küsstest. Der Timer piepste wieder, und wir machten uns an die Arbeit. Ich aß alle Eierreste, die wir nicht brauchen konnten, was meinem Magen auch nicht gerade gut bekam. Du hattest für unser Bauwerk bereits eine geometrisch korrekte Skizze angefertigt, mit lang gezogenen, geraden Linien und scharf geschnittenen Kurven. Und dann war es so weit, wir konnten die letzten Eierscheiben einsetzen. Wir betrachteten unser Werk wie Astronauten, trauten uns nicht mehr, es noch einmal anzufassen. Es war magisch, aber vor allem war es merkwürdig. Es war exakt so wie geplant, genauso genial, wie ich es in dem Buch entdeckt hatte, aber jetzt stand es vor uns, leibhaftig und irgendwie merkwürdig. Unwillkürlich musste ich an Laurens Bemerkung denken. Wussten wir, was wir taten?

Wir standen noch immer mit Frankensteinmiene in der Küche, als Joan hereinspazierte, Lehrbücher und Artischocken unter den Arm geklemmt. »Hey«, sagte sie, »was tut sich da in meiner Küche?«

»*Unserer* Küche«, hast du sie verbessert.

»Wer macht das Essen heute Abend?«, fragte sie, während sie den Schal ablegte, den ich so liebte. »Und übrigens auch an jedem anderen Abend? Wir? In unserer Küche? Oder ich?«

Ich hatte genug von dem Slaterton-Geschwistergerangel. »Das hier ist …«

»Warte, ich glaube, ich weiß, was es ist«, unterbrach mich Joan. »Das ist der Iglu, von dem du mir erzählt hast, Min. Ihr habt ihn also wirklich gemacht.«

»Gretas Eckige-Eier-Iglu auf einer Eisscholle aus mit Zitronensaft gewürzten Gurken und einer Kaviarüberraschung.«

Joan stellte ihre Taschen ab. »Was ist das – die Kaviarüberraschung?«

»Da ist Kaviar drin.«

»Da drin?«

»Ja, im Iglu.«

»Und das sind alles – Eier?«

»Wir haben sie eckig geformt und aufeinandergeschichtet. Wie findest du's?«

Joan legte den Kopf schief und schaute aufmerksam. »Ich weiß nicht, was ich dazu sagen soll. Ich meine, es ist schon irgendwie fantastisch.«

»Gut genug für eine Party?«, fragte ich.

»Die Gäste müssten allerdings ziemlich klein sein, um da hineinzupassen.«

»Joan«, sagtest du.

»Und was sind diese Dinger, die da in dem Ablaufkorb stehen?«

»Eierformer«, sagte ich. »Wir mussten gleich eine ganze Menge davon kaufen.«

»Ich bin sicher, diese Investition werdet ihr nie bereuen.«

»Joanie.«

»Na ja, wir machen ja noch einen Iglu für die richtige Party«, erklärte ich. »Das hier war nur ein Probelauf.«

»Ah, jetzt erinnere ich mich, diese Geburtstagsfeier.«

»Echte Rezepte aus Tinseltown«, sagte ich. »Dies hier ist ein Rezept von Will Ringer, inspiriert von *Greta in der Wildnis.*«

»Du hast gesagt, ihr wolltet einen Iglu für Lottie Carsons neunundachtzigsten Geburtstag machen«, sagte Joan staunend, »und nun habt ihr es allen Ernstes gemacht, so wie du es wolltest. Ich meine, so wie du es gesagt hast. Wow.«

Du standest nur da mit einem kleinen Lächeln im Gesicht.

»Ich hol mal schnell meine Kamera«, sagte sie. »Darf ich ein Bild machen?«

»Sicher«, sagte ich.

»So was«, sagte sie, und ihre Stimme klang zögerlich, so als könnte Joan es noch immer nicht glauben, »so was muss man einfach festhalten.«

Sie stürmte nach oben, und wir beide blieben allein in der Küche zurück. Nach längerem Schweigen fingen wir beide gleichzeitig an zu reden. Ich wollte etwas Blödes sagen, und du sagtest:

»Sorry – was?«

»Nein, du zuerst.«

»Aber …«

»Wirklich.«

Du hast meine Hand genommen. »Ich wollte bloß sagen – ich weiß, dass es merkwürdig war, heute Nachmittag. Ein bisschen peinlich.«

»Ja«, sagte ich.

»Aber ich glaube, es wird wieder besser, hinterher«, hast du gesagt. »Morgen, meine ich.«

»Ich weiß, was du meinst.«

»Tut mir leid.«

»Nein, du hast sicher recht.«

»Ich liebe dich.«

»Ich dich auch.«

»Und übrigens«, sagtest du, »ich meine, du kannst deine Meinung immer noch ändern. Kein Problem.«

Ich habe mich an dich gelehnt, ganz fest, so als hätte ich für eine Sekunde das Stehen verlernt. »Das werde ich nicht«, sagte ich, und das war die Wahrheit. Aber nur in dem Moment war es die Wahrheit. »Nie werde ich meine Meinung ändern.«

So blieben wir stehen, hörten zu, wie Joan einen Schrank schloss und wieder herunterkam. Es ist albern, Ed, aber ich habe auch sie geliebt. Und ich könnte sie dafür erwürgen, dass sie mir verflucht noch mal nichts gesagt hat. Obwohl – was sie hätte sagen können, was ich auch tatsächlich gehört hätte, das weiß ich beim besten Willen nicht.

»Ich nehme unsere Instant-Deluxe«, sagte sie zu dir. »Erinnerst du dich noch? Wir haben Schuhkartons voll mit den Bildern. Ganz schön. Klar, heute gibt's die vermutlich gar nicht mehr. Aber für diesen altmodischen Zweck schien mir die Digitalkamera nicht gut genug.«

»Die werden tatsächlich noch gebaut«, sagte ich. »Eine Zeit lang kamen sie wieder voll in Mode, nach dieser Szene in *Dunkle Entwicklungen*.«

Sie machte das Foto, das antiquierte Gerät schnurrte, und kurz darauf kam auch schon das Foto aus dem Schlitz. Joan schüttelte es, damit es schneller trocknete und der Schleier sich hob. »Und nun, was habt ihr für großartige Pläne für diesen Freitagabend?«, fragte sie *(schüttel, schüttel, schüttel)*. »Oh, ich weiß schon – ihr verspeist einen großen Iglu.«

Ich schüttelte den Kopf. »Geht nicht. Ich hab so eine Familiensache.«

»Oh«, sagte Joan mit einem Seitenblick auf dich. Du hattest mir gesagt, Ed, du solltest an diesem Abend besser zu Hause bleiben, vielleicht erinnerst du dich noch, verdammt noch mal. »Also, ich werde es mir mit gebratenen Artischocken mit Knoblauch-Aioli und *Sand am Strand* auf dem Sofa gemütlich machen und so meine letzte Zwischenprüfung feiern.«

»Der soll richtig toll sein«, sagte ich, aber du hast schon nach meiner Hand gefasst, also schluckte ich hinunter, was ich eigentlich sagen wollte: *Ich wünschte, ich könnte bleiben.*

»Und morgen Abend, wenn ich nicht zu Hause bin«, sagte Joan streng, »erwarte ich, dass ihr zwei euch bei eurem Techtelmechtel zurückhaltet.«

»Min hat schon eine Mutter«, hast du ihr geantwortet. »Sie braucht dich nicht als Mom. Und außerdem gehen wir aus.« Das war wenigstens nicht gelogen.

»Okay, okay«, sagte sie, »du hast recht. Ihre Mutter wird schon ein Auge drauf halten, nach allem, was ich von ihr weiß. Aber ganz konnte ich mir den zarten Hinweis doch nicht verkneifen, Ed.«

»Wir sehen uns morgen«, hast du gesagt, und so kam's ja dann auch. »Ich ruf dich vormittags mal an.«

»Ich liebe dich«, sagte ich, vor deiner Schwester, und du hast mich auf die Wange geküsst.

»Vergiss dein Foto nicht«, sagte Joan schnell, vermutlich um dir eine Antwort zu ersparen, und drückte es mir in die Hand. Wir gingen alle drei zur Tür, blieben kurz stehen, um noch einmal den Iglu anzusehen und das Foto und dann noch einmal den

Iglu. In echt sah er besser aus als jetzt auf dem Bild, größer, großartiger, wie irgendein fantastisches Gebilde, in das man hineingehen konnte, ein Prinzessinnenschloss, ein wahr gewordener Traum. Auf dem Foto sieht er nur merkwürdig aus. Das war er auch. Aber toll fand ich ihn trotzdem.

»Warum gibst du es mir?«, fragte ich. »Es war doch *deine* Idee, dass man den Iglu im Bild festhalten sollte.«

»Nimm du es, Min«, sagte Joan leise, »es war dein Traum.« Oder so ähnlich. Und dann sagte sie noch etwas wie: Behalte es, für den Fall, dass es beim nächsten Mal nicht funktioniert. Behalte es, für den Fall, dass es nicht funktioniert, wenn du es wieder probierst.

help us
SAVE the PLANET
EIN HANDTUCH, DAS AM BODEN LIEGT,
HEISST, DASS ES MIR NICHT MEHR GENÜGT.
EIN HANDTUCH AUF DER STANGE
HEISST, DAS NEHM ICH NOCH LANGE!

Ich weiß nicht, warum ich ausgerechnet das behalten habe, dieses Ding von der Handtuchstange. Jetzt finde ich es fast ein bisschen peinlich, wie eine Erinnerung daran, dass sie nach uns tatsächlich die Wäsche wechseln mussten. Wenn ich die freie Wahl gehabt hätte, dann hätte ich mir etwas aus der Bar des *Dawn's Early Lite Lounge and Motel* ausgesucht. In meinem Freshman-Jahr war ich schon einmal dort gewesen, mit Aram, nach einem Tanzabend in unserer Synagoge. Aram und ich haben jeder ein großes Ginger Ale getrunken und staunend an die Decke gestarrt, wo verstaubte ausgestopfte Vögel im Kreis neben dem Deckenfries hingen, mit einem riesigen Schmetterling in der Mitte, der ganz, ganz langsam mit den Flügeln – motorisierten Ventilatorblättern – schlug, während über Lautsprecher Naturgeräusche eingespielt wurden. Es ist wirklich außergewöhnlich, Ed, das muss ich dir lassen. Selbst das große Schild draußen, an dem das Wort *Lite* immer aufleuchtet, sieht toll aus, richtig glamourös, mit den drei Pfeilen, die abwechselnd aufleuchten, sodass es aussieht, als würde sich ein einziger Pfeil bewegen und jeden, der die South Nine entlangfährt, zum Parkplatz hinterm Haus lotsen. Es ist bestimmt der außergewöhnlichste Ort, den wir hier haben. Du hast lange nachgedacht, Ed, um den richtigen Ort zu finden, an den du mich bringen wolltest.

Aber ich wollte nicht in die Bar. Wir hätten keine Eile, hast du gesagt, aber das stimmte nicht, wir hatten schon zuvor im *Moon*

Lake gesessen und Knödel auf unseren Tellern hin und her geschoben und so getan, als wäre es eine ganz gewöhnliche Verabredung. Mehr als drei Bissen habe ich, glaube ich, nicht gegessen. Die ganze Nacht über hatte ich den Geschmack von Zuckerschoten in meinem nervösen Mund. Außerdem hatte ich Sorge, jemand könnte uns in der Bar erkennen. Also wartete ich im Auto, während du die Schlüssel holtest.

Das Motel lag am Rande eines großen Grundstücks und war wellenförmig angelegt mit Balkons vor den Zimmern. Aus der Luft sah es vermutlich ganz imposant aus. Während wir mit unseren Taschen über den dunklen Asphalt gingen, stellte ich mir vor, wie es aus der Vogelperspektive aussah, wie ein Standbild aus *Wenn die Lichter ausgehen: Eine kurze illustrierte Geschichte des Films*. Die Überschrift würde lauten: »Einspieler aus *Die Irre, die an die ewige Liebe glaubte*«.

Das Zimmer war einfach ein Zimmer, nichts Außergewöhnliches mehr. Die Vorhänge zog man mit einer langen Plastikstange zu, ähnlich der, die Mika Harwich in *Schau mir in die Augen* beim Reiten benutzt. Der Schreibtisch war wackelig, der Fön an der Wand im Bad winzig wie ein Revolver. In einer Steckdose in der Ecke steckte eine Kugel mit der Aufschrift Frühlingsduft, die den Gestank einer missbrauchten Blume von sich gab. Ich ging den Hotelflur hinunter, um uns Eiswürfel zu holen, und entdeckte neben dem Automaten einen lockeren Stapel leerer Kartons, in denen mal Möbelstücke gewesen waren, Kopfteile von Betten oder Stehlampen oder Nachttische. Auf den Nachttisch-Kartons stand allen Ernstes (ich schwöre!) ONE NIGHT STAND.

»Ich krieg das Ding nicht zum Laufen«, sagtest du, als ich

wieder ins Zimmer kam. Du hattest den Fernseher herumgedreht, als wolltest du ihm die Haare schneiden, und fummeltest mit Steckern und Buchsen und so herum, um irgendwo eine Anschlussmöglichkeit zu finden.

»Was machst du denn da?«

»Ich mache alles klar, um das Ganze zu filmen.«

Ich muss geguckt haben, als traute ich dir das zu.

»Ich hab einen Film dabei. Eigentlich müsste ich ihn über meinen Laptop hier abspielen können. Ich hab mir vorgestellt, das wäre vielleicht ganz nett.«

»Was für ein Film?«

»Wenn der Rauch sich verzieht«, sagtest du, »aus Joans Sammlung. Hört sich so an, als könnte er dir gefallen. Und mir auch. Da treffen sich zwei im Krieg, ein Soldat und eine Tierärztin, steht in der Beschreibung, irgendwo auf dem Land, glaube ich ...«

»Der ist gut«, sagte ich leise. Ich stellte das Eis ab, behielt aber meine Hände am Becher. Auf der Kommode standen zwei kleine Flaschen, ein Bier für dich und australischer Weißwein. Einmal um die ganze Welt gereist, per Schiff oder Flugzeug. *Ganz schön weit gekommen.*

»Ach – du kennst ihn schon?«

»Nur zum Teil. Ist aber lange her.«

»Na ja, dann gucken wir ihn eben auf dem Laptop.«

»Ist schon gut.«

»Oh.«

»Ich meine – vielleicht.«

»Und hier gibt's Erdbeeren«, sagtest du und zaubertest eine Tupperdose aus deinem Rucksack hervor. An alles hat er gedacht, dachte ich.

»Wo findet man denn Erdbeeren im November?« Ich ging damit ins Bad, um sie abzuwaschen.

»In der Nosson Street gibt's so einen Laden. Der hat aber nur mittwochmorgens um vier offen. Für zehn Minuten.«

»Hör auf.«

»Ich liebe dich.«

Ich sah mich in dem angelaufenen Spiegel. »Ich liebe dich auch.«

Als ich aus dem Bad kam, hattest du irgendwas mit dem Licht gemacht. Die Bettdecke war allerdings immer noch hässlich, daran ließ sich nichts ändern. Ich stellte die tropfenden Erdbeeren ab. Deine Schultern zuckten unter deinem T-Shirt. Ich konnte es kaum erwarten, sie wiederzusehen, so schön sind sie. Außergewöhnlich. Ich habe dir in die Augen gesehen, die weit offen waren und leuchteten vor Zärtlichkeit und Schalk und Lust. Lust auf mich. Umgekehrt ging es mir ja genauso. Du glaubst es nicht, was für ein Gefühl ich in dem Moment hatte. Das hätte man nicht filmen können, nicht einfangen können. Eigentlich war so was gar nicht möglich – und trotzdem. Es passierte. Ich kickte meine Schuhe weg, und dabei musste ich mir auf die Unterlippe beißen, sonst hätte ich gelacht. Ich musste an etwas denken, was ich oft von eurem Coach gehört hatte, wenn ich euch beim Training zusah. *Okay, Leute,* sagte er gern, *auf geht's.*

LATEX
KONDOM
GEFÜHLSECHT

Teufel auch, hast du gesagt, daran erinnere ich mich. Und ich musste lächeln, weil du mich gar nicht anleiten musstest, wie ich mir das vorgestellt hatte, jedenfalls viel weniger. Manches konnte ich von ganz allein. In manchen Sachen war ich richtig gut.

Bei korrekter Anwendung höchst effektiv gegen Schwangerschaft. Bitte lesen Sie zunächst die Anweisung & Ratschläge auf der Packung.
LATEX KONDOM
HIER ÖFFNEN

»War es dieses Mal besser?«, hast du gefragt.

»Man hört ja immer, dass es wehtut.«

»Ich weiß«, sagtest du und streicheltest mich mit beiden Händen. »Aber, was ich meinte, war wohl: Wie ist es für dich?«

»Als wollte man sich eine ganze Grapefruit auf einmal in den Mund stopfen.«

»Du meinst, es ist eng?«

»Nein«, sagte ich. »Ich meine, es passt nicht. Hast du je versucht, eine ganze Grapefruit in den Mund zu bekommen?«

Das war das Beste: dass wir zusammen lachen konnten.

ALS WÄRE ES TOTAL NORMAL

Und dann, am späten Abend, kriegten wir Hunger, weißt du noch? »Zimmerservice?«, habe ich gefragt.

»Besser nicht zu hoch pokern«, hast du geantwortet und nach einem Telefonbuch gesucht. »Wir zahlen lieber bar. Pizza.«

»Pizza!« Sofort verspürte ich Heißhunger darauf. Mein erstes Essen als Erwachsene, dachte ich unwillkürlich, und was will ich? Kinderkram!

Als der Bote kam, habe ich mich verschämt im Bad versteckt. Du hast dich völlig normal mit dem Typen unterhalten und sogar über irgendwas gelacht, so als wäre alles total normal, während du da in der Tür standest, in T-Shirt und Boxershorts, und die Pizzakartons mit dem Wechselgeld obendrauf entgegennahmst. Ich kauerte derweil neben dem Waschbecken und kämmte mir mit diesem Ding hier durch die Haare. Ich kam mir vor wie ein Fahrrad oder ein Hund, irgendwo angebunden, während der Besitzer ganz entspannt irgendwo plaudert und mich völlig vergessen hat. Das war es, begriff ich auf einmal, diese totale Lockerheit, deine Lockerheit und dein souveränes Auftreten, die stanken mir wirklich. Ich griff mir den Kamm und das Kärtchen von der Handtuchstange, so als wollte ich peinliche Beweise verschwinden lassen. Ich selbst hatte noch nie solche Gefühle gehabt wie hier mit dir, aber du hattest das alles schon öfter erlebt.

27

Gleich bei meinem ersten Biss in die Pizza spritzte mir Soße auf mein Top, und ich musste es ausziehen, so sehr sah der Fleck nach Blut aus. Du hast mir das hier gegeben, noch einer von den erstaunlich vielen Gegenständen in deinem schier unerschöpflichen Rucksack. Ich habe darin geschlafen, erst neben dir und seitdem in vielen Nächten zu Hause; so lange hatte ich es am Körper, dass es sich anfühlte, als wäre ich in dir, als streckte ich mich in deinen langen Beinen aus und kuschelte mich in deiner Brust zusammen, nahe bei deinem Herzschlag. Was uns vielleicht wieder auf Augenhöhe brachte. Trotz Mundgeruchs und der im Tageslicht noch hässlicheren Bettdecke küssten wir uns beim Aufwachen zärtlich. Aber dann mussten wir uns auch schon beeilen, damit wir noch irgendwo einen Kaffee bekamen, bevor womöglich Lauren anrief oder irgendwer uns auf die Schliche kam. Es war bereits Nachmittag, und der Himmel war missbilligend grau. »Ich liebe dich auch«, habe ich gesagt, daran erinnere ich mich, und das kann nur eine Antwort gewesen sein, also musst du es zuerst gesagt haben, doch selbst jetzt, während ich dieses T-Shirt anschaue, versuche ich, an gar nichts zu denken, mir gar nichts vorzustellen. Das Einzige, was ich denke, Ed, ist, dass ich dieses Hemd getragen habe wie eine Schutzhülle, wie eine zweite Haut, in jener Nacht, die ich allein auf unserem Garagendach verbracht habe. Mein Bett fühlte sich zu leer an, um darin zu schlafen, also bin ich in die Nacht hinaus und habe ein paar von diesen Streichhölzern abgebrannt – Majakowskis Traum. Als wäre das Ewigkeiten her, fühlte es sich an, und die winzigen Flämmchen erstarben im Wind, kaum dass sie meine Hand verlassen hatten. Mir war kalt ohne Grund, heiß ohne Grund. Ich habe gelächelt, habe geweint oder nur dagesessen und gar nichts getan, und mein einziger Gefährte in jener Nacht und in so vielen danach war dieses Hemd. Ich habe es getragen, dieses unbekümmerte Ding aus deinem Rucksack, das du mir gegeben hast, auch wenn du das gar nicht mehr weißt. Es war kein Geschenk, dieses Teil, das ich dir hier zurückgebe. Es war eine Geste, weiter nichts, längst vergessen, dieses Ding, das ich getragen habe, als läge es mir am Herzen. Das tat es auch, Kein Wunder, dass es aus ist mit uns.

Okay, die hier waren tatsächlich ein Geschenk. Ich fand sie am Montag in meinem Schließfach. Inzwischen kanntest du meine Kombination, deshalb konntest du solche Sachen machen. So hässlich oder eigentlich nicht hässlich, aber absolut unpassend für mich. Ich will nicht daran denken – Will! Nicht! Daran! Denken! Verdammt! –, wer dir dabei geholfen hat, sie auszusuchen. Oder was du dir dabei gedacht hast. Sieh sie dir doch an, mit diesem albernen Gebaumel. Was *hast* du dir dabei gedacht?

NAPOLI - VESUVIO

Und diese Überbleibsel hier kannst du auch haben. Al hat mir gerade erzählt, wo er die herhatte, vom Schreibwarenladen *Papillon*, da hätten sie aus einem dieser großen Körbe hervorgelugt, als stünde gleich eine Schlangenbeschwörung an. Aber als er sie mir in die Hand gedrückt hat, hat er mir das nicht erzählt. An dem Morgen gab es zu viel anderes zu reden. Er hatte an unserem gewohnten Platz gesessen, auf der Bank gleich rechts, die ich gemieden hatte, seit du und ich angefangen hatten, mein Leben auf den Kopf zu stellen. Selbst die Bank kam mir wie ein Überbleibsel vor, mit dem Überbleibsel Al und dem Überbleibsel Lauren und meinem leeren Platz, der aussah, wie von Grabräubern geplündert.

Es war ein Wunder, dass ich überhaupt da war. So versunken war ich in meinen zittrigen Gedanken, dass ich schlicht vergessen hatte, den neuen Weg zur Schule zu nehmen, auf dem ich dir zuwinken konnte, während du deine Körbe warfst, oder dich sogar durch den Drahtzaun küssen konnte, der euch wie Gefangene abschirmte. Aber nun war ich da, und Al kam mir entgegen. Wir liefen aufeinander zu. Selbst zehn Tage nachdem sie ihre Jungfräulichkeit verloren haben, laufen Mädchen vermutlich noch anders, einfach deswegen, weil sie glauben, jeder müsse es ihnen ansehen.

»Was hast du da?«

»Ich habe Lauren geschworen, dass ich mit dir reden würde«, sagte Al, »und du hast auch geschworen, das weiß ich.«

»Wobei hast du geschworen?«, fragte ich.

»Bei Gina Vadia in *Drei ehrliche Lügner*.«

»Gute Wahl«, sagte ich, auch wenn ich wusste, dass es Al nur um den Sportwagen ging, der darin vorkam.

»Und du?«

»Abgang im Aufzug.«

»Hübsch.«

»Allerdings.«

»Aber du hast nicht angerufen«, sagte Al.

»Tja«, sagte ich und drehte das Bündel in meiner Hand um. »Ich dachte, ich sollte dir lieber Postkarten schreiben, aber ich hatte keine. Oh – sieh mal hier.«

»Ich dachte, die würden sich gut als Einladungen machen. Für die Party.«

»Heißt das«, sagte ich, »du hilfst mir immer noch mit den Vorbereitungen?«

»Lottie Carson sollte nicht leiden, bloß weil wir Krach hatten.« Er redete in demselben nüchternen Ton wie immer, doch seine Miene war wachsam, beinahe verzweifelt. Hinter ihm entfernte Lauren sich mit langsamen Schritten rückwärts, dabei sah sie uns beide an, als wären wir auf einem gefährlichen Aufstieg. »Sieh sie dir an.«

Ich schaute sie durch, ohne erst das Band zu lösen. »Wow – Vulkane.«

»Genial, oder? Wegen ihrer Rolle in *Der Fall von Pompeji,* dachte ich.«

»Schon klar.«

»Ich meine, wir müssen sie schon richtig würdigen.«

»Ja, danke. Ed und ich haben gedacht, wir sollten sie zuerst einladen, um sicherzugehen, dass sie nicht schon irgendwelche anderen Pläne hat. Ich wollte selbst hingehen und ihr Blumen mitbringen.«

»Wirklich?«

»Na ja, nervös macht mich die Vorstellung schon«, sagte ich. »Vielleicht schreibe ich ihr auch nur eine Karte.« Ich schluckte schwer an einem Nichts. »Danke, Al. Die sind total cool.«

»Schon okay. Wozu ist Freundschaft sonst gut?«

»Du hast recht. Also dann.«

»Hör zu, Min.« Al vergrub die Hände so tief in den Taschen, dass ich dachte, ich würde sie nie wiedersehen. »Ich glaube nicht, dass du und Ed ...«

Meine Hand schloss sich fest um die Karten. »Bloß nicht! Sag jetzt bloß nichts über Ed. Egal, was du von ihm denkst – so ist er nicht.«

»Das meine ich nicht. Ich habe keine Meinung zu ihm.«

»Bitte.«

»Wirklich nicht. Das sage ich ja. Was ich früher gesagt habe, über ihn – was ich sagen will, ist einfach, es gibt einen Grund, wieso ich es gesagt habe.«

»Weil du ihn nicht leiden kannst«, sagte ich. Nie im Leben hätte ich geglaubt, dass ich je so mit meinem Freund Al sprechen würde. »Schon kapiert.«

»Min, ich kenne ihn nicht. Es geht auch gar nicht um Ed, das meinte ich.«

»Sondern?«

»Es gibt einen Grund.«

»Und?«, sagte ich. Ich war diesen Scheiß so leid. »Dann sag's endlich und hör auf, so um den Brei herumzuschleichen.«

Al schaute an mir vorbei, auf den Boden, überall sonst hin. »Ich habe Lauren geschworen, dir das zu sagen«, sagte er leise, und dann: »Eifersucht – okay? Das ist es.«

»Eifersucht? Du wünschst dir, du würdest Basketball spielen?«

Er seufzte. »Stell dich nicht so blöd. Das würde es leichter machen.«

»Ich stell mich nicht blöd. Ed …«

»… ist dein Freund«, beendete Al den Satz für mich. Natürlich. Die Schule, das ganze Grundstück, alles dehnte sich auf einmal aus. Es gibt so viele Filme, in denen dasselbe passiert wie in diesem Moment, in denen der Zuschauer sich für klüger als die Leute auf der Leinwand hält, aber der Regisseur ist immer klüger als der Zuschauer, *natürlich* war er's, *natürlich* war es nur ein Traum, *natürlich* ist sie tot, *natürlich* ist es genau dort versteckt, *natürlich* ist es die Wahrheit, und nur du auf deinem Platz im Dunkel hast es nicht gemerkt. Ich sah sie alle vor mir, all die plötzlichen Auflösungen, die mich je überrascht haben, doch diese eine, die konnte ich nicht sehen. Und konnte nicht wissen, wie es möglich war, dass ich es nicht wusste.

»Oh«, sagte ich oder irgendetwas in der Art.

Sein Lächeln sagte so viel wie: Was will man da machen? »Tja.«

»Anscheinend bin ich blöd.«

»Einer von uns auf jeden Fall«, sagte Al schlicht. »Außerdem ist es nicht blöd, mich nicht auf die Art zu sehen. Das geht den meisten Menschen so.«

»Dieses Mädchen in LA«, sagte ich. »Oh.« *Natürlich* – wieder einmal. »Woher hattest du die Idee?«

»Aus *Küss mich, Dummkopf*.«

»Aber der war doch bescheuert!«

»Hat ja auch nicht funktioniert, die Idee«, sagte Al. »Du warst kein bisschen eifersüchtig.«

»Dabei hörte sie sich so nett an«, sagte ich wehmütig.

»Ich habe einfach nur dich beschrieben«, sagte Al.

Aber wo warst du dann, wollte ich sagen, *immer wenn ich einsam war*, aber dann wusste ich die Antwort schon selbst: Direkt neben mir. »Wieso hast du mir nie was davon gesagt?«

»Hätte das irgendetwas geändert?«

Ich war fix und fertig, seufzte, sagte irgendwas, machte irgendein Geräusch, nur um nicht zu sagen: *Vermutlich.*

»Also, jetzt sag ich's dir ja.«

»Jetzt, wo ich verliebt bin.«

»Da bist du nicht die Einzige«, sagte Al.

Al hatte ein gutes Herz, Ed. Hat es immer noch. Jetzt zum Beispiel ist er gerade rausgegangen, um den Wagen umzudrehen. Damit ich in Ruhe zu Ende schreiben kann. Doch an dem Morgen – dem 12. November – wusste ich nicht, wohin damit. Ich konnte ja kaum diese Postkarten festhalten, mit all ihren alten Gefahren und Katastrophen. Ich habe gezwinkert, viel zu oft, das wusste ich. Gleich würde es zur ersten Stunde läuten.

»Es ist heftig«, sagte Al, »ich weiß. Und du musst auch nicht, ich meine, du musst nicht dasselbe fühlen oder so.«

»Das kann ich auch nicht.«

»Dann lass es, Min«, sagte er, »das ist schon in Ordnung. Wirklich. Nur lass uns aufhören, uns böse anzugucken und nicht mehr miteinander zu reden. Lass uns Kaffee trinken gehen.«

Ich schüttelte den Kopf. »Ich schreib gleich 'ne Klausur«, sagte ich blöde.

»Na ja, nicht jetzt. Irgendwann. Bei Federico. Da waren wir schon ewig nicht mehr.«

»Irgendwann«, sagte ich, was keine wirkliche Zusage war, aber Al sagte »Okay« und hob den einen Fuß, so wie er es gerne macht, so als stünde er auf dem Schwebebalken. Als befänden wir uns an einer Stelle des Schulhofs, an der wir besonders vorsichtig sein müssten.

»Okay«, echote ich.

Er sah aus, als wollte er noch etwa sagen. Das hätte er tun sollen. Ich wollte es nicht. Es hätte auch nichts geändert. »Aber es ist okay, ja?«

»Okay«, sagte ich wieder. Und dann noch einmal. Und dann sagte ich, ich müsse los.

Jetzt sind wir am Boden angelangt, der Karton ist so gut wie leer. Erinnert mich an Konfetti, was da noch ist, diese vertrockneten Überreste, die man an einer Straße findet und die von einer Party stammen, zu der niemand dich eingeladen hat. Aber sie waren mal, so viel muss ich zugeben, Teil von etwas Schönem.

Lauren hat gemeint (als wir am Wochenende zusammen waren), du musst gewollt haben, dass die Sache auffliegt, damit es endlich vorbei ist, nur deswegen seien wir nach deinem Training bei *Willows* gelandet. Ich denke ständig darüber nach. Aber ich glaube eher, du bist schlicht und einfach ausmanövriert worden. Dasselbe habe ich manchmal bei euren Spielen gesehen, plötzlich warst du von anderen umzingelt, und der Ball war weg, bloß weil du einen Moment lang woanders hingeschaut hast, einen Moment lang abgelenkt warst. Das passierte manchmal, wenn du zu selbstsicher warst, oder auch, wenn du zu wenig geschlafen hattest. »O Mann, ich brauch Kaffee«, sagtest du, als du aus der Halle kamst. »Mit Extramilch und dreimal Zucker.«

Blöd, wie ich bin, habe ich Annette zugewinkt, bevor ich dich untergehakt habe und wir losgegangen sind. »Jetzt geht's erst mal zu *Willows.*«

»Wie? Nicht zu mir nach Hause?«

»Joan ist mich langsam leid«, sagte ich. »Und außerdem will ich zu Lottie Carson. Heute ist der richtige Tag, sie einzuladen.«

»Okay, also wieder nach da draußen. Aber wieso zu *Willows*? Du hast doch immer gesagt, du willst keine Blumen.«

»Nicht für mich – für Lottie Carson«, sagte ich. »Wenn wir die Blumen haben, können wir bei *Fair Grounds* Kaffee trinken, während ich ihr eine von diesen hier schreibe.«

»Eine wovon?«

»Schau mal hier. Cool, oder? Sie hat mal in einem Film mitgespielt, in dem ein Vulkan vorkam.«

»Wo hast du die her?«

»Al hat sie besorgt.«

»Das heißt, ihr habt euch wieder vertragen?«

»Ja, alles okay.«

»Gut. Der Typ muss dringend mal gevögelt werden, der ist völlig von der Rolle, sagt Todd, sogar im Unterricht. Ist vielleicht dieses Mädchen aus LA zu Besuch?«

»Lange Geschichte«, sagte ich.

Du hast nur abwesend genickt, doch dann fiel dir wieder ein, dass du bei solchen Sachen nachfragen solltest. »Erzähl sie mir beim Kaffee.«

»Erst die Blumen.«

»Min, ich weiß nicht – Blumen? Wozu?«

»Weil sie ein Filmstar ist«, sagte ich, »und wir bloß, na ja, Schüler.«

»Lass uns erst mal Kaffee trinken gehen, dabei können wir darüber reden.«

»Nein, du hast mir gesagt, *Willows* macht früh zu.«

»Eben«, hast du eingeräumt, ganz der gute Mathematiker. »Deswegen will ich ja auch erst Kaffee trinken.«

»Ed.«

»*Min.*«

Wir standen uns gegenüber, beide sauer, aber gleichzeitig wussten wir, oder wenigstens ich wusste es, es war nur ein Liebesgeplänkel. »Du hast immer noch nicht die Ohrringe an«, sagtest du, als könntest du so deinen Willen kriegen.

»Die sind zu, was weiß ich, elegant. Das hab ich dir doch schon gesagt.«

»Das fand sie aber gar nicht, als ich sie gekauft habe.«

»Wer fand das nicht?«

»Ich weiß nicht mehr«, hast du gestammelt. »Die Frau im Schmuckgeschäft.«

»Sind sie aber doch. Wir können ja mal irgendwo hingehen, wo man sich richtig aufstylt, dann trag ich sie.« Das war ein Wink mit dem Zaunpfahl, so ungern ich das jetzt zugebe. Ich hatte gehofft, du würdest mich zum Weihnachtsball einladen. Das hattest du noch nicht, und du hast es auch dann nicht, du Miststück. »Aber jetzt steht erst mal *Willows* auf dem Plan. Komm.«

Ich zerrte dich mit, die zwei oder drei Straßen weiter, verschwitzt und widerstrebend, wie du warst, du hast die Füße vorsichtig aufgesetzt, irgendwie seltsam steif, so als müsstest du dringend pinkeln, aber trotzdem sah es ganz anmutig aus. Deine Hand zappelte in meiner wie ein gefangener Frosch, deine Haare mussten dringend geschnitten werden, deine Lippen waren feucht, du hast dir ständig draufgebissen. Ich wünschte, das wäre das letzte Mal gewesen, dass ich dich so schön fand, Ed. In dem Moment hätte ich dich gehen lassen sollen, hätte deine Küsse zurückweisen und mich stattdessen ins Verkehrsgetümmel stürzen sollen. Dann hätte ich jetzt nicht dauernd diesen Albtraum, ich könnte dir im Flur über den Weg laufen. Ich hätte so ein Gefühl haben sollen, genau dort, an der letzten Kreuzung, als es grün wurde. Denn stattdessen …

Die Tür zu *Willows* öffnete sich mit einem Glockenton. Die Auswahl an Blumen war riesig, es haute mich fast um, aber du hast nur mit den Schultern gezuckt und auf meine Fragen mit einem »Hm« geantwortet. »Was soll das heißen?«, habe ich dich gefragt. »Du hast doch weiß Gott mehr Erfahrung mit Blumen als ich.«

»Hm.«

»Aber in letzter Zeit vermutlich auch nicht mehr, oder? Die hier sind hübsch. Lilie, steht dran.«

»Hm.«

»Eigentlich blöd von mir, dass ich nie Blumen wollte, so schön, wie manche hier sind. Lieber hätte ich mich ständig mit dir zoffen sollen, bloß um welche zu kriegen.«

»Hm.«

»Suchst du sie nach diesem altmodischen Code aus? So nach dem Motto: Narzissen für *Tut mir leid, dass ich zu spät war,* Tausendschön für *Tut mir leid, dass ich dich vor deinen Freunden blamiert habe* und diese Dinger hier mit den gefächerten Blättern für *Hab gerade an dich gedacht*? Oder hast du sie einfach bunt gemischt, je nachdem, was dir gerade gefiel?« Ich war wie eine alberne Marionette, völlig aufgedreht, und ich fand mich auch noch originell, dabei war alles nur ein dämlicher Witz, den schon Kinder öde fanden. »Welche nimmt man zum Geburtstag? Oder für *Bitte kommen Sie zu unserer Party*? Wie sagt man in der Blumensprache: *Sie kennen mich nicht, aber wenn Sie die sind, für die wir Sie halten, dann sind wir große Bewunderer Ihres Könnens, und mein Freund und ich haben eine elegante Veranstaltung zu*

Ihrem neunundachtzigsten Geburtstag organisiert, bitte machen Sie uns die Freude und kommen Sie? Wie sagt man: *Mache meine Träume wahr?*«

»Du musst Annette sein.«

Nein, falsche Antwort.

»Wie geht's, Ed?«, fragte der Blumentyp, einer mit Glatze und einer Brille an einer Kette aus Glasperlen. Ich redete mir ein, er habe das eben nicht gesagt oder ich hätte ihn nicht gehört oder nicht gehört, dass du stumm bliebst, selbst dann noch, als er mir schon die Hand schüttelte. »Wie schön, wenn man einem Namen endlich mal ein Gesicht zuordnen kann.«

»Nein, Ambrose«, hast du endlich gesagt. »Wir wollten nur…«

»Ich weiß schon, was ihr wolltet«, trällerte er und ging zu den Kühlräumen an der Wand. »So sparen wir uns die Liefergebühr. Die zehn Dollar nehm ich vom Kundenkonto deiner Mutter wieder runter, Ed. Kennst du seine Mutter, Annette?« Er schloss die Tür und kam mit einem tiefroten Strauß auf mich zu. »Sie hat Blumen immer so geliebt«, sagte er und drückte mir den Strauß samt Vase strahlend in die Hand, ein eindrucksvolles Arrangement aus langstieligen Blumen in einer Vase, die sich kalt anfühlte. Rote Rosen. Was die bedeuten, weiß jeder.

»Die sind nicht für sie«, sagtest du plötzlich, und auch das war die völlig falsche Antwort, Ed, verdammt.

»Du bist nicht Annette?«

Annette – ich brauchte immer noch einen Moment. *Annette* stand auf dem kleinen Umschlag, der an einem kleinen Plastikspeer aufgespießt war. Es fühlte sich an, als hätte mir jemand ins Gesicht gespuckt. Für eine Freundin wären rote Rosen genau richtig, und diese Freundin war schließlich ich. Also nahm ich sie entgegen, mit dem Umschlag, der auch kalt war und spitze Kanten hatte.

»Nein«, sagtest du leise.

Ed – sie waren wunderschön anzusehen.

»Ich würde gern sehen«, log ich, »was du zu schreiben hast an diese …« Schon riss ich den Umschlag achtlos auf. Jemand schnappte hörbar nach Luft, ich glaube, das war ich. Peinlich!

Ich muss immerzu an dich denken.

Es war einfach nur grauenvoll. Ein Meer voller Grauen, eine Schlucht voll Entsetzen. Es gelang mir nicht, diese Szene in einem Blumenladen vor mir zu sehen. Hör auf, dauernd zu schlucken, redete ich auf mich ein. Deine Miene, die sich in der Glastür spiegelt – schwachsinnig. *Und gleich,* würde ich spotten, wenn ich diesen Film zu Hause auf der Couch bis hierhin durchgestanden hätte, *pass auf, gleich sagt sie: Wie lange geht das schon?*.

Und ich hab's gesagt.

»Min …«

»Das hört sich so an, als ginge das schon eine ganze Weile.« Das Wort fühlte sich schleimig an in meinem Mund. »Ich meine, wenn du immerzu an sie denken musst.« Der Blumenhändler schlug sich mit der Hand vor den Mund. All dein Gerede von Schwulen, schaffte ich noch zu denken, und sieh mal an, wer hier deine Hetero-Geheimnisse durchschaut, Ed.

»Min, ich habe ja versucht, es dir zu sagen.«

»Das hier ist aber nicht für mich.« Etwas zerknitterte in meiner Hand. Gleich darauf krachte etwas auf den Boden, etwas war fallen gelassen worden.

»Min, ich liebe dich.«

»Und du musst immerzu an mich denken, wie ich hier lese.«

In meinem Kopf ratterte es, aber ich war nicht gut im Rechnen. Du musst aufgehört haben, an mich zu denken, weil du immerzu an Annette denken musstest. Ich sah sie vor mir in ihrem Kettenkostüm, mit ihrer Axt, und schloss meine Faust um diese gottverdammten Blütenblätter hier. *Musste immerzu an* wen *denken,* dachte ich, aber diese Rechnung kriegte ich nicht hin. Dafür hätte ich Hilfe gebraucht, aber du bist ja der Einzige mit so einem Scheißwinkelmesser.

»Min, hör zu …«

»Ich! Hör! Dir! Zu!«, brüllte ich und knallte – *Gleich knallt sie ihm den Umschlag ins Gesicht* – dir den Umschlag ins Gesicht. »Bist du – wann hat …«

»Sieh mal, ich hab doch nie gesagt, dass wir uns nicht auch mit anderen treffen würden.«

»Scheißdreck«, sagte ich. »Genau das haben wir gesagt!«

»Ich *wollte* mich mit niemandem sonst treffen, das hab ich gesagt«, sagtest du, und eine Sekunde lang war es wieder Halloween, und wir saßen in dem lauten Bus, und ich fühlte die kühle Nachtluft auf meinem Arm, »nicht, dass …«

»Scheißdreck! Du liebst mich, das hast du gesagt!«

»Das stimmt auch, Min, aber Annette wohnt gleich bei mir um die Ecke. Und du weißt, dass wir Freunde geblieben sind. Ich meine, du bist mit Jungs befreundet, du weißt, wie das ist, und ich hab dir deswegen nie Probleme gemacht …«

»Sie wohnt *gleich um die Ecke*?«

»Deshalb ist sie manchmal abends vorbeigekommen, bloß um Hausaufgaben zu machen oder so. Joan und sie sind aber nie miteinander klargekommen, deshalb sind wir immer oben geblieben.«

»O Gott.«

»Sie interessiert sich für Basketball, Min. Versteh doch. Ihr Vater war mit meinem befreundet. Sie ist eine gute Zuhörerin. Und ja, größtenteils waren wir nur Freunde.«

»Du – du hast mit ihr geschlafen?« Ich begann die Abende zusammenzuzählen, an denen wir nicht telefonierten oder nur kurz. Joan, die genervt oder ausweichend antwortete, während sie die Treppe hochstürmte, um dich zu holen. Ich war eine gute Zuhörerin und bin es noch. Ich hörte das alles. Aber damals hast du nichts gesagt und jetzt auch nicht. Nur das Wasser plätscherte auf den Boden, ich kannte die Antwort, sie kam aus der schönen Vase.

»Schau mal, Min, ich weiß, dass du mir nicht glaubst, aber es ist schwierig, auch für mich. Es ist schrecklich, es ist merkwürdig, es ist, als ob ich zweigeteilt wäre, und der eine Teil war, ja, Min, *wirklich* – wirklich, wirklich glücklich mit dir. Ich habe dich geliebt, und das tue ich noch. Aber wenn abends Annette an mein Fenster klopfte, das war einfach ganz was anderes, so wie ein Geheimnis, das nicht mal *ich* kannte –«

Der ganze Raum schien zu beben, die Glastüren der Kühlräume klirrten leise. Auf einmal hast du aufgehört zu reden, es kam mir so vor, als hätte ich geschrien.

»Min, *bitte*. Es war – das mit uns ist *anders*, das weißt du doch.«

Du hast eine Miene aufgesetzt wie auf dem Spielfeld, wenn du nach einer schnellen Lösung suchst. »Das muss etwas – ich weiß auch nicht – wie in einem Film sein, stimmt's? Gibt's nicht tatsächlich auch diesen einen Film mit den zwei Typen, Zwillingen, und der eine tut das Richtige, und –«

»Dies ist kein Film«, sagte ich. »Und wir sind auch keine Filmstars. Wir sind – O Gott! O mein Gott!«

Inzwischen starrte ich auf etwas anderes, ich konnte den Blick nicht mehr davon lösen. Wie viele schreckliche Dinge, fragte ich mich, würden noch vor mir auf diese Wand projiziert werden, schlechte Szenen aus noch schlechteren Filmen, blödsinnige Fehler, wie viele Zerrbilder, die man abreißen musste?

»He«, sagte der Blumentyp, »stopp mal.«

Ich schüttelte seine Hand ab und machte einfach weiter. Ich würde das Ganze herunterreißen, verdammt noch mal alles kaputt machen, was ich wollte, und jeden, der mich daran hindern wollte. »Warte«, sagte der Typ wieder, »warte doch mal. Ich versteh, dass du wütend bist, ist ja auch zum Teil meine Schuld, trotzdem kannst du mir hier nicht den Laden demolieren. Und die hier gehört mir. Sie hat mir immer unendlich viel bedeutet, und noch einmal finde ich das nicht, wenn du …«

Ich raste aus dem Laden, mit vollen Händen und laut brüllend. Kein Mensch auf der Straße beachtete mich weiter. Erst kam mir die Luft so kalt vor, so als hätte ich meine Jacke vergessen, dann auf einmal fand ich sie furchtbar stickig, richtig heiß beim Einatmen. Du kamst mir hinterher. Siedend heiß fiel mir etwas ein, und der Magen drehte sich mir um: Meine verdammte Jungfräulichkeit! Du hattest alles gesehen, alles gehabt. Wir hatten zusammen geduscht. Dein Körper in meinem. Jedes Fitzelchen Haut von mir hattest du gehabt, und was hatte ich – eine Handvoll Blütenblätter von Blumen, die für eine andere bestimmt waren, und in der anderen Hand das hier. Wie viele Male warst du bei *Willows* gewesen, hast es an der Wand hängen sehen neben einem Bild mit Kätzchen auf einem Baum, alle mit großen traurigen Augen, unter einer albernen Überschrift, die jeder schon eine Million Mal gesehen hat?

»Hast du davon gewusst?«, fuhr ich dich an.

Du hast wieder bloß mit den Schultern gezuckt, was mich nur noch wütender machte. »Min, ich hab nicht kapiert, dass …«

Ich versuchte, die Fassung zu bewahren. »*Ich* kapiere nicht … Bist du … ich meine, du hast mich wegen einer anderen abserviert, und ich hatte keine Ahnung?«

Du blinzeltest, so als wäre ich der Wahrheit sehr nahe gekommen.

»Und dann noch das hier? Das hier? Und nie hast du …«

»Min, du warst es doch, du hast doch immer gesagt, *selbst wenn nicht. Selbst wenn nicht,* das hast du gesagt …«

»Du hast es gewusst und mir kein Wort gesagt?«

Stille.

»Sag's mir!«

»Ich weiß nicht«, sagtest du. So schön sahst du aus in der Nachmittagssonne. Ich hätte dich berühren können, wollte es, hätte es nicht gekonnt. Wer warst du, Ed? Was sollte ich nur mit dir machen?

»Was ist die Alternative?«, fragte ich, und nun liefen mir Tränen übers Gesicht. »Was denn sonst?«

»Min, es ist anders«, sagtest du, aber ich schüttelte heftig den Kopf. »*Du* bist es! Du bist …«

»Sag jetzt verflucht noch mal nicht der künstlerisch angehauchte Typ! Das bin ich nicht!«

»… anders.« Das war das Wort, das mir endgültig den Rest gab. Ich floh die Straße hinunter, weil es einfach nicht wahr war. Absolut nicht. Nicht *war* und nicht *ist.* Du als gottverdammter

Sportler hättest mich einholen können, ohne in Schweiß zu geraten, aber du bist mir nicht hinterhergekommen; als ich an einer entlegenen Ecke stehen blieb und nach Luft schnappte, kamst du nicht, und alles, was mir geblieben war, war das, was ich noch immer in den Händen hielt. Es stimmt einfach nicht, wollte ich dir ins Gesicht brüllen, als du meinen Namen gerufen hast, aber du warst es gar nicht, du warst nicht da. Es war Jillian Beach, ausgerechnet, in dem Auto, das ihr Dad ihr gekauft hat, stand sie an einer roten Ampel, mit blitzenden Stoßstangen und schlechter Musik. Meine beste Freundin – so tief bin ich durch dich gesunken, Ed. Sie hat einfach die Beifahrertür aufgehalten, und ich schluchzte und schluchzte und schluchzte. Sie hat das Radio ausgemacht – ausgerechnet Jillian! – und keine Fragen gestellt. Erst später ist mir klar geworden, dass sie schon länger meinem Blick ausgewichen war, wenn wir uns bei den Schließfächern getroffen hatten, also hat sie wohl sofort gewusst, was es bedeutete, als sie mich heulend und allein auf der Straße sah: dass ich endlich dahintergekommen war. Doch in dem Moment schien es mir einfach magisch und dankenswert außergewöhnlich, dass sie nichts sagte, mich einfach mit hässlich verzerrter Miene weinen ließ und mich ganz ruhig an den Ort fuhr, von dem sie wusste, dass ich genau dorthin musste, und davor anhielt. Sie langte an mir vorbei und öffnete die Beifahrertür. Sie gab mir meinen Rucksack, obwohl ich beide Hände voll hatte, und – jetzt pass auf, Ed – sogar einen Kuss, einen Kuss auf meine tränennasse Wange. Dann gab sie mir einen kleinen Schubs. Inzwischen hatte ich angefangen zu hicksen, peinlicher konnte es wirklich nicht mehr kommen, aber ich verstand, was sie meinte, und stolperte zur Tür hinein. Die wenigen Leute blickten auf, als sie ein heulendes Mädchen hereinkommen sahen, und Al, ernst und bleich, stand auf von dem Tisch bei Federico, an dem wir möglichst immer sitzen, während ich heulte und heulte und mit der ganzen Wahrheit herausrückte.

Und die Wahrheit ist. Ich bin es nicht, Ed. Das war's, was ich dir sagen wollte. Ich bin nicht anders. Ich bin nicht intellektuell, auch wenn alle, die mich nicht kennen, das behaupten, und auch nicht musisch begabt, ich male nicht, ich kann nicht zeichnen, ich spiele kein Instrument, ich kann nicht singen, ich spiele nicht Theater, das wollte ich sagen. Und ich schreibe auch keine Gedichte. Ich kann nicht tanzen, höchstens auf irgendeinem Fest, wenn ich beschwipst bin.

Ich bin nicht sportlich. Ich bin weder Goth noch Cheerleader. Ich bin kein Schatzmeister und auch kein Co-Kapitän. Ich bin nicht schwul und oute mich stolz, nicht die Schülerin aus Sri Lanka, bin kein Drilling, keine elitäre Tussi von einer teuren Privatschule, keine Säuferin, kein Genie, kein Hippie, keine Christin, keine Schlampe, nicht einmal eines dieser superjüdischen Mädels mit Kippa, die vor dem Laubhüttenfest jedem frohe Feiertage wünschen. Ich bin gar nichts, wie ich gerade weinend zu Al gesagt habe, während meine Hände die Blütenblätter fallen lassen, das andere aber ganz fest halten. Ich mag Filme, das weiß jeder, ich liebe sie, aber ich werde nie selbst einen drehen, weil die Ideen in meinem Kopf alle blöd und verkehrt sind. Nichts an mir ist anders, faszinierend, interessant, sehenswert. Ich hab langweiliges Haar, blöde Augen und alles andere als eine gute Figur. Ich bin zu fett, und mein Mund ist hässlich. Meine Klamotten sind ein Witz und meine Witze verzweifelt und kompliziert; außer mir lacht kein Mensch darüber. Ich rede lauter

Schwachsinn, nie fällt mir irgendwas ein, was ich zu Leuten sagen könnte, damit sie mich mögen, die Worte kommen aus mir heraus wie aus einer kaputten Fontäne. Meine Mutter hasst mich, ich kann ihr nichts recht machen. Mein Vater ruft nie an, und wenn doch, dann immer im falschen Moment, er schickt bombastische Geschenke oder gar keine, und wegen alldem bin ich immer sauer auf ihn. Außerdem hat er mir den Namen Minerva gegeben. Ich rede schlecht über alle und bin dann unglücklich, weil sie mich nicht anrufen, meine Freunde fallen von mir ab, als hätte ich sie aus einem Flugzeug gestoßen, selbst mein Ex hält mich an Halloween für Hitler. Ich kratze mich an den unmöglichsten Stellen, ich schwitze überall, ich bin ein Trampel und lasse ständig irgendwas fallen, meine Noten sind durchschnittlich, meine Interessen blöd, ich habe Mundgeruch, kneifende Hosen, einen zu langen Hals. Ich mag Heimlichkeiten und lass mich prompt erwischen. Ich bin ein Snob und tu gern so als ob, ich gebe Lügnern recht, ich benutze gern irgendwelche besonderen Ausdrücke und bilde mir ein, das sei wer weiß wie schlau. Ich kann nicht viermal um den Block rennen und auch keinen Pullover gescheit zusammenlegen. Beim Küssen stelle ich mich blöd an, beim Knutschen noch blöder, ich hab meine Jungfräulichkeit verloren und nicht einmal das gut hingekriegt, erst bin ich einverstanden, und dann bin ich traurig und nervig und klammere mich an einen Jungen, von dem jeder weiß, was er ist – ein Idiot, ein Dreckskerl, ein Arschloch, ein Kotzbrocken –, ich liebe ihn, als wäre ich gerade mal zwölf und alles, was ich vom Leben wüsste, hätte ich aus diesen verdammten Girlie-Zeitschriften. In der Liebe bin ich ein Vollidiot, jemand aus einer drittklassigen, billigen Liebeskomödie, ein zu stark geschminktes

Dummchen, das einem gut aussehenden Mann, dem der Sender gerade die eigene Comedy-Show weggenommen hat, irgendwelche blöden Sätze aus einem peinlichen Drehbuch sagt. Ich bin keine Romantikerin, ich bin einfach nur schwachsinnig. Nur dumme Leute halten mich für schlau. Es lohnt sich nicht, mich zu kennen. Ich bin eine arme Irre, die durch die Gegend zieht und um Almosen bettelt. Ich bin wie all diese elenden Dummköpfe, über die ich mich je lustig gemacht habe und in denen ich mich nicht erkennen wollte. Ich bin sie alle, noch das allerletzte hässliche Etwas in einem hässlichen, in letzter Minute zusammengeschneiderten Kostüm. Ich bin nicht anders, nicht das allerkleinste bisschen, ich bin ein mangelhafter Mangel, ein ruinierter Ruin, ein rostiges Wrack, ich bin so ein Fehlschlag, dass ich nicht einmal mehr weiß, was ich mal war. Nichts bin ich, rein gar nichts. Das Einzige an mir, das einzige winzige Etwas, das mich aufgewertet hat, war die Tatsache, dass ich Ed Slatertons Freundin war, dass ich ungefähr zehn Sekunden lang von dir geliebt wurde, aber was soll's, wen kümmert das noch, es ist vorbei und nur noch furchtbar peinlich für mich. Wie blöd von mir, mich für etwas anderes zu halten – so als würde man sich einbilden, Grasflecken wären ein hübscher Anblick, als würden Küsse, die man bekommt, einen attraktiver für weitere Küsse machen, als würde Wärme, die man in sich spürt, einen selbst zu wärmendem Kaffee machen, als würde man allein schon durch die Liebe zu Filmen zur Regisseurin. Wie man so danebenliegen kann – dass man einen Haufen Krempel für eine Schatzkiste hält und einen Jungen, der dich anlächelt, ernst nimmt, dass man glaubt, ein schöner Augenblick bedeute automatisch ein besseres Leben. So ist es nicht, absolut nicht, eine Katastrophe, wenn man das denkt, ein pummeliges Kleinkind, das im Wohnzimmer davon träumt, Ballerina zu werden, ein Mädchen, das mit leuchtenden Augen im Bett liegt, weil es *Nie bei Kerzenschein* gesehen hat, ein Dummchen, das sich geliebt wähnt und einer Fremden durch die Straßen folgt. Es gibt keinen Filmstar in unserer Gegend, so viel weiß ich inzwischen, lauf ihr nicht in dem Glauben hinterher, mach dich nicht lächerlich mit deinem Traum von einer Party zum neunundachtzigsten Geburtstag. Es ist aus. Sie ist tot, schon lange, das ist die Wahrheit, die mich wie ein Schlag vor die Brust, vor den Kopf, auf die Hände traf. In meinem Leben gibt es keine Filmsternchen. Nicht einmal echte Sterne standen am Himmel, als Al mich zu Hause abgesetzt hat und ich, völlig fertig und wund, hinausgeklettert bin aufs Garagendach und wieder geweint habe, ganz allein, weil mir klar wurde, dass es aus ist. Die letzten Streichhölzer waren das einzige Licht, alles, was ich hatte, und dann waren auch die, die du mir gegeben hast, du Mistkerl, tot und zu nichts mehr nutze.

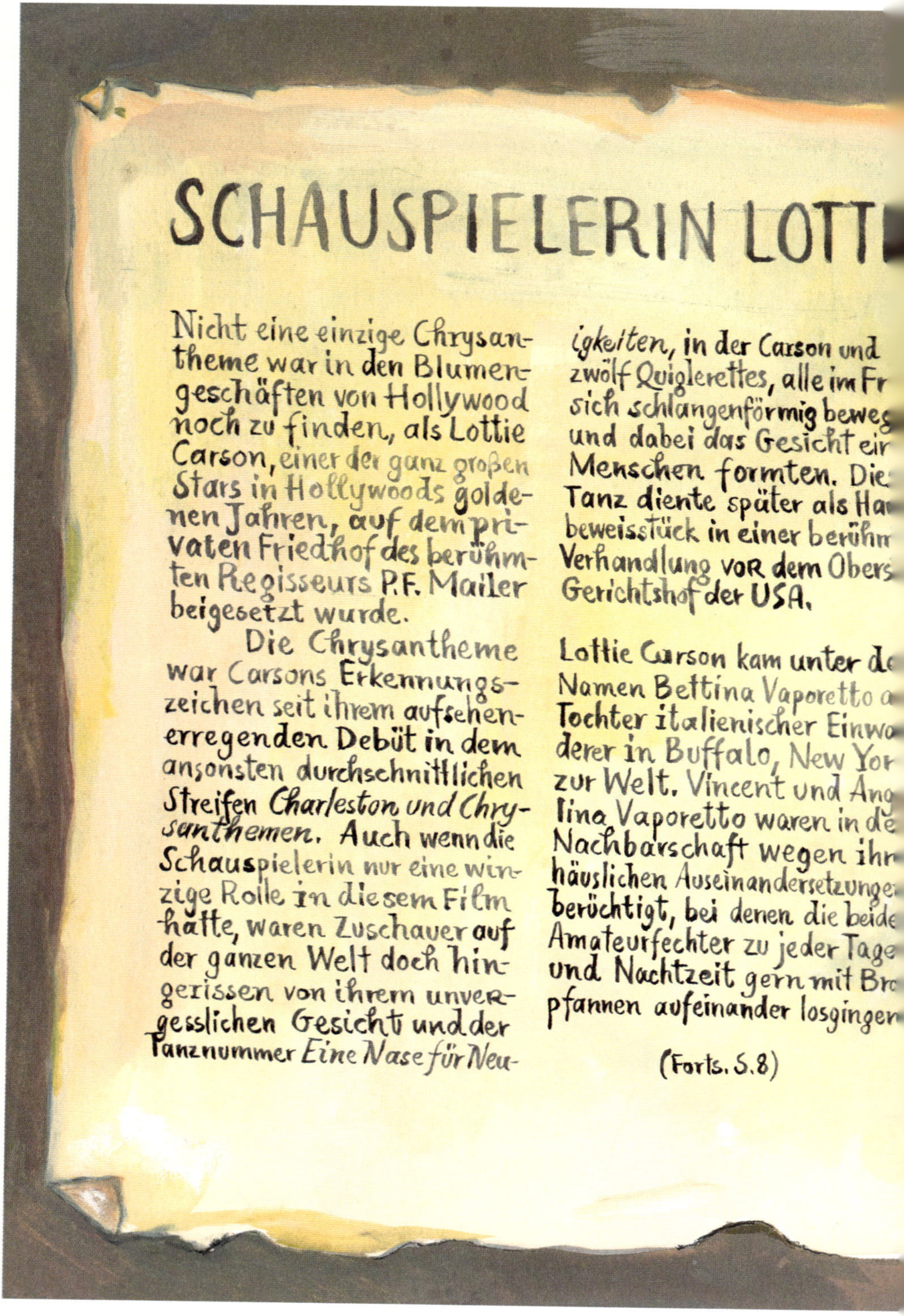

SCHAUSPIELERIN LOTT

Nicht eine einzige Chrysantheme war in den Blumengeschäften von Hollywood noch zu finden, als Lottie Carson, einer der ganz großen Stars in Hollywoods goldenen Jahren, auf dem privaten Friedhof des berühmten Regisseurs P.F. Mailer beigesetzt wurde.

Die Chrysantheme war Carsons Erkennungszeichen seit ihrem aufsehenerregenden Debüt in dem ansonsten durchschnittlichen Streifen *Charleston und Chrysanthemen*. Auch wenn die Schauspielerin nur eine winzige Rolle in diesem Film hatte, waren Zuschauer auf der ganzen Welt doch hingerissen von ihrem unvergesslichen Gesicht und der Tanznummer *Eine Nase für Neuigkeiten*, in der Carson und zwölf Quiglerettes, alle im Fr sich schlangenförmig beweg und dabei das Gesicht ei Menschen formten. Die Tanz diente später als Ha beweisstück in einer berühm Verhandlung vor dem Obers Gerichtshof der USA.

Lottie Carson kam unter de Namen Bettina Vaporetto a Tochter italienischer Einwa derer in Buffalo, New Yor zur Welt. Vincent und Ang lina Vaporetto waren in de Nachbarschaft wegen ihr häuslichen Auseinandersetzunge berüchtigt, bei denen die beide Amateurfechter zu jeder Tage und Nachtzeit gern mit Br pfannen aufeinander losgingen

(Forts. S.8)

CARSON (75) GESTORBEN
Dieses frühe Filmfoto zeigt Carson mit
einer ihrer berühmten Chrysanthemen
zwischen den Zähnen

EINTRITTSKARTE
1
HELLMAN
HIGH
GEGEN
LINCOLN
HIGH
20 Uhr
EINTRITTSKARTE
1
FREIE SITZWAHL
5.00 $
SAMSTAG 20 Uhr

Die hier habe ich gekauft, aber nicht benutzt. Al und Lauren haben mich gekidnappt, damit ich mit ihnen Lasagne mit Wildpilzen machte und beim Essen weinte, anstatt mich, wie ich es vorgehabt und den beiden erzählt hatte, auf einem der freien Plätze zu verstecken und dir beim Spiel zuzusehen.

»Was ist mit deinem Stolz?«, sagte Lauren, und Al, der gerade den Käse rieb, nickte zustimmend. »Du willst ja wohl nicht die traurige Exfreundin auf der Tribüne geben.«

»Ich bin die traurige Exfreundin auf der Tribüne«, sagte ich.

»Nein, du bist hier bei uns«, widersprach Al entschieden.

»Das ist aber auch das Einzige«, sagte ich. »Bei euch oder muffig am Esstisch mit meiner Mutter oder weinend im Bett oder damit beschäftigt, das Telefon anzustarren …«

»O Min.«

»… oder damit, Hawk Davies zu hören und die CD dann wegzuwerfen und wieder aus dem Müll zu fischen und wieder zu hören und noch mal den Karton zu sichten.«

»Den Karton?«, fragte Al. »Was für einen Karton?«

Ich biss mir auf die Unterlippe. Lauren sog hörbar die Luft ein. »Ich weiß«, sagte ich, »ich weiß, ich weiß. Ich hätte an Halloween mit ihm Schluss machen sollen.«

»Was für einen Karton?«, fragte Al wieder.

Lauren beugte sich zu mir herunter und sah mir in die Augen.

»Du willst mir doch nicht«, begann sie, »du willst mir doch nicht etwa weismachen, dass du einen Karton mit irgendwelchem Zeug besitzt, so eine Ed-Slaterton-Schatzkiste, in der du herumkramst? Bitte nicht, Herr im Himmel! Hab ich's dir nicht gesagt, Al? Hab ich nicht gesagt, wir hätten ihr Zimmer durchkämmen sollen, mit einem feinzahnigen Kamm, und jedes einzelne Slaterton-Teil, das wir finden, abfackeln? Im selben Moment, als wir von diesem superschäbigen Verhalten erfuhren, da hätten wir losgehen, uns Strahlenschutzanzüge mieten und mit dem Fallschirm in ihrem Zimmer landen sollen …«

Aber als sie sah, dass ich weinte, ließ sie es gut sein, und Al zog die Schürze aus, kam zu uns herüber und umarmte mich. Immerhin, dachte ich, weine ich schon ein kleines bisschen weniger als beim letzten Mal. »Es ist idiotisch, ich weiß«, sagte ich. »Eine idiotische Verzweiflungstat eines Desperado.«

Al reichte mir eine Serviette. »Bei Frauen sagt man, glaube ich, *Desperada.*«

»La Desperada!« Lauren baute sich wie eine Flamencotänzerin vor uns auf. »Auf dem Weg durch die Wüste, wo sie Kisten mit Schätzen hundsgemeiner Männer zerstört.«

»Ich bin noch nicht so weit, sie zu zerstören.«

»Dann stell sie Ed wenigstens vor die Tür. Das schaffen wir sogar heute Abend noch.«

»Auch so weit bin ich noch nicht.«

»Min.«

»Lass sie«, sagte Al. »Sie ist noch nicht so weit.«

»Dann sag uns wenigstens, was das allerpeinlichste Teil in dem Karton ist.«

»Lauren.«

»Komm schon.«

»Nein.«

»Ich fang an zu singen«, drohte sie.

Ich seufzte leise. Al griff wieder nach der Käsereibe. Die Kondomverpackung? – Unmöglich. *Vollidioten III. Ich muss immerzu an dich denken.* »Okay, hm, Ohrringe.«

»Ohrringe?«

»Ohrringe, die er mir geschenkt hat.«

Al runzelte die Stirn. »Daran ist doch nichts peinlich.«

»Doch, schon. Du müsstest sie sehen.«

Lauren schnappte sich den Notizblock, den Als Mom immer neben dem Telefon liegen hat. »Zeichne sie.«

»Was?«

»Das ist eine Therapie. Zeichne die Ohrringe.«

»Ich kann nicht zeichnen, das weißt du.«

»Klar, weiß ich, genau deswegen wird es ja eine Therapie für dich sein und total komisch für uns.«

»Lauren, nein.«

»Okay, dann spiel sie uns vor.«

»Wie bitte?«

»Spiel uns vor, wie sie sind, diese Ohrringe. In einer Pantomime. Oder als Ausdruckstanz.«

»Lauren, ich glaube nicht, dass das jetzt hilft.«

»Al, hilf mir.«

Al sah mich über den Küchentisch hinweg an. Er merkte, dass ich schwankte. Er nahm einen ganz großen Schluck von seinem Minze-Zitronen-Drink, dann sagte er: »Ich glaube tatsächlich, es könnte therapeutischen Wert haben.«

»Al! Et tu?«

Doch Al schob bereits einen Stuhl aus dem Weg, um für mich Platz zu schaffen. »Brauchst du Musik?«, fragte Lauren.

»Natürlich«, sagte Al. »Irgendwas Dramatisches. Da, die Vengari-Konzerte, die mein Dad so gern hört. Track 6.«

Lauren drehte die Musik voll auf. »Meine Damen und Herren«, verkündete sie dann, »erleben Sie eine große Gestalterin des Freien Tanzes, begrüßen Sie bitte mit uns … La Desperada!«

Ich hievte mich mühsam hoch, doch dann nahm ich, zusammen mit meinen Freunden, meinen Platz ein. Und deshalb kannst du meine Eintrittskarte behalten. Während die Welt und die Menge dir zujubelten, dem Co-Kapitän und Gewinner der Meisterschaft, erhielt auch ich ein bisschen Applaus.

WENN DIE LICHTER AUSGEHEN
Eine kurze illustrierte
GESCHICHTE DES FILMS

Gib das deiner Schwester. Ich bin fertig damit.

M
KASTANIEN
MINERVE

Okay, noch ein allerletztes Teil. Hatte völlig vergessen, dass es auch hier drin war. Ich habe es gekauft, als wir vor einer Million Jahren mal über Erntedank geredet hatten. Du warst der Meinung, dass der Truthahn unbedingt auf althergebrachte Art gefüllt werden müsse, und zwar mit Kastanien aus dem Glas. Und es musste auch unbedingt diese merkwürdige Marke sein, die man kaum noch irgendwo findet. Natürlich liegst du total falsch. Kastanien als Truthahnfüllung schmecken, als hätte jemand sie hoch oben in einem Baum zerkaut und dir mit einem Zungenkuss in den Mund geschoben. Dieses Glas habe ich gekauft, um dir die Füllung an Thanksgiving zu machen. Aber Thanksgiving ist schon vorbei. Al und ich haben an dem Wochenende im Carnelian sieben Griscemi-Filme gesehen. Dafür hatten wir übrig gebliebene Truthahn-Sandwiches hineingeschmuggelt und unseren Minze-Zitronen-Drink in Plastikflaschen. Geküsst haben wir uns nicht, aber uns gegenseitig den Senf vom Mund gewischt, daran erinnere ich mich. Eben hat Al dieses Glas hier gesehen. »Was macht das denn da?«, hat er gefragt, und ich hab ihm erklärt, wozu ich für dich bereit gewesen war. Er hat nur die Nase gerümpft.

»Kastanien als Truthahnfüllung schmecken, als hätte jemand sie hoch oben in einem Baum zerkaut und dir mit einem Zungenkuss in den Mund geschoben«, hat er gesagt.

»Iiih! Und …?«

»Ach so, ja. Und meiner Meinung nach sind Rotkehlchen hübsche Vögel.«

Wir haben nämlich jetzt eine neue Regel: Jedes Mal, wenn er eine Meinung zu irgendetwas äußert, muss er gleich noch eine zweite hinterherschieben, zum Ausgleich dafür, dass er so lange keine Meinung zu irgendwas hatte. Meinen Teil der Abmachung erfülle ich hiermit, endlich, jetzt, wo ich so weit bin, indem ich diesen Krempel hier aus dem Haus schaffe. »Aber ich meine«, sagt Al gerade, »ich hab da was von einem Amuse-Gueule mit Kastanien gelesen. Man wickelt sie in Prosciutto, glaube ich, beträufelt sie mit Grappa, röstet sie und streut ein bisschen Petersilie darüber.«

»Oder vielleicht Blauschimmelkäse?«

»Klingt gut.«

»Geht das auch mit Kastanien aus dem Glas?«

»Klar. Das macht der Prosciutto wieder wett. Prosciutto macht alles wieder wett.«

»Stimmt«, sagte ich, und deswegen, Ed, behalte ich dieses Ding. Das hier kriegst du nicht zurück. Du hättest ja nicht einmal davon gewusst, wenn ich dir nicht davon erzählt hätte, von seinem Gewicht, von seinem albernen Etikett, diesem Teil von uns, den ich nicht hergebe. Ich muss lächeln, Ed. Ich lächle. Wirklich.

Wir könnten es für Silvester ausprobieren, wird Al gleich sagen, das weiß ich. Wir planen nämlich ein elegantes Abendessen. Zu Ehren von, das haben wir nach vielem stark koffeinhaltigem Reden entschieden, zu Ehren von niemandem. Die meisten Gerichte haben wir bisher aus *Das Festmahl der Stare* geklaut, das wir uns nochmals ausgeliehen und immer wieder angehalten haben, um uns endlos darüber in die Haare zu kriegen, was genau Inge Carbonel gerade dem Essen hinzufügt, während sie über den Steinofen gebeugt steht, während ihr blinder Sohn auf dem Cello unablässig dieses rasend zornige Stück spielt; was das ist, womit sie die winzigen Vögel begießt – dieses Zeug, das während der Totenwache für ihren Bruder tagelang blubbernd auf der Fensterbank gestanden hatte. Was für einen Wein sie nimmt – so als könnten wir griechischen Wein hier irgendwo auftreiben, selbst wenn wir wüssten, was für einer das ist, in den die Kamera erst tief hineintaucht, um ihm dann in das weite, durstige Glas zu folgen. Und natürlich Süßholztörtchen. Ein weich gekochtes Ei mit Sardellenfüllung. Rote Bete mit Ziegenkäse überbacken oder vielleicht auch diese Kastanien, eingewickelt in Prosciutto, der alles wettmacht. Kerzen. Und Stoffservietten. Ich könnte ihm eine andere Krawatte besorgen. Bisher ist es nur ein Plan, und das eine oder andere klappt vielleicht auch nicht. (Übrigens, das mit Annette tut mir leid.) Aber besser als so eine lausige Kastanientruthahnfüllung, wie Sportlertypen sie essen, wird es allemal. Unsere Skizzen sind chaotisch, aber Al und ich können sie lesen, können erkennen, wie es vorangeht. Dieses Silvester werde ich mich fühlen wie, ich weiß nicht, diese Menschen, die sich glücklich um einen langen Holztisch drängen, nicht mein Lieblingsfilm, aber er hat was, wenn du mich fragst. Dir würde er nicht gefallen. Dass es aus ist mit uns, hat auch damit zu tun, dass du dir so einen Film nie ansehen würdest. Das Beben der Suppentöpfe, der verrückte Vogel, der die Samenkörner vom Unterteller pickt, das langsame Begreifen, wer für die Rolle des Liebhabers gedacht ist, und zwar schon mehrere Szenen bevor er überhaupt auf der Leinwand erscheint. Mit einem dumpfen

Knall schlage ich den Deckel zu, atme tief aus, wie ein Lieferwagen, der keuchend zum Stehen kommt, und gleich knalle ich dir die Kiste vor die Tür, mit der großen Geste einer Desperada. Gleich, es kann sich nur noch um Sekunden handeln, wird das Gefühl da sein, ob Freundin, ob geliebt, ob einfach zufrieden oder was auch immer. Ich sehe es vor mir. Ich sehe es vor mir und lächle. Ich sag's dir, Ed, und jetzt sag ich's Al: Ich hab so ein Gefühl.

~~in Liebe~~, Min

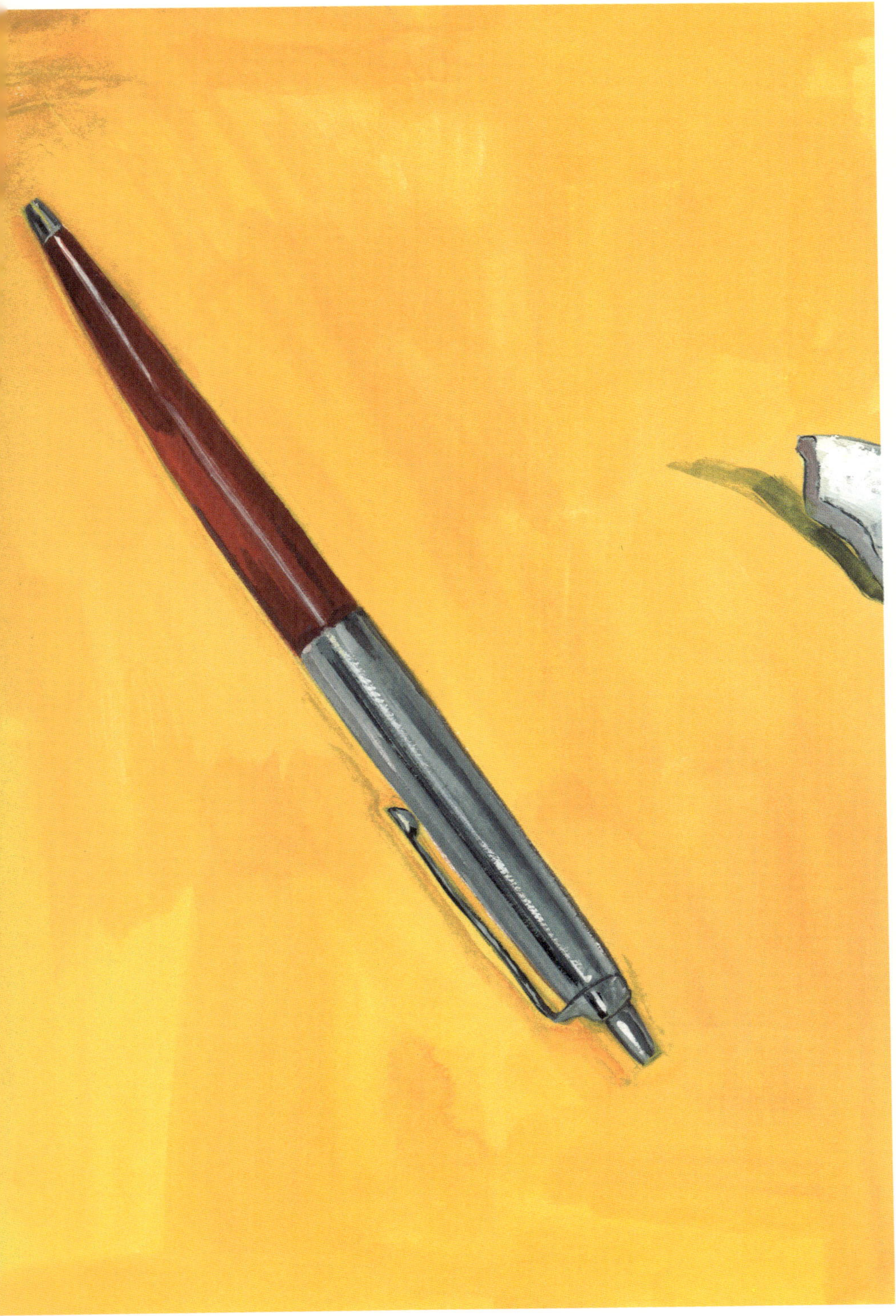

Der Autor

Daniel Handler, am 28. Februar 1970 in San Francisco geboren, ist ein erfolgreicher US-Schriftsteller und Drehbuchautor mit deutschen Wurzeln (sein jüdischer Vater flüchtete aus Deutschland). Darüber hinaus ist er Musiker und war u. a. Mitglied der New Yorker Band *Magnetic Fields*, auf deren Album *69 Love Songs* er Akkordeon spielte.

Unter dem Pseudonym Lemony Snicket veröffentlichte Handler 1999 *A Series of Unfortunate Events* (dt.: *Eine Reihe betrüblicher Ereignisse*), eine 13-bändige Kinderbuchreihe über drei Waisenkinder, die von ihren Verwandten um ihre Erbschaft gebracht werden sollen. Die Serie verkaufte sich weltweit 65 Million Mal und wurde mit Jim Carrey, Jude Law und Meryl Streep als Darsteller verfilmt.

In den USA sind außerdem die Romane *The Basic Eight* (1998) und *Watch your Mouth* (2000) erschienen, sowie die Kurzgeschichtensammlung *Adverbs* (2006).

Für seinen ersten Jugendroman *43 Gründe, warum es aus ist* wurde Handler 2012 mit dem Michael L. Printz Award (Honor Book) ausgezeichnet. Das Buch wird gerade mit Hailee Steinfeld in der Hauptrolle verfilmt. Es erscheint in 13 Ländern.

Die Illustratorin

Maira Kalman, 1949 in Israel geboren, ist eine international renommierte Illustratorin, Autorin, freie Künstlerin und Designerin. Im Alter von vier Jahren zog sie mit ihrer Familie von Tel Aviv nach New York. Sie studierte Musik und Kunst und veröffentlichte seit 1988 rund zwanzig Bücher für Kinder und Erwachsene. Sie ist außerdem bekannt als Kolumnistin der New York Times und gestaltete Titelbilder für den New Yorker. Ihr hoch gelobter, illustrierter Blog *The Principles of Uncertainty* erschien 2007 als Buch, 2010 folgte *And the Pursuit of Happiness* (darin beleuchtet Kalman die amerikanische Demokratie und illustriert u. a. die Amtseinsetzung von Barack Obama).

Die Übersetzerin

Birgitt Kollmann, 1953 in Duisburg geboren, studierte Englisch, Spanisch und Schwedisch. Für Hanser übersetzt sie u. a. Joyce Carol Oates, Sally Nicholls, Jenny Han, Clay Carmichael und Jacqueline Kelly. Sie war mehrfach für den Deutschen Jugendliteraturpreis nominiert.